新 視 野
中華經典文庫

新 視 野

中華經典文庫

搜神記

名譽主編 饒宗頤

導讀及譯注 賴慶芳

中華書局

新視野中華經典文庫

搜神記

□
導讀及譯注
賴慶芳

□
出版
中華書局（香港）有限公司
香港北角英皇道 499 號北角工業大廈一樓 B
電話：（852）2137 2338　傳真：（852）2713 8202
電子郵件：info@chunghwabook.com.hk
網址：http：//www.chunghwabook.com.hk

□
發行
香港聯合書刊物流有限公司
香港新界荃灣德士古道220-248號
荃灣工業中心16樓
電話：（852）2150 2100　傳真：（852）2407 3062
電子郵件：info@suplogistics.com.hk

□
印刷
深圳中華商務安全印務股份有限公司
深圳市龍崗區平湖鎮萬福工業區

□
版次
2014 年 3 月初版
2021 年 4 月第 3 次印刷

□
規格
大 32 開（205 mm × 143 mm）

□
ISBN：978-988-8290-02-4

出版說明

為什麼要閱讀經典？道理其實很簡單——經典正正是人類智慧的源泉、心靈的故鄉。也正是因此，在社會快速發展、急劇轉型，因而也容易令人躁動不安的年代，人們也就更需要接近經典、閱讀經典、品味經典。

邁入二十一世紀，隨着中國在世界上的地位不斷提高，影響不斷擴大，國際社會也越來越關注中國，並希望更多地了解中國、了解中國文化。另外，受全球化浪潮的衝擊，各國、各地區、各民族之間文化的交流、碰撞、融和，也都會空前地引人注目，這其中，中國文化無疑扮演着十分重要的角色。相應地，對於中國經典的閱讀自然也就有不斷擴大的潛在市場，值得重視及開發。

於是也就有了這套立足港臺、面向海外的「新視野中華經典文庫」的編寫與出版。希望通過本文庫的出版，繼續搭建古代經典與現代生活的橋樑，引領讀者摩挲經典，感受經典的魅力，進而提升自身品位，塑造美好人生。

本文庫收錄中國歷代經典名著近六十種，涵蓋哲學、文學、歷史、醫學、宗教等各個領域。編寫原則大致如下：

（一）精選原則。所選著作一定是相關領域最有影響、最具代表性、最值得閱讀的經典作品，包括中國第一部哲學元典、被尊為「群經之首」的《周易》，儒家代表作《論語》、《孟子》，道家代表作《老子》、《莊子》，最早、最有代表性的兵書《孫子兵法》，最早、最系統完整的醫學典籍《黃帝內經》，大乘佛教和禪宗最重要的經典《金剛經》、《心經》、《六祖壇經》，中國第一部詩歌總集《詩經》，第一部紀傳體通史《史記》，第一部編年體通史《資治通鑒》，中國最古老的地理學著作《山海經》，中國古代最著名的遊記《徐霞客遊記》，等等，每一部都是了解中國思想文化不可不知、不可不讀的經典名著。而對於篇幅較大、內容較多的作品，則會精選其中最值得閱讀的篇章。使每一本都能保持適中的篇幅、適中的定價，讓普羅大眾都能買得起、讀得起。

（二）尤重導讀的功能。導讀包括對每一部經典的總體導讀、對所選篇章的分篇（節）導讀，以及對名段、金句的賞析與點評。導讀除介紹相關作品的作者、主要內容等基本情況外，尤強調取用廣闊的「新視野」，將這些經典放在全球範圍內、結合當下社會生活，深入挖掘其內容與思想的普世價值，及對現代社會、現實生活的深刻啟示與借鑒意義。通過這些富有新意的解讀與賞析，真正拉近古代經典與當代社會和當下生活的距離。

（三）通俗易讀的原則。簡明的注釋，直白的譯文，加上深入淺出的導讀與賞析，希望幫助更多的普通讀者讀懂經典，讀懂古人的思想，並能引發更多的思考，獲取更多的知識及更多的生活啟示。

（四）方便實用的原則。關注當下、貼近現實的導讀與賞析，相信有助於讀者「古為今用」、自我提升；卷尾附錄「名句索引」，更有助讀者檢索、重溫及隨時引用。

（五）立體互動，無限延伸。配合文庫的出版，開設專題網站，增加朗讀功能，將文庫進一步延展為有聲讀物，同時增強讀者、作者、出版者之間不受時空限制的自由隨性的交流互動，在使經典閱讀更具立體感、時代感之餘，亦能通過讀編互動，推動經典閱讀的深化與提升。

這些原則可以說都是從讀者的角度考慮並努力貫徹的，希望這一良苦用心最終亦能夠得到讀者的認可、進而達致經典普及的目的。

「弘揚中華文化」是中華書局的創局宗旨，二〇一二年又正值創局一百週年，「承百年基業，傳中華文明」，本局理當更加有所作為。本文庫的出版，既是對百年華誕的紀念與獻禮，也是在弘揚華夏文明之路上「傳承與開創」的標誌之一。

需要特別提到的是，國學大師饒宗頤先生慨然應允擔任本套文庫的名譽主編，除表明先生對本局出版工作的一貫支持外，更顯示先生對倡導經典閱讀、關心文化傳承的一片至誠。在此，我們要向饒公表示由衷的敬佩及誠摯的感謝。

倡導經典閱讀，普及經典文化，永遠都有做不完的工作。期待本文庫的出版，能夠帶給讀者不一樣的感覺。

中華書局編輯部

二〇一二年六月

目錄

卷十九

卷二十

淺說干寶《搜神記》

賴慶芳

一、《搜神記》的時代背景

先秦時期流傳的小說，不離神話與傳說的色彩。該等神話傳說的內容，大多反映初民與大自然搏鬥的情況。如《山海經》之奇山異川、半人半獸；盤古開天闢地（見於徐整《三五曆記》）、女媧補天（見於《淮南子・儒教篇》）、夏禹治水（見於《史記・夏本紀》）等，皆屬此類題材。兩漢的小說，在精神層面繼承了先秦時期的神話傳說色彩、述奇志怪的特點，卻不再是祖先與大自然搏鬥的事跡，而是轉向充滿了神仙靈異的思想內容。據說此種轉變是由秦始皇尋求長生不老之藥開始，加之漢武帝有相同慾望的推助，形成兩漢以後（尤其在魏晉時期）方術之學及符籙煉丹之術盛行。魯迅《中國小說史略》：

> 中國本信巫，秦漢以來，神仙之說盛行，漢末又大暢巫風，而鬼道愈熾；會小乘佛教亦入

中土，漸見流傳。凡此，皆張皇鬼神，稱道靈異，故自晉訖〔迄〕隋，特多鬼神志怪之書。其書有出於文人者，有出於教徒者。文人之作，雖非如釋道二家，意在自神其教，然亦非有意為小說。蓋當時以為幽明雖殊途，而人鬼乃皆實有，故其敍述異事，與記載人間常事，自視固無誠妄之別矣。

魯迅提出：魏晉至隋多鬼神志怪之書，是由於漢末的神仙之說盛行，巫風興起，以及佛教傳入，著作有出自教徒，亦有出自文人之手。佛教及道教的神仙故事，是為了弘揚其教派；而文人之所記，因為他們相信生死雖不同，而人鬼實有，故記敍異常之事與人間常事，以說明二者沒有太大分別。

魯迅之言揭示了志怪小說盛行的宗教原因，以及干寶創作《搜神記》的時代背景。魏晉時期，充滿神仙靈異思想的小說盛行，原因有三：

一、政治環境：魏晉南北朝是中國歷史上的動盪時期之一，朝代及國家不斷更替，社會上兵荒馬亂，百姓難以安逸生活。文人及百姓只能將反抗情緒和追求理想的願望寄託在神秘的妖怪鬼神身上，因而創作了不少與鬼神相關的故事。

二、宗教影響：魏晉南北朝時期，志怪小說大量湧現，與宗教的傳播可謂有密不可分的關係。是時，因宗教傳播的規模盛大，釋、道二家的故事在民間廣泛傳播，傳播者並非有意為小說，意在宣揚其教派。魏晉時期，迷信的風氣超越前代，上至皇帝大臣，下至平民百姓，多信奉神鬼，社會亦廣泛高調談論鬼神。

三、談風盛行：魏晉六朝，文士之間流行「清談」和「閒談」的風氣。所「談」的內容，主要是品評人物及談論老莊哲學。品評人物的風氣，是承接漢末清議之風而來，因魏晉時期以「九品中正制」選拔官吏而盛行。在「九品中正制」之下，朝廷要求各郡考察正直（中正）之人，以九個級別評定，推選有聲望者為官，故評論人物品格學問之風盛行。此外，文人喜愛談論老莊的哲學，藉此逃避混亂而殘酷的現實。這種談風對小說影響很大，文人聚在一處，或說說嘲諷戲謔之話，或談論老莊思想哲學，或評論古今不同人物，直接推動了小說的盛行。

魏晉時期的小說，有成仙成道的傳說，有生死輪迴的果報，有俊逸的士子故事，以及詼諧幽默的趣事，為後世的小說發展分流為「志人」及「志怪」兩個發展方向。志人小說，開始強調人物言行的描繪，與今之小說內涵較接近。志怪小說，則充滿道家的飛升之事，或佛家生死果報之思想。此時期的小說，保留了「道聽塗說」的傳統，用字少而篇幅短。因作品散佚甚多，作者多是偽託。現存作品有佚名的《列異傳》、干寶《搜神記》、託名陶潛的《搜神後記》、吳均《續齊諧記》等等。其中，尤以《搜神記》最為著名。

二、《搜神記》的創作

《搜神記》主要寫神鬼怪異、靈異夢卜、妖精怪物、歷史傳說等等題材。《晉書》云撰者乃干寶。干寶，字令升，新蔡人士。大約活於晉武帝太康至晉穆帝永和年間（二八〇——三五六年），曾於晉朝領編國史，著《晉紀》而被人稱作「良史」，因為平亂有功而獲賜爵「關內侯」。據說他搜集了許多古今怪異故事而編成《搜神記》，其著述動機除了受當時社會信奉鬼神的濃厚風氣影響，乃為證明世上有鬼神的存在。《搜神記》序云：

雖考先志於載籍，收遺逸於當時，蓋非一耳一目之所親聞睹也，亦安敢謂無失實者哉！衛朔失國，二傳互其所聞；呂望事周，子長存其兩說，若此比類，往往有焉。從此觀之，聞見之難一，由來尚矣。夫書赴告之定辭，據國史之方策，猶尚若茲，況仰述千載之前，記殊俗之表，綴片言於殘闕，訪行事於故老，將使事不二跡，言無異途，然後為信者，固亦前史之所病。然而國家不廢注記之官，學士不絕誦覽之業，豈不以其所失者小，所存者大乎！今之所集，設有承於前載者，則非余之罪也。若使採訪近世之事，茍有虛錯，願與先賢前儒分其譏謗。及其著述，亦足以明神道之不誣也。

大意是：雖然在記載的典籍之中考究先賢前人的記錄，在當今世代收集遺聞逸事，卻並非一對耳朵一雙眼睛親耳所聽、親眼所見，豈敢說沒有失實的地方。衛惠公姬朔（公元前六九九年登位）失掉衛國，《公羊傳》、《穀梁傳》兩書傳記都各有其記錄；呂望（即姜子牙，人稱姜太公）事奉周天子，司馬遷（字子長）保留了兩種說法，像如此的同類例子，往往都有。由此看來，所聽所見很難一致，這是由來已久的。大凡經書有關崩薨禍福赴告之敍述，都是根據國史的典籍方冊撰寫，尚且如此，更何況追述千年以前的事，記錄殊異習俗的章表，在殘缺之中綴聯片言隻字，在昔日父老之中採訪行跡事實，要使事情沒有不統一事跡，所論述的沒不同的說法，然後才確定為可信，固然亦是前代史書（未能達至而為人所知）的弊病。然而，國家不廢置注文記錄之官員，文人學士不斷絕誦讀閱覽的學業，豈不是因為它（此弊病造成）的缺損失誤小，而所保存的訊息道理大（故所獲得的好處亦大）。現在此書所搜集的，假若乃承襲前人所載的（箇中若有虛言妄語之處），則不是我的罪過。若是我採訪得來的近世事情有虛構錯誤的，願意與古代的賢者及儒士分擔那譏諷訓斥。至於此書所述的內容，亦足以證明鬼神之說不是誣罔欺騙之言。從序言可知，干寶之撰寫《搜神記》確乃欲証明鬼神之存在。

然而，據《晉書》所記，干寶之所以撰寫《搜神記》，除了他本人喜好陰陽術數之說，好讀京房（字明君）及夏侯勝（字長公）等人的傳記之外，全乃有感而作。《晉書》記錄干寶父親的婢女曾被埋葬十餘年而復生。《晉書・列傳第五十二》云：

寶父先有所寵侍婢，母甚妒忌，及父亡，母乃生推婢於墓中。（干）寶兄弟年小，不之審也。後十餘年，母喪，開墓，而婢伏棺如生，載還，經日乃蘇。言其父常取飲食與之，恩情如生。在家中吉凶輒語之，考校悉驗，地中亦不覺為惡。既而嫁之，生子。

干寶父親亡故，其母將丈夫生前的寵婢推入墓中。因干寶兄弟年幼而沒有去審察。之後十餘年，母親亡故，兄弟開啟父墓以安排合葬，結果發現婢女伏在棺上未死，於是帶她回家，幾日後婢女蘇醒，說是他們的父親取東西給她吃，主僕恩情如舊，家中吉祥凶兆之事往往能說出，而且經考校，一一應驗；她又不厭惡墓穴裏的環境。後來她嫁了人，誕下孩子。為此，干寶深信人可以死而復活。

據《晉書》所記，干寶的兄長亡故多日而復生，更訴說各種鬼神事情，仿如做夢而醒，不知自己曾死。〈列傳第五十二〉云：

又寶兄嘗病氣絕，積日不冷，後遂悟，云見天地間鬼神事，如夢覺，不自知死。（干）寶以此遂撰集古今神祇靈異人物變化，名為《搜神記》，凡三十卷。

其兄病亡氣絕多日而身體沒有變冷，干寶心有所感，因而搜集古今神靈鬼異、人物變化，合編成《搜神記》，共計三十卷。

總括而言，若論干寶何以撰寫《搜神記》？一乃魏晉時代，信奉鬼神之風氣盛行，喜好陰陽學說的干寶在此環境氛圍之下，對鬼神之逸聞產生濃厚興趣。二乃自身經歷所致，其父侍婢被迫陪葬，活於墓中十多年，加上其兄死而復生，令他決心搜集有關鬼神的故事。三乃他有意證明世間確有鬼神，故引前人之記錄，探訪近世的事跡，藉此一一印證。

三、《搜神記》的內容

《搜神記》全書本有三十卷，今僅存二十卷。據述乃明萬曆年間（一五七三——一六二〇）胡震亨編刻《秘冊滙函》之版本。《四庫全書提要・子部十二・小說家類》：

《搜神記》二十卷：舊本題晉干寶撰。證以古書所引，或有或無，其第六第七卷乃全鈔《續漢書・五行志》，一字不更，殆亦出於依託。然猶為多見古書之人，聯綴舊文，傳以他說，故核其體例儼然唐以前書，非諦審詳稽不能知其偽也。

其大意是：《搜神記》二十卷，舊本題作晉朝干寶所撰。其所述內容，以古書引證，有的故事有出處，有的則沒有，書中第六及第七卷是全部抄錄自《續漢書・五行志》，一字沒有更換，大概亦是出於託名之作，非原來作品。作者該是多閱覽古書的人，能綴聯舊日的文章，輔以其他著述的說法，故此核查其體例風格，發現很像唐代以前的著作，若不仔細審核，實在不能辨別其真偽。

現存二十卷《搜神記》的內容，粗略可分成八個部分：

第一部分（第一至三卷）：論仙人方士、長壽得道者。

第二部分（第四至五卷）：寫預言應驗、夢卜成真。

第三部分（第六至十卷）：錄先秦至漢末的奇物奇事、奇夢妖怪。

第四部分（第十一卷）：寫歷史人物傳說。

第五部分（第十二至十四卷）：述異人異物異獸。

第六部分（第十五至十六卷）：記魂魄再世復生。

第七部分（第十七至十九卷）：論精怪作祟遺害。

第八部分（第二十卷）：述救害獸禽的因果報應。

《搜神記》的記述，有的是承傳前人的作品，有的乃干寶當時採訪所得，因非親耳所聽、親目所見，難免有虛構之處，作者自言甘願承擔譏謗及批評。他在序文已陳述己之心志：「苟有虛錯，願與先賢前儒分其譏謗。及其著述，亦足以明神道之不誣也。」

干寶撰錄的《搜神記》，其來源主要乃一、承繼前人典籍所載；二、採訪近世之事。為此，他錄述了不少正史人物的故事，使《搜神記》成為正史的參考著書。如《搜神記》卷十一〈王裒〉：

王裒，字偉元，城陽營陵人也。父儀，為文帝所殺。裒廬於墓側，旦夕常至墓所拜跪，攀柏悲號，涕泣著樹，樹為之枯。母性畏雷，母歿，每雷，輒到墓曰：「裒在此。」

《晉書》卷八十〈孝友傳．王裒〉幾乎全錄其文。而《搜神記》卷十一的〈東海孝婦〉則承傳自《漢書》卷七十一〈于定國傳〉。故事寫孝婦被冤枉毒殺家姑而判死刑，以致東海郡三年大旱，直至新太守上任，于公為她平反：「孝婦不當死，前太守枉殺之。」新太守親身祭祀孝婦，於墓前立碑表揚其孝行，才降下大雨來。

就《搜神記》的小說題材內容而言，優秀的作品主要有以下各類：

1. 記錄忠孝節義的故事——

作者藉着故事歌頌忠孝、貞節、仁義和正直的人物，如〈温序死節〉寫護軍校尉温序寧死不降逆賊的事跡。又如〈諒輔禱雨〉寫廣漢郡新都縣的屬官諒輔見天旱無雨，百姓受苦，因而欲顯其誠，用自己的身軀求雨。正當他堆積起柴枝準備自焚時，雨水傾盆落下，使萬物得到潤澤。又如〈相思樹〉寫韓憑夫婦對愛情的堅貞專一。故事講述韓憑妻子何氏長得貌美，被宋康王強搶佔有，何氏暗傳矢志不渝的書信給夫婿，結果與夫婿先後殉情。死後，二人墓前長出了兩棵梓樹，互相糾結在一起，樹上更有一對鴛鴦鳥交頸悲鳴。作者藉此頌揚夫妻對愛情的忠貞不二。

2. 述說人與鬼魂的故事——

作者藉着鬼魅向人的傾訴求助，以及人與鬼魅之交往及相處，印證鬼神的存在。如〈鵠奔亭女鬼〉寫蘇娥被殺害而向刺史申訴冤情，〈蔣濟亡兒〉寫蔣濟已故的兒子向父母求助。然而，最為人讚賞的是人鬼相戀的故事。故事展現人死後對愛情的渴望和執着，對在世情人的關心和眷戀。如〈紫玉與韓重〉，寫吳王夫差十八歲的小女兒紫玉與書生韓重相愛，因父王不許她下嫁韓重而抑鬱病亡。死後，遊學回來的韓重到墓前拜祭。紫玉與他盡訴相思之情，行了夫妻之禮，又贈他徑寸大的明珠。故事哀怨動人，令人感慨。

3. 為民除害救災的故事——

主要記述善良仁義的百姓甘願犧牲自己，為大眾消除禍害及災難，謀求安逸和福祉。如〈李寄斬蛇〉，寫十二三歲的李寄自薦為祭祀的童女，一為減輕父母養育子女的負擔，二為換取金錢補助一家的生活，三為民除害。李寄以大無畏的精神，帶着咬蛇犬殺了大蛇，替將樂縣的百姓除害，更得東越王聘納為王后。又如〈何敞消災〉寫方士何敞為吳郡百姓消除蝗蝝之災後，隱居遁世的事跡。

4. 因果循報應的故事——

故事展示世間因果報應不爽，婉轉勸戒世人多行仁義，去除不義之舉。如〈黃雀報恩〉寫黃雀夜送四枚白玉環予救命恩人；又如〈猿母哀子〉述猿母斷腸而死後，施虐者遭瘟疫滅門之禍；又如〈董永與織女〉寫董永十分孝順父親，父亡後賣身葬父，故感動天帝，天帝派遣織女下凡協助他償還賣身的債務。

二十卷《搜神記》收錄了很多神仙鬼怪、妖精夢卜，還魂報應、人鬼相戀等故事。由於作品多搜集於民間，故保存了不少優秀動人的民間傳說。諸如此類的鬼神異事，構成《搜神記》獨有的怪異色彩。此濃厚而獨特的色彩使它成為魏晉南北朝志怪小說的代表作之一。

四、《搜神記》的藝術特點

在藝術技巧方面，《搜神記》有以下幾項藝術特點：

1. 故事結構完整：

《搜神記》收錄的作品中，有不少故事的結構完整而情節曲折，內容趨向豐富充實，篇幅亦較前人作品為長，開拓了小說長篇幅的體制。如〈李娥〉一故事以倒敘法陳述，先寫李娥的鄰居蔡仲盜墓，令李娥死而復生，再寫縣使捕獲蔡仲，縣太守查問李娥復生的經過。李娥解釋乃地府司命誤召她，故推使鄰人蔡仲盜墓。太守得知真相後，上書朝廷請求赦免蔡仲的死罪。作者再倒敘李娥從地府返回人間途中，遇上表兄，表兄請她帶信給在世的兒子，相約兒子一家在城南會面。兒子得信而不解陰間語言，請人解之，再帶家人前往赴會，終能會晤亡父，又得父親賜送藥丸，保其一家免受妖癘之災。小說的結構完整有序，情節曲折離奇，故事的推進合乎情理。

2. 細節描寫細膩：

作者注重細節描寫，藉以推進故事發展和渲染場景氣氛。《搜神記》的細節描寫出色，可媲美後世優秀之小說。如上文提及的〈李娥〉，地府司命放李娥返回人間，她立刻反問：其形體已為家人埋葬，如何走出墳墓？又問：自己不懂返回陽間的路，又因乃弱質婦孺而不能獨自行走，能否得一人同行？由此才衍生了盜墓者蔡仲及同期遣返陽間的鄉人李黑。

又如〈相思樹〉把兩棵樹的生長描寫得十分仔細：

宿昔之間，便有大梓木，生於二塚之端，旬日而大盈抱，屈體相就，根交於下，枝錯於上。又有鴛鴦，雌雄各一，恆棲樹上，晨夕不去，交頸悲鳴，音聲感人。宋人哀之，遂號其木曰「相思樹」。

渲染了夫妻不能合葬，只有墓塚可相望的悲哀。故此，墓前的兩棵梓樹屈曲而生，出現樹根交結於下而椏枝交錯於上，情景淒美；作者借鴛鴦鳥的交頸悲鳴，揭示夫妻兩人死後仍相依不離。

3. 善用詩歌韻語：

作者述寫故事之時，在行文之間加插了詩歌及韻語，增添了典雅的文學色彩。如〈相思樹〉寫韓憑夫妻殉情的故事，韓妻何氏寫的一封信云：「其雨淫淫，河大水深，日出當心。」用的是簡潔的韻句。又如〈紫玉與韓重〉一故事，紫玉唱的一首歌：

南山有烏，北山張羅；烏既高飛，羅將奈何！意欲從君，讒言孔多。悲結生疾，沒命黃壚。命之不造，冤如之何！羽族之長，名為鳳凰；一日失雄，三年感傷；雖有眾鳥，不為匹雙。故見鄙姿，逢君輝光。身遠心近，何當暫忘？

以韻文詩的格調，展示紫玉悲苦的心情。故事中加插詩歌及韻語，令敍事的方式富於變化，同時增強小說的藝術吸引力。

4. 善用對話刻劃人物：

作者善於運用對話刻劃人物的情感和個性，如〈談生鬼妻〉寫談生年輕貌美的妻子斥責談生以燭火相照時的話：「君負我。我垂生矣，何不能忍一歲，而竟相照也？」充分表現出她憤怒、哀傷和絕望之情。即使談生道歉謝罪，她仍然哭泣流淚而不可自控。又如〈李寄斬蛇〉寫李寄自薦為祭蛇童女的一段對話：「……女無緹縈濟父母之功，既不能供養，徒費衣食，生無所益，不如早死。賣寄之身，可得少錢，以供父母，豈不善耶？」表現了李寄至誠的孝心之餘，亦展示她堅決果敢的個性。她欲藉賣掉自己來減輕父母的經濟負擔，並藉此獲取少許金錢以供養父母。父母縱然不讓她去送死，她還是偷偷地前往應徵。

五、《搜神記》的價值

《搜神記》影響深遠，及至六朝志怪作品、唐代傳奇、宋元話本、明清長篇小說，在藝術手法方面可謂繼承了《搜神記》的發展方向。有的作品甚至在體制及內容上，明顯採用了《搜神記》的故事內容。例如梁朝吳均《續齊諧記．楊寶》乃出自《搜神記．楊寶》，唐代沈既濟的《枕中記》、李公佐的《南柯太守記》可謂源於《搜神記》的〈焦湖廟巫〉及〈審雨堂〉。

至宋明時期，話本流行，《清平山堂話本》中〈死生交范張鷄黍〉亦不外取自《搜神記．死友》中范巨卿及張元伯的故事。元朝關漢卿（約一二二〇——一三〇〇）的《感天動地竇娥冤》雜劇也源於《搜神記．東海孝婦》。明朝湯顯祖（一五五〇——一六一六）的《邯鄲夢》源於唐傳奇〈南柯太守記〉，而〈南柯太守記〉則源於《搜神記》的〈焦湖廟巫〉。

《搜神記》在當時的影響已很深遠，故出現續寫的著作《搜神記後記》，共十卷。不知何許人所撰，只能肯定乃隋朝之前的作品。清代《四庫全書．子部十二．小說家類》：

> 《搜神後記》十卷：舊本題晉陶潛撰。考潛卒於宋元嘉四年，而書中有元嘉十四年，十六年事，其偽可不待辨。然其書文詞古雅，體例嚴整，實非鈔撮補綴而成，亦非唐以後所作，

> 故《隋志》著錄，而唐人所引文，亦一一相合，蓋猶隋以前之完帙也。

時至現代，《搜神記》的影響依然恆久不衰。如五十年代的戲劇電影《天仙配》，六十年代的國語電影《七仙女》，皆源自〈董永與織女〉的故事。

從國際視野而論，《搜神記》印證了很多與西方文化的巧合。例如，丹麥的安徒生（一八〇五—一八七五）童話〈野天鵝〉、德國的天鵝故事（據悉被譯為〈被施法的面紗〉），以及後來衍生的俄國芭蕾舞劇〈天鵝湖〉，乃十八九世紀西方著名的童話。原來早於四世紀的晉朝，已有鳥兒化為美女的故事，《搜神記》的〈羽毛女〉便是一例證。西方的《聖經》故事裏，耶穌行神跡，以五餅二魚餵飽五千人，恰巧中國則有〈薊子訓長壽〉，述薊子訓以斗酒片脯令京城數百名公卿大夫吃飽飲醉，酒也是倒之不盡，肉乾亦是取極還有。

此外，中國對日本的文化影響深遠，如現代日語裏，有不少字詞乃承傳中國古代漢語而來的，例子可見於《搜神記》。日語的「僕」（ぼくboku）是男子謙稱「我」的意思，實乃晉朝時期已通用的自稱，如〈鬼扮虞定國〉一故事中，虞定國在蘇公面前謙稱自己為「僕」。

六、小結

《搜神記》諸篇故事弘揚「善有善報、惡有惡報」的思想，亦諷刺為官不仁、貪財貪色之徒，讚美為民請命、仁義孝順之士，又歌頌至死不渝的愛情。然而，干寶亦刻意描述鬼神心志之難測、忠奸的難分，令百姓產生敬畏之心。《搜神記》記錄了不少民間傳說，成為研究古代文化風俗的佐證參考；如古人對大自然世界不太瞭解，時以犧牲性命之法求雨求福。研究小說，不可不讀《搜神記》，因為它是文言小說步向成熟的重要里程碑。

七、選章規則

本書《搜神記》乃「新視野中華經典文庫」之一，由於讀者主要是公眾，故花了三個月時間篩選篇章，所選篇章基於以下考慮因素：

（一）富有教育意義：可以啟發世人，或引人深思。如書中有不少作品展示古代不同階層百姓及士子的忠、義、節、孝、廉等高尚情操及美好品德，皆優先選錄。

（二）富有小說情節：《搜神記》乃魏晉時期的重要小說著作，其情節內容皆具現代小說雛型，故特選取情節豐富的故事，讓讀者欣賞古代小說作品的精彩內容。

（三）富有怪異色彩：由於此書名為《搜神記》，故此不可不選箇中怪異的作品，如論男女變性結婚之事，鬼神與人交往之事，以及神獸妖怪之靈異事情。

由於按着卷一至二十而選，有的卷數較精彩益智，故選取的較多，有的卷數則因為較粗陋簡短，選取較少。故事內容相近的，如靈獸報恩的故事，亦只選一二篇，其餘差不多者則不再選。有些著名篇章，如〈三王墓〉，雖有曲折豐富的故事情節，惟內容寫為父報仇雪恨，主角不惜自殺割頭，最終令報仇者、受命者、帝王共三人斷頭喪命；故事中頗有殺戮突兀之情節，恐怕有誤年輕讀者，故不選。無選的篇章內容，亦可從每卷的簡介得悉一二。

特此鳴謝

此書之撰寫，除了筆者的查核推論，亦有參考北京中華書局二〇一二年出版，由馬銀琴、周廣榮譯注的《搜神記》，以及台北三民書局二〇一〇年出版，由黃均注譯的《新譯搜神記》，特此鳴謝。由於撰寫時間有限，倘若有不足及誤差之處，還望有識力之讀者包容見諒。最後，特別感謝香港中華書局副總編黎耀強先生之邀約，本人能參與此經典系列之撰寫，感覺萬分榮幸。

卷一

本卷導讀——

本卷主要記述先秦至晉朝時期的神仙故事，或記神仙的生平事跡，或述其神奇法力，或寫其成仙經過，或敍神仙下凡助人。本卷所述皆傳說中的帝王及神仙故事，如〈神農鞭百草〉、〈雨師赤松子〉、〈寧封子自焚〉等。

此外，卷中又記述了不同朝代的神仙人物。先秦時代的人物有長壽的彭祖、御龍師孔甲、葛由等；漢代的神人有：騎赤龍升天的陶安公、淮南王劉安，能召鬼的劉根、常有野鴨陪伴的縣令王喬、以斗酒片脯令數百人飽腹的薊子訓、在長安行乞的神仙小兒等。故事顯示神仙的樣貌不一，身份殊異，由乞丐、縣令至侯王，皆可得道成仙。至於漢末三國時期的仙人，多述其能力，如在水盆中釣得兩條大魚的左慈、為孫策求雨的于吉、能隱形的介琰、能瞬間種出瓜果的徐光、可令江水一分為二的吳猛等。諸篇故事裏，不乏在功德完滿後，飛升上天的神仙。如

〈園客養蠶〉中幫助園客養蠶的仙女、〈董永與織女〉中協助董永償還欠債的織女、〈弦超與神女〉中與弦超結為夫婦的玉女。

此處選了〈薊子訓長壽〉及〈董永與織女〉兩篇。〈薊子訓長壽〉述有神力的薊子訓不但長壽逾五百歲，更能以斗酒片脯令數百人飽腹。而〈董永與織女〉云董永因為賣身葬父，孝感動天，玉帝令織女下凡助他償還債務。

薊子訓長壽

薊子訓，不知所從來。東漢時，到洛陽，見公卿數十處，皆持斗酒片脯候之[1]。曰：「遠來無所有，示致微意[2]。」坐上數百人[3]，飲啖終日不盡[4]。去後，皆見白雲起，從旦至暮。時有百歲公說：「小兒時見訓賣藥會稽市[5]，顏色如此。」訓不樂住洛[6]，遂遁去[7]。正始中[8]，有人於長安東霸城[9]，見與一老公共摩挲銅人[10]，相謂曰：「適見鑄此，已近五百歲矣。」見者呼之曰：「薊先生小住[11]。」並行應之。視若遲徐，而走馬不及。

注釋

1 **斗酒**：斗，本指口大底小的方形或鼓形、多木或竹製成的量器，其容量為一斗。故此，斗酒可泛指一壺酒。中國古代的容量單位，以十升為一斗，十斗為一石。漢朝的一斗，等於今之二公升。脯：乾肉。

2 **微意**：微薄的心意。常作謙詞之用，如三國魏曹操《與諸葛亮書》：「今奉雞舌香五斤，以表微意。」

3 **坐**：同座。

4 **啖**：吃、食。

5 **會稽**：郡名。秦時設置，即今江蘇及浙江省一帶。

6 **洛**：洛陽。

7 **遁**：本指逃避。此處指避世隱居。

8 **正始**：三國魏齊王曹芳的年號，即公元二四〇—二四九年之間。

9 **霸城**：即霸城門，位處漢代長安城東。

10 **摩挲**：亦作「摩莏」或「摩娑」。揉搓、撫摩。

11 **小住**：稍為停留。

譯文

薊子訓，不知是從何處而來。東漢時期，他來到洛陽，在數十處地方會見朝廷的公卿官員，每次總是拿着一斗酒一塊乾肉來招待他們。他說：「我從遠方來沒能帶什麼東西，這些酒肉僅能表達我微薄的心意。」在席上坐着數百人，一起飲用那酒分吃那肉，吃飲了一整天也飲不盡吃不完。薊子訓離開了以後，各人都看見白雲升起，由早上持續至晚上不散。當時，有一名已二百歲的老公公說：「我還是小孩子的時候，在會稽的市集見過薊子訓在那兒賣藥，當時他的容顏臉色就是這樣的。」薊子訓不樂意在洛陽居住，於是避世隱居去了。及至三國時代魏齊王的正始年間，有人在長安東邊的霸城門，看見他和一名老人家一起撫摩着銅人。他們交談說：「當時看着人們鑄造這尊銅人，距離現在已接近五百年了。」見到他們的人呼喚着：「薊先生請稍停留。」薊子訓與朋友，一邊並肩而行，一邊回應着。看來好像走得緩慢，卻連走着的馬匹也追趕不上。

賞析與點評

本篇之旨，在於記述薊子訓數項神奇事跡：一、以斗酒片肉令數百人飽腹，二、能長生不老，三、步履如飛。《後漢書》卷八十二〈方術列傳〉除了與《搜神記》有相同記錄外，更記述了薊子訓能令生者死，死者生之事跡，其云：

嘗抱鄰家嬰兒，故失手墮地而死，其父母驚號怨痛，不可忍聞，而子訓唯謝以過誤，終無它說，遂埋藏之。後月餘，子訓乃抱兒歸焉。父母大恐，曰：「死生異路，雖思我兒，乞不用復見也。」兒識父母，軒渠笑悅，欲往就之，母不覺攬取，乃實兒也。雖大喜慶，心猶有疑，乃竊發視死兒，但見衣被，方乃信焉。於是子訓流名京師，士大夫皆承風向慕之。

後乃駕驢車，與諸生俱詣許下。道過滎陽，止主人舍，而所駕之驢忽然卒僵，蛆蟲流出，主遽白之。子訓曰：「乃爾乎？」方安坐飯，食畢，徐出以杖扣之，驢應聲奮起，行步如初，即復進道。其追逐觀者常有千數。

既到京師，公卿以下候之者，坐上恒數百人，皆為設酒脯，終日不匱。

史書記述的起死回生之術：一、他懷抱鄰家嬰兒時，故意失手令嬰兒墮地而死，令嬰兒父母哀號。一個多月後，又將鄰家的孩兒抱回來，令嬰兒父母喜出望外。二、他與眾人駕着驢車路過滎陽，留宿主人家。驢子忽然僵死，他推斷乃主人所為。及至他吃完飯再次上路，只用木杖敲一敲已死驢子，驢子馬上應聲站起來，步履速度和來時一樣，與他們繼續上路。

《後漢書》之記述，印證史家相信薊子訓確有其人，認為其神妙事跡亦可信。及至元朝，趙道一《歷世真仙體道通鑑》卷二十，更記述薊子訓二百餘年顏色不老，能在半日之內行千餘里。古人相信神仙有駐顏之術，長壽之餘更青春常駐，又能瞬間走千里之遙。

西方有《聖經》（馬太福音 14:13-21；馬可福音 6:35-44；路加福音 9:10-17；約翰福音 6:1-14）記載耶穌行神跡，以五餅二魚餵飽了五千人。中國則有神仙薊子訓以斗酒片脯令席上數百名的公卿大夫、朝廷官員吃飽飲醉。仙人可以少許的食物令千百或萬人飽腹，可視為人類對神仙力量的共同認知及共同渴望。

《聖經》亦記述耶穌有起死回生、令盲者見、令聾者聽的能耐。《搜神記》裏薊子訓亦有此等能耐，揭示中外古今，人類對神靈仙人擁有的法力，似乎有着共同的祈盼。

董永與織女

漢董永，千乘人[1]。少偏孤[2]，與父居。肆力田畝[3]，鹿車載自隨[4]。父亡，無以葬，乃自賣為奴，以供喪事。主人知其賢，與錢一萬，遣之。永行三年喪畢，欲還主人，供其奴職。道逢一婦人曰：「願為子妻。」遂與之俱。主人謂永曰：「以錢與君矣。」永曰：「蒙君之惠，父喪收藏[5]。永雖小人[6]，必欲服勤致力，以報厚德。」主曰：「婦人何能？」永曰：「能織。」主曰：「必爾者，但令君婦為我織縑百匹[7]。」於是永妻為主人家織，十日而畢。女出門，謂永曰：「我，天之織女也[8]。緣君至孝，天帝令我助君償債耳。」語畢，凌空而去，不知所在。

注釋

1 千乘：古縣名，漢代設置此縣，並設千乘郡治之。後漢改千乘郡為樂安國，移治臨濟，以千乘為屬縣。故城在今山東高苑縣北二十五里。

2 偏孤：指早年喪父或喪母。此處指董永自小喪母。

3 肆力：盡力。

4 鹿車：古代一種用人力推動的小車，因車身設計狹小僅可容納一鹿，故此得名。漢代應劭《風俗通》云：「鹿車，窄小裁容一鹿也。」自隨：跟隨在自己身邊，隨身攜帶。

5 收藏：亦作收臧，即收殮埋葬。此處指辦理喪事。

6 小人：古代用詞，指地位低微的人；後亦用作自我謙稱為地位低賤之人。

7 縑（粵：兼；普：jiān）：用雙絲織成的細絹。古時多作賞贈酬謝之物，亦用作貨幣或紙張。匹：衡度單位。古代織物長四丈為一匹；西漢一丈即今之二三一厘米，東漢則為二三七點五厘米。

8 織女：古代仙女名，傳說乃天帝的孫女。

譯文

漢朝的董永，是千乘縣人。他自小喪母，與父親一起居住。他在田裏努力耕種，用小車載着父親時刻跟隨自己身邊。父親亡故之後，他沒錢予以安葬，就自我賣身為奴僕，以換取金錢辦理父親的喪事。買他的主人知道他善良賢孝，給了他一萬緡錢，遣送他歸家去。董永在家守了三年喪期後，準備回到主人家去償債，為他擔任奴僕之職。在路途上，他遇見一名女子。女子說：「我願意成為你的妻子。」董永於是與她一起到主人家裏。主人對董永說：「那些錢是送給你的。」董永說：

「承蒙你的恩惠，父親亡故而得以安葬。董永我雖然是地位卑微的人，必定會勤奮盡力地伺候，以報答你的仁厚恩德。」主人說：「你妻子能做些什麼？」董永說：「她能織布。」主人說：「若你必定要替我勞役的話，只請你妻子為我織一百匹的雙絲細絹。」於是，董永的妻子為主人家織布，只要十天便完成。（兩人離開了主人家）女子一出門，對董永說：「我是天上的織女。因為你至誠孝順，天帝讓我下凡來輔助你償還債務。」話一說完，便飛升天空而去，不知往那兒去了。

賞析與點評

本篇敍述董永賣身葬父，因而感動天帝派遣仙女下凡輔助的孝義故事。董永的故事早於三國時代已出現。三國魏時期，曹植有一篇名為〈靈芝〉的詩篇，內容與《搜神記》相近。詩云：

董永遭家貧，父老財無遺。舉假以供養，傭作致甘肥。
責家填門至，不知何用歸。天靈感至德，神女為秉機。

敍寫董永家裏貧困，祖父輩沒有留下任何財物。他只有借貸（舉假）供養父親，又替人打工以換取美味食物給父親吃。當追債的人登門而至，他不知用什麼東西歸還。上天有感他的孝德，於是派仙女下凡為他織布。

《漢書》沒有記載董永的事跡，不過其完整的故事，相信漢代劉向（前七七－前六？）身處的時期已有記錄。《太平御覽》卷四一一引劉向《孝子圖》云：

前漢董永，千乘人。少失母，獨養父。父亡無以葬，乃從人貸錢一萬。永謂錢主曰：「後若無錢還君，當以身作奴。」主甚憫之。永得錢葬父畢，將往為奴，於路忽逢一婦人，求為永妻。永曰：「今貧若是，身復為奴，何敢屈夫人為妻？」婦人曰：「願為君婦，不恥貧賤。」永遂將婦人至。錢主曰：「本言一人，今何有二？」永曰：「言一得二，理何乖乎？」主問永妻曰：「何能？」妻曰：「能織耳。」主曰：「為我織千匹絹，即放爾夫妻。」於是索絲，十日之內千匹絹足。主驚，遂放夫妻二人而去。行至本相逢處，乃謂永曰：「我是天之織女，感君至孝，天使我償之。今君事了，不得久停。」語訖，雲霧四垂，忽飛而去。

此版本所記的董永是向人借錢一萬，而非如干寶所記的贈錢一萬。債主對董永帶了妻子同來也感到驚訝，故問：本來說只有一人，現在為何有二人？董永則答：「一人當奴僕而今得二人來幹活，有什麼乖戾的道理呢？」債主要求董永的妻子織布千匹，才放走兩人。若古人一日能織一匹布絹，千匹也得織上三年才可完成。十日織千匹，在沒有機器的時代，確實只有神仙才能辦到。此處的債主比較苛刻，不像干寶所記的那樣仁慈善良。雖然小節有別，故事情節大體相同。

董永的故事，亦為元朝的郭居敬輯錄成《二十四孝圖》之一，名為第六「賣身葬父」。其云：

> 漢董永家貧，父死，賣身貸錢而葬。及去償工，途遇一婦，求為永妻。俱至主家，主令織布三百疋，始得歸。婦織一月而成。歸至槐陰會所，遂辭永而去。有詩為頌。詩曰：
>
> 葬父貸孔兄，仙姬陌上逢；織布償債主，孝感動蒼穹。

郭居敬藉此弘揚中國傳統的孝道，鼓舞人們承傳下去。

本故事在一九五五年給改編成黃梅戲電影《天仙配》。六十年代，香港邵氏公司的國語電影《七仙女》，亦以董永的故事為藍本，今已家傳戶曉。

卷二

本卷導讀——

本卷主要記述有各種超自然能力的奇人異士，或能令鬼魂現形，或能起死回生，或有預知能力，或能興雨吐火。此卷述說的人物橫跨漢朝至晉朝，有不同的法力，如能令各妖怪現形的壽光侯、能以口噴水成雨的樊英、與趙昞互相鬥法的術士徐登、有預知能力的韓友等。

此外，此卷所述的道人、巫師、女巫、術士大多具有看見鬼魂及與鬼魂對話的能力，他們甚至可以讓在世者與已逝的人見面，例如〈營陵道人令見死人〉、〈白頭鵝試覡〉、〈石子崗朱主墓〉、〈夏侯弘見鬼〉等。本卷亦有述及漢魏宮廷及晉代貴族的軼事，例如〈賈佩蘭說宮內事〉。

此處選了〈李少翁致神〉一故事，記述漢武帝對李夫人痴心一片，在她死後，請方士李少翁招她的魂魄。此事見於《漢書．外戚傳》，亦乃「姍姍來遲」一語典來源。

李少翁致神

漢武帝時，幸李夫人[1]。夫人卒後，帝思念不已。方士齊人李少翁[2]，言能致其神[3]。乃夜施帷帳，明燈燭，而令帝居他帳遙望之。見美女居帳中，如李夫人之狀，還幄坐而步[4]，又不得就視。帝愈益悲感，為作詩曰：「是耶？非耶？立而望之，偏娜娜[5]，何冉冉其來遲[6]？」令樂府諸音家弦歌之[7]。

注釋

1 幸：寵幸、寵愛，尤指古代帝王對女子的寵愛。

2 方士：方術之士，古代自稱能訪仙煉丹，以得長生不老的人。

3 神：本指神靈、精神，此處指魂魄。

4 還：通「環」，環繞之意。

5 偏娜娜：疾飛、飄揚。偏，通「翩」。娜娜，細長而柔弱貌。

6 冉冉：慢慢地。一作「姍姍」。

7 樂府：古代主管音樂的官署，始於漢代。漢惠帝時有樂府令，漢武帝時開始設立樂府機構，掌管宮廷、巡行、祭祀所用的音樂，兼採民歌配樂，以李夫人之兄長李延年為協律都尉。後來，人們把採集得來的民歌，以及文人類似的作品，也統稱作「樂府」。**諸音家**：諸名樂師。諸，一作「知」。知音家，指通曉音樂的人。**弦歌**：依琴瑟而詠歌之意。鄭玄注云：「弦，謂琴瑟也。歌，依詠詩也。」

譯文

漢武帝在位時，非常寵愛李夫人。李夫人死後，武帝不斷思念她。齊地有一個術士叫李少翁，自稱能招來她的神靈魂魄。於是，他在夜晚搭起帷幕紗帳，點起燈火蠟燭，而讓漢武帝坐在另一個帷帳從遠處遙望。只看見一個美女坐在帷帳之中，猶如李夫人的模樣，環繞着帷帳一會兒坐一會兒步行，又不可以靠近視察觀看。漢武帝越發感到悲傷感慨，為此而作了一首詩云：「是她吧？不是她吧？站在這兒遙望過去，只見她裙帶飄揚而體態細長柔美，為何她慢慢地走來，又來得這麼遲？」寫好後，令樂府機構的諸名樂師配上樂曲予以歌詠。

賞析與點評

本篇記述漢武帝思念李夫人，得方士李少翁招來魂魄以慰相思之情的經過。

此故事早見於班固《漢書》卷九十七〈外戚傳〉：

上（漢武帝）思念李夫人不已，方士齊人少翁言能致其神。乃夜張燈燭，設帷帳，陳酒肉，而令上居他帳，遙望見好女如李夫人之貌，還幄坐而步。又不得就視，上愈益相思悲感，為作詩曰：「是邪，非邪？立而望之，偏何姍姍其來遲！」令樂府諸音家弦歌之。上又自為作賦，以傷悼夫人。

文中展示了漢武帝對「傾城傾國」的李夫人的寵愛。即使在李夫人亡故後，武帝心裏依然時刻思念。因思念不已而欲見一面，因欲見一面而遍尋天下術士，務求招得李夫人的魂魄。

在《漢書》的紀錄之中，沒有注明術士的姓氏，只云名叫「少翁」；但《搜神記》則云術士姓李，名少翁。《搜神記》作者干寶借此錄述，展示世間確有鬼魂，且見於史書，能借方士之力招來魂魄，以會見世間的親人。

令人疑惑的問題是：李夫人何以能令大漢天子漢武帝如此痴心？何況武帝身邊美女如雲，為何他獨對李夫人有刻骨銘心的相思？事緣於李夫人病亡之前，武帝欲見她一面亦不能。《漢書．外戚傳》云：

初，李夫人病篤，（皇）上自臨候之，夫人蒙被謝曰：「妾久寢病，形貌毀壞，不可以見帝。願以王及兄弟為託。」（皇）上曰：「夫人病甚，殆將不起，一見我屬託王及兄弟，豈不快哉？」夫人曰：「婦人貌不修飾，不見君父。妾不敢以燕媠（惰）見帝。」（皇）上曰：「夫人弟一見我，將加賜千金，而予兄弟尊官。」夫人曰：「尊官在帝，不在一見。」（皇）上復言欲必見之，夫人遂轉鄉（向）歔欷而不復言。於是（皇）上不說（悅）而起。

夫人姊妹讓之曰：「貴人獨不可一見上屬託兄弟邪？何為恨（皇）上如此？」夫人曰：「所以不欲見帝者，乃欲以深託兄弟也。我以容貌之好，得從微賤愛幸於上。夫以色事人者，色衰而愛弛，愛弛則恩絕。（皇）上所以攣攣顧念我者，乃以平生容貌也。今見我毀壞，顏色非故，必畏惡吐棄我，意尚肯復追思閔錄其兄弟哉！」及夫人卒，（皇）上以后禮葬焉。其後，（皇）上以夫人兄李廣利為貳師將軍，封海西侯，延年為協律都尉。

李夫人因病而臉容憔悴，怎也不肯以憔悴病容見武帝。她以婦人貌不修飾不見君父之禮法，拒絕以不嚴飾之容見君王。漢武帝如何利誘她，她亦不為所動，因為她相信帝王對妃嬪會因其色衰而愛馳。為得武帝不減的寵愛，她至死不肯以病容見君王。武帝在她患病時不能一見，在她死後則更添思念。故除了以皇后之禮厚葬她，還封其兄長李廣利為貳師將軍、李延年為協律都尉，但漢武帝對李夫人的思念亦未因此而消減。

因《漢書》的記載，後世出現「姍姍來遲」之語典。顏師古注云：「姍姍，行貌。」世人以「姍姍來遲」四字詞形容女子走路緩慢從容的姿態。

卷三

本卷導讀——

本卷主要記述擅長占卜的能人，通過占卜徵兆，預知未來，洞識妖怪作祟，教人除妖、避禍、增壽、治病之法。亦有一二篇寫善於醫術之人，以不同方法引出妖邪而令患病者得治。

因占卜得知真相者，如〈臧仲英遇怪〉、〈鍾離意修孔廟〉、〈喬玄見白光〉、〈管輅論怪〉等；預知未來的故事，有〈郭璞撒豆成兵〉、〈隗炤書板〉。而〈嚴卿禳災〉則敘述了嚴卿預知未來而助人逢凶化吉。善於占卜之士，不但能預知未來，更能替人治癒各種疾病，增壽續命，例如〈韓友驅魅〉、〈段翳封簡書〉、〈郭璞筮病〉、〈管輅教顏超增壽〉等。此卷有兩篇記述漢代名醫為人治癒病症的故事，即〈華佗治瘡〉及〈華佗治咽病〉。

本卷肯定了占卜的靈驗，更將所有不治的惡疾，歸咎於妖怪作祟，頗有誇張及想像的色彩。此處選了曲折有趣的〈隗炤書板〉，故事記述汝陰郡的隗炤預知他死後會有大災荒，故收藏黃金五百斤，以待妻兒於盛世之時使用。隗炤死後五年，姓龔的使者以占卜之法得知黃金藏在陳家堂屋東邊，請隗炤的妻子前往挖掘。此故事展現智者隗炤對妻兒子孫的愛惜和蔭護，亦彰顯他深藏不露的睿智。

隗炤書板

隗炤[1]，汝陰鴻壽亭民也[2]，善《易》[3]。臨終書板[4]，授其妻曰：「吾亡後，當大荒[5]。雖爾[6]，而慎莫賣宅也[7]。到後五年春，當有詔使來頓此亭[8]，姓龔。此人負吾金[9]，即以此板往責之[10]。勿負言也。」亡後，果大困，欲賣宅者數矣，憶夫言，輒止。至期，有龔使者，果止亭中，妻遂齎板責之[11]。使者執板，不知所言，曰：「我平生不負錢，此何緣爾邪？」妻曰：「夫臨亡，手書板，見命如此，不敢妄也。」使者沉吟良久而悟，乃命取蓍筮之[12]。卦成，抵掌歎曰[13]：「妙哉隗生！含明隱跡而莫之聞[14]，可謂鏡窮達而洞吉凶者也[15]。」於是告其妻曰：「吾不負金，賢夫自有金。乃知亡後當暫窮，故藏金以待太平。所以不告兒婦者，恐金盡而困無已也。知吾善《易》，故書板以寄意耳。金五百斤，盛以青罌[16]，覆以銅柈[17]，埋在堂屋東頭[18]，去地一丈[19]，入地九尺。」妻還掘之，果得金，皆如所卜。

注釋

1 隗炤（粵：葵／蟻照；普：kuí\wěi zhāo）：晉朝人。《晉書》卷九十五有傳，內容與此篇相同。

2 汝陰：古郡名。三國魏時設置，治所在今安徽阜陽，轄境約今之安徽潁河一帶以西和河南新蔡、淮濱縣等地。該郡曾一度廢止，西晉時期復置。亭：秦朝及漢代的地方行政架構，按《漢書·百官公卿表》所記，大概十里一亭，每亭有長，十亭一鄉。

3 易：即《易經》，又稱《周易》。

4 書板：本指書版，以雕版印刷術印書的底板。此處指在木板上書寫文字章句。

5 大荒：嚴重的荒災。鄭玄注《周禮·春官》云：「大荒，饑饉也。」指因收成不好而造成的嚴重饑荒。

6 爾：此處作「如此、這樣」之意。

7 而：此處同「爾」，即你的意思。

8 詔使：古代奉皇帝詔令前往地區進行巡視、考察，或執行各項任務的使臣。頓：指停留、停駐。

9 負：一般指背負、抱有或具有。此處則指負欠、欠債。

10 責：古同「債」。此處作動詞用，要求對方還債。

11 齎（粵：擠；普：jī）：同「賫」，懷抱着，帶着。

12 蓍（粵：詩；普：shī）：蓍草，通稱蚰蜒草、鋸齒草。多年生草本植物，可入藥。莖、葉可製成香料。古代用其莖作占卜之用。

13 抵（粵：止；普：zhǐ）掌：擊掌、拍掌。

14 含明隱跡：猶韜光匿跡，即藏匿光彩，掩蔽形跡。用來形容一個人不自炫露。此處指隗炤隱匿自己的睿智，掩藏自己的行跡。

15 鏡：作動詞用，指明察、照見、一目了然。

16 罌：古代大腹小口的容器，一般用作盛儲酒或水之用。或作甇，指瓦器。

17 柈（粵：盤；普：pán）：古通「盤」，盛物之器皿。

18 堂屋：正屋之中居中的一間。亦泛指正屋，即位於正中而屬主體部分的房屋，與廂房相對。

19 地：一作「壁」。

譯文

隗炤，是汝陰郡鴻壽亭的百姓，精通《易經》。他臨終前寫了一塊木板，交給他妻子說：「我亡故之後，會有嚴重的饑荒災害。雖然如此，千萬不要賣掉這座宅第。到了五年後的春天，必定會有一名皇帝派來的特使到這鴻壽亭留守停宿，他姓龔。這人虧欠我黃金，你隨即拿着這木板前往他處取回債項，切勿辜負了我的話。」他死了以後，家人果然因嚴重荒災而遇上困厄，他妻子多次想賣掉宅第，想起丈夫的遺言，便打消了念頭。

到了所說的第五年，有一名姓龔的使者到來，果然在鴻壽亭留守停宿，他妻子便拿着木板去向使者索回債項。使者手持木板，不明白上面書寫的言辭。他說：「我平生不欠別人錢，這究竟是何緣故呢？」隗炤的妻子說：「我丈夫臨死前，親筆寫了這木板，令我這樣做，我不敢胡言妄為的。」使者沉吟了好一會兒就明白過來，於是命人取來占卜用的蓍草卜一卦。卜筮之卦象出現後，他擊掌讚歎說：「妙極呀隗炤先生！你隱匿睿智、掩藏行跡而沒有人知道你，你可以說是個明察窮困富達而洞悉吉凶禍福之士！」於是，使者告訴隗炤妻子說：「我不虧欠你丈夫黃金，是你賢明的丈夫自己儲有黃金。因為他知道自己死後你們必定會暫時遭受窮困，所以埋藏了黃金以等待太平時期之用。他之所以不告訴孩兒及妻子，是恐怕黃金用盡了而窮困的日子還沒完結呀。他知道我精通《易經》，所以寫下這木板以寄託自己的意思。他有黃金五百斤，盛裝在青色的罌罐裏，用銅製的盤子掩蓋着，埋放在堂屋的東面盡頭，距離牆壁一丈遠，埋在地下九尺深的地方。」隗炤妻返家挖掘，果然挖得黃金，全部如卜卦所說的一樣。

賞析與點評

本篇記述隗炤之神機妙算，能知亡後之事，故藏金以蔭護妻兒子孫的奇事。此故事亦見於唐代房玄齡撰寫之《晉書》，記述隗炤對妻兒之蔭護，能在生前準確無誤地預測死後之事，又能隔世託付能者，告訴妻兒己之藏金所在之處。《晉書》卷九十五〈藝術傳〉所錄與本篇相同，惟用字有少許差別而已，其云：

> 隗炤，汝陰人也。善於《易》。臨終，書板授其妻曰：「吾亡後當大荒窮，雖爾慎莫賣宅也。卻後五年春，當有詔使來頓此亭，姓龔，此人負吾金，即以此板往責之，勿違言也。」炤亡後，其家大困乏，欲賣宅，憶夫言輒止。期日，有龔使者止亭中，妻遂齎板往責之。使者執板惘然，不知所以。妻曰：「夫臨亡，手書板見命如此，不敢妄也。」使者沉吟良久而悟，謂曰：「賢夫何善？」妻曰：「夫善於《易》，而未會為人卜也。」使者曰：

「噫，可知矣！」乃命取蓍筮之，卦成，撫掌而歎曰：「妙哉隗生！含明隱跡，可謂鏡窮達而洞吉凶者也。」於是告炤妻曰：「吾不相負金也，賢夫自有金耳，知亡後當暫窮，故藏金以待太平，所以不告兒婦者，恐金盡而困無已也。知吾善《易》，故書板以寄意耳。金有五百斤，盛以青甕，覆以銅柈，埋在堂屋東頭，去壁一丈，入地九尺。」妻還掘之，皆如卜焉。

《晉書》加入使者問妻子隗炤的專長，其妻答：「精通《易經》，但未曾替人占卜。」為此，使者才省悟以占卜之法解構板書之言。當卜卦出現後，使者驚訝隗炤之高度智慧及神機妙算，感歎他是「含明隱跡」——含有明睿智慧而隱藏己之能力形跡，又讚美隗炤能明察窮困富貴及洞悉吉祥凶險。《晉書》將干寶記錄故事時的跳躍之處——使者為何想起用占卜解決疑惑——補充說明了。

唐代房玄齡等大學士幾乎承襲《搜神記》所述，將之輯入《晉書》，可見干寶之文實得翰林肯定，亦具有一定的史學價值，並非時人以為純乃搜奇說異、搬弄鬼神之雜記。

卷四

本卷導讀——

本卷所述皆乃星宿、山神、河泊、祠廟神靈、天帝使者與人接觸之事：如泰山之女出嫁時託夢給周文王（〈灌壇令當道〉）；山神請人送信給女婿（〈胡母班致書〉）；凡人為河伯召為婿而得賞賜（〈河伯婿〉）；女子為山神召為媳婦（〈張璞投女〉）；天帝使者降臨人家，向人預告未來（〈華山使〉）；祠廟之神應驗人之所想所求（〈戴侯祠〉）。通過各篇故事，作者暗示人們敬信神靈的重要：順從神靈者得賞，信奉天使者得治，有德行者得神靈庇佑。不信者失之，後悔亦莫及。

此處選〈戴文謀疑神〉及〈麋竺逢天使〉兩則故事作分析。前者述沛國的隱士戴文謀，得天帝使者降臨寄居府中，因心疑使者身份而失其庇佑。後者說麋竺義載天帝使者，因相信使者之言，故能及時趕回家搬移財物，免受火災燒毀。人們對神靈的信與不信，令二人的遭遇有莫大的差異。

戴文謀疑神

沛國戴文謀[1]，隱居陽城山中[2]。曾於客堂食際[3]，忽聞有神呼曰：「我天帝使者，欲下憑君[4]，可乎？」文聞甚驚。又曰：「君疑我也？」文乃跪曰：「居貧，恐不足降下耳。」既而灑掃設位，朝夕進食，甚謹。後於室內竊言之。婦曰：「此恐是妖魅憑依耳。」文曰：「我亦疑之。」及祠饗之時[5]，神乃言曰：「吾相從方欲相利，不意有疑心異議。」文辭謝之際，忽堂上如數十人呼聲，出視之，見一大鳥五色[6]，白鳩數十隨之[7]，東北入雲而去，遂不見。

注釋

1 沛國：即沛王國，轄境包括今安徽北部等地。漢光武帝曾封其子劉輔為沛王，建立沛國。

2 陽城山：山名，所在之處，眾說紛紜，有待考核。一云陽城山在河南登封縣東北，俗名車嶺，是九州之險之一。今河南開封伊河賈魯河間諸山嶺，乃陽城山脈。一云陽城山即陽平山，在浙江富陽縣南十五里。據聞後漢孫鐘在山上種瓜而有異兆，孫鐘卒後亦葬於此。更有云，陽城山在晉時見於廣州始安郡陽山縣，因《太平御覽》

云此文轉引自《廣州先賢傳》。

3 **客堂**：接待賓客的房間。

4 **憑**：依靠、跟隨。

5 **祠饗**：用酒食祭祀神靈。饗，用酒食招待客人，泛指請人食用。

6 **五色**：青、赤、黃、白、黑。

7 **鳩**：鳩鴿鳥類的泛稱。據悉古時有五種鳩：祝鳩、鳲鳩、爽鳩、雎鳩和鶻鳩。祝鳩和鶻鳩是鳩類，鳲鳩是攀禽類的布穀，爽鳩是鷹類，雎鳩是鶚類。

譯文

沛國的戴文謀，隱居在陽城山裏。一次，他在廳堂吃飯的時候，忽然聽見有神仙呼喚他說：「我是天帝的使者，想下凡來依靠你，可以嗎？」戴文謀聽到後甚是吃驚。神仙又說：「你懷疑我嗎？」戴文謀於是跪下說：「我家境貧困，恐怕不足夠讓你降臨下凡呢。」接着他打掃及洗淨房屋，設置神位，早晚進獻食品祭祀，甚為恭敬謹慎。後來，他和妻子在房內偷偷地談論這事。妻子說：「這恐怕是妖怪鬼魅來依附吧！」戴文謀說：「我也懷疑此事。」及至他再祭獻食品的時候，神仙便對他說：「我來依靠你，剛剛想為你造福謀利祿，料想不到你有懷疑之心而說出怪異的議論。」戴文謀向使者道歉謝罪的時候，忽然聽堂上傳來仿若幾十人的呼叫聲，他出門視察，看見一隻身上呈現五種色彩的大鳥，還有幾十隻白鳩跟隨牠，向東北方飛入雲霞裏去，就不見了蹤影。

賞析與點評

本故事記述戴文謀幾乎得天帝使者之眷顧，卻因心存懷疑而失去快將獲得的庇佑和福祉。唐歐陽詢《藝文類聚》卷九十二亦有轉引此故事。其云：

沛國戴文諶，居陽城山。有神降焉，其妻疑是妖魅。神已知之，便去。遂視作一五色鳥，白鳩數十隻後，有雲覆之，遂不見。

戴文謀一直相信天使的話，直至妻子提出疑問，他的信念因而動搖。戴文謀之失在於：一、意志不堅定，容易因身邊人的話而改變自己的想法；二、對天神的信念薄弱，不相信有使者願意駐守在自己貧困的家。

神靈因人信而留駐，因人不信而離去。這有點像西方的基督教概念：信者得救。在中國古代，人們若相信天帝，則是：信者得福。中西方對神的觀點可謂相同：只要人們相信神的存在，便可以獲得永生或福祿。

此故事給人很好的啟示：人與人之間互相信任。朋友之間沒有信任，難成真正的朋友；上司與下屬之間沒有信任，公司運作容易衍生問題；企業之間沒有信任，生意難以興隆；國與國之間沒有信任，大則可能觸發戰爭，小則互相猜忌。二零一三年八月，美國特務斯諾登（Edward Joseph Snowden）揭露美國政府名為「稜鏡」的全球監控計劃；十月底，更有報章揭露美國竊聽全球三十多個領袖的通訊，包括德國女總理默克爾（Angela Dorothea Merkel）的手提電話通話及短訊內容，美國對盟國缺乏信任，結果惹來不少狠批，亦動搖其作為世界領袖的地位。

麋竺逢天使

麋竺[1]，字子仲，東海朐人也[2]。祖世貨殖[3]，家貲巨萬[4]。常從洛歸[5]，未至家數十里，見路次有一好新婦[6]，從竺求寄載[7]。行可二十餘里，新婦謝去[8]，謂竺曰：「我天使也，當往燒東海麋竺家。感君見載，故以相語。」竺因私請之。婦曰：「不可得不燒。如此，君可快去，我當緩行。日中必火發[9]。」竺乃急行歸，達家，便移出財物。日中而火大發。

注釋

1 麋（粵：眉；普：mí）竺：東海郡朐人，家財豐厚。劉備夫人麋氏的兄長。初任徐州的別駕從事，又曾任偏將軍，後拜為安漢將軍。

2 東海：古郡名，即東海郡，漢時設置。在今江蘇北部及東南部一帶。治所在今山東郯城縣西南三十里。朐（粵：渠；普：qú）：古縣名，即朐縣，秦時設置。故城在今江蘇東海縣南。

3 貨殖：經商營利、囤積貨物以求利潤。

4 貲（粵：資；普：zī）：假借為「資」。財物貨品、財產。

5 常：通「嘗」，曾經。

6 路次：路途中間。好：古代指容貌娟好。新婦：本指新婚女子、新娘子。此處泛指婦人。

7 寄載：附乘別人的交通工具，即在路途上請求別人的車馬義載自己一程。

8 謝：告辭、告別。

9 日中：正午。

譯文

麋竺，字子仲，是東海郡朐縣人士。祖先世代經商營利，家中財產以萬萬計。有一次，麋竺從洛陽返歸，還有幾十里路才到達家裏，看見路途上有一名美麗的婦人，向他請求義載一程。新婦上車後走了大約二十餘里路，便告辭離去，對麋竺說：「我是天帝的使者，正前去燒毀東海郡麋竺的家。感謝你載我一程，所以告訴你。」麋竺為此私下向她求情。婦人說：「不可以不燒毀的，這樣吧，你可以趕快回去，我會緩慢地行。但正午時分必定會起火。」麋竺於是急馳回家去。到達家裏，便搬出家裏所有財物。到正午時分，火勢猛烈地燃燒起來。

賞析與點評

本篇記敍麋竺因好心義載天帝使者，得知家裏將遭火災而能及時將財物搬離，家人亦倖免於禍。

假若麋竺認為婦人來歷不明而拒絕載她一程，他便不會得悉火災將臨其宅一事，屆時損失必定十分嚴重。因他義載婦人一程，因此能保留所有家財，同時與家人婢僕避過火劫。

關於麋竺的事跡，晉朝陳壽（二三三—二九七）《三國志》卷三十八〈蜀書〉亦有所記，確定實有此人：

> 麋竺字子仲，東海朐人也。祖世貨殖，僮客萬人，貲產鉅億。注云：「《搜神記》曰：竺嘗從洛歸，未達家數十里，路傍見一婦人，從竺求寄載。行可數里，婦謝去，謂竺曰：『我天使也，當往燒東海麋竺家，感君見載，故以相語。』竺因私請之，婦曰：『不可得不燒。如此，君可馳去，我當緩行，日中火當發。』竺乃還家，遽出財物，日中而火大發。」

史書記錄麋竺十分富有，奴僕過萬，家中財產多不勝數，比干寶《搜神記》之所記，身家更為豐厚。為此，麋竺將妹妹嫁給劉備做夫人時，亦送贈奴僕二千人，金銀貨幣無數，藉以資助軍費的開支，紓解劉備的財政困難。當劉備平定益州後，他亦因功而獲封為「安漢將軍」。

《三國志》的注釋引《搜神記》補充麋竺的生平，足見史家學者重視干寶之記述，視本故事為可能之事而加以轉錄。

麋竺的故事傳達了行善積德的訊息：有時幫助別人之時，其實亦幫助了自己。

卷五

本卷導讀——

本卷之故事主要記述神靈讓人心想事成，應驗人之所求，如〈丁姑祠〉、〈王祐與趙公明府參佐〉、〈周式逢鬼吏〉等。卷中四篇〈蔣山蔣侯祠〉、〈蔣山廟戲婚〉、〈蔣侯與吳望子〉及〈薄侯助殺虎〉詳述建康蔣侯祠所祭祀的蔣子文事跡。蔣侯是人的反映，他有人性的霸道、狹隘、好色及貪功。其好色，見於〈蔣侯與吳望子〉一文。此文記述蔣子文於路上遇見貌美少女吳望子，便邀請對方乘船共行。蔣侯戀上吳望子後，讓她事事心想事成。三年後吳望子心生外向，蔣侯便不再眷顧她，而其貪功見於〈薄侯助殺虎〉一文：寫某敬拜蔣侯之人路經陳郡，其妻子為老虎抓去，得蔣侯指點方向，殺虎而救回妻子。夜裏那人夢見一人來相告，此乃蔣侯之助。那人回家後立刻殺豬祭祠。

卷末的〈張助種李〉，乃諷刺人們胡亂膜拜神靈。張助一天種李核於空桑樹之中，蹤巧有一位患有眼疾的人向樹祈求後便痊癒，誤以為神跡，故引來四方瘋狂膜拜。

此處選了〈蔣侯與吳望子〉、〈蔣侯助殺虎〉及〈張助種李〉三篇作導讀。前兩篇顯示神靈亦有人的個性：渴求戀愛，會因愛失意；神靈會助人，條件是人對己敬奉篤信。第三篇則諷刺百姓過度迷信，連桑樹裏的李樹亦視作能治病及應驗人所求的神靈，絡繹不絕地膜拜，足見當時已至凡物皆神的嚴重地步。

蔣侯與吳望子

會稽鄮縣東野有女子[1]，姓吳，字望子，年十六，姿容可愛。其鄉里有解鼓舞神者[2]，要之，便往。緣塘行[3]，半路忽見一貴人，端正非常。貴人乘船，挺力十餘[4]，皆整頓[5]。令人問望子：「欲何之[6]？」具以事對。貴人云：「今正欲往彼，便可入船共去。」望子辭不敢。忽然不見。望子既拜神座[7]，見向船中貴人，儼然端坐，即蔣侯像也。問望子：「來何遲？」因擲兩橘與之。數數形見[8]，遂隆情好[9]。心有所欲，輒空中下之。嘗思啖鱠，一雙鮮鯉隨心而至。望子芳香[10]，流聞數里，頗有神驗，一邑共事奉[11]。經三年，望子忽生外意，神便絕往來。

注釋

1 鄮（粵：貿；普：mào）縣：古縣名，漢代設置。隋朝將之納入句章城，故城在今浙江省鄞縣東。此縣在寧波東鄮山之北，因山而得名。東野：東郊，泛指鄉野。

2 解：懂、明白。鼓舞神：以擊鼓舞步娛樂神靈。鼓舞，古代雜舞的一種，常用以祭神。

3 塘：堤岸。

4 挺力：猶言用力、出力。此處疑指用力划船的僕人。有版本作「手力」，指官府的雜役小吏。

5 皆：一版本無此字。整頓：整齊。

6 之：往，到，去。

7 神座：亦作神坐。指神主牌位，或神像座位。

8 數數：屢次，常常。

9 情好：感情，交情，交誼，友情。

10 芳香：花草等的香氣。此處該與「芳聲」同，指美好的聲名、聲譽。

11 事奉：一作「奉事」。

譯文

會稽郡鄮縣東邊的鄉村郊野有一個女子，姓吳，字望子，年紀才十六歲，體態及容貌都可愛。她的鄉里之中有一個懂得以擊鼓舞蹈娛樂神靈的人，邀請她，她就去了。她沿着堤岸行走，走至半路忽然看見一個顯貴的人物，他容貌非常端正。這貴人乘坐着船，竭力划船的僕人有十幾個，全部穿戴整齊。貴人派人來問望子：「你想到什麼地方去？」望子將事實一一告訴他。貴人說：「我現在也正想到那裏去，你可以上船來與我同去。」望子推辭說不敢。那船隻忽然之間不見了。望子到了廟裏拜過了神座，只見剛才坐在船裏的貴人，莊嚴端正地坐在那裏，原來正是蔣侯的神像。蔣侯問望子：「為什麼來得這麼晚？」隨即扔了兩個橘子給她。其後，蔣侯時常顯現原形與她見面，兩人的感情日漸深厚親密。望子心裏大凡有想要的，往往就會由空中掉下來。望子曾經想吃鯉魚，兩條新鮮的鯉魚就隨着她的心意而出現了。望子美好的聲名，流傳至幾里之外；有很多靈驗的事跡，全個縣邑的人都來侍奉她。經過了三年，望子忽然滋生了外心，神靈蔣侯便斷絕與她往來。

賞析與點評

本篇記述平民女子得神仙之愛戀而能心想事成，後因有外心而失去神靈的蔭護。

此故事中提及的蔣侯，按干寶《搜神記》所記，蔣侯名蔣子文，是廣陵（今江蘇）人士，好酒又好色，常言自己骨格清奇，死後必定做神仙。漢末為賊人所傷而死於鍾山（古稱金陵山）下，後為土地神，以災疫迫人為他立祠祭祀，後得三國吳國君主孫權封為中都侯，建立廟宇供人祭祀，同時將鍾山改為蔣山。

蔣侯雖為神仙，仍然好色如故，見年輕貌美的吳望子便極力討好她。起初，吳望子因得神仙的寵愛而願望成真，要什麼有什麼，令數里之外的人亦聽聞她的事跡。可惜望子後來見異思遷，以致蔣侯斷絕與她往來，心想之事亦不再成真。前文麋竺因不信任天帝使者而失去神的眷顧，本文吳望子則因對愛情不專一而失去土地神蔣侯的眷顧。

此故事揭示：人若對愛情專一，可以獲得美好結果；若果三心兩意，終令愛人離去。二十世紀六七十年代以前，戀愛仿如用炆火煮湯，慢慢的煮出味道來，人們願意等待湯水煮好。至二十一世紀的現在，戀愛已深受電視電影的負面影響，變成了即食快餐，合則來，不合則去。不求深愛，只求速食。吳望子經歷三年才生異心，對一年半載更換對象的人而言，可說是長情了。

蔣侯助殺虎

陳郡謝玉為琅邪內史[1]，在京城[2]。所在虎暴[3]，殺人甚眾。有一人，以小船載年少婦，以大刀插着船，挾暮來至邏所[4]。將出語云：「此間頃來甚多草穢[5]，君載細小[6]，作此輕行，大為不易。可止邏宿也。」相問訊既畢，邏將適還去[7]。其婦上岸，便為虎將去[8]。其夫拔刀大喚，欲逐之。先奉事蔣侯，乃喚求助。如此當行十里，忽如有一黑衣為之導，其人隨之，當復二十里，見大樹，既至一穴，虎子聞行聲，謂其母至，皆走出，其人即其所殺之。便拔刀隱樹側，住良久[9]，虎方至，便下婦着地，倒牽入穴。其人以刀當腰斫斷之。虎既死，其婦故活[10]。向曉，能語。問之，云：「虎初取，便負着背上，臨至而後下之。四體無他[11]，止為草木傷耳。」扶歸還船。明夜，夢一人語之曰：「蔣侯使助汝，知否？」至家，殺豬祠焉[12]。

注釋

1 陳郡：古郡名，秦朝設置。治所在今河南淮陽。周武王分封舜帝後裔胡公滿於陳，楚國滅之而為縣，漢時轉為淮陽國，晉朝復立為郡。琅邪：亦作琅琊或瑯琊，本乃山名，在今山東省諸城縣東南海濱。秦時設置琅邪郡。後漢改為瑯邪國，治所在開陽，晉時因襲之。漢時設置瑯邪縣，晉省，故城在今山東諸城東南。**內史**：官名。西漢初期諸侯國設置內史，專門掌管民政之官。歷代沿用設置，晉朝以內史為地方行政長官，負責地方政務。隋朝始廢除。

2 **京城**：國都、京都。西晉建都洛陽（今河南省境內），東晉定都建康（今南京）。

3 **所在**：所在之處。一版本作「其年」，那年。**虎暴**：猶虎患，指老虎兇猛殘酷，為人之憂患。

4 **邏所**：指巡邏哨所，即巡邏吏卒留宿駐守的地方。

5 **草穢**：亦作「艸穢」，疑通「草薉」。本指叢生的雜草，此處代指藏於草叢裏的老虎。

6 **細小**：家眷。

7 **適**：方才、剛剛；正好、恰好。

8 **將去**：持去，此處指銜去。

9 **住**：站住、住腳、停留。此處指等候、守候。

10 **故**：仍、還是。

11 **四體**：四肢，借指整個身軀、身體。

12 **祠**：此處作動詞，指祭祀。古代告事求福稱為「禱」，獲得所求而祭稱作「祠」。

譯文

陳郡的謝玉擔任琅邪內史，居留在京城。所在之處的老虎兇猛為患，咬死了很多人。有一個人，用小船載着年輕的妻子，將大刀插在船上，趕在黃昏天黑前來到巡邏哨所。巡邏的將士出來跟他說：「這裏近來頗多隱藏野草裏的老虎，你帶着家眷，作如此輕便的行旅，實在艱難不容易。你可以在哨所裏留宿呢。」他們互相打聽問候完畢，巡邏的將士才回去。他的妻子一上岸，便給老虎銜走了。她丈夫拔刀大聲呼喚，想追逐老虎。過去他曾經供奉蔣侯，於是呼喚着蔣侯的名字祈求協助。像這樣的追趕了十里，忽然好像有一名黑衣人替他帶路。他跟着黑衣人，又走了二十里路，見到一棵大樹，隨即到達一個洞穴前，洞裏的小老虎聽到行走的聲音，以為是牠們的母親回來，全都走了出來。那人立即在的洞口殺掉了牠們。又拔刀隱藏在樹木的側邊。守候了好一會兒，那老虎才到來，將他妻子扔到地上，倒着身子拉她進入洞穴。那人用刀攔腰將老虎砍斷了。老虎已死去，他妻子還活着。將近天亮的時候，她才能說話。那人慰問妻子，她說：「老虎一開始抓着我，便將我揹在背上，到達這兒後才放下我，我的身體四肢沒有其他損傷，只是被草木刮傷罷了。」那人扶着妻子返回船上。翌日晚上，他夢見一個人對他說：「蔣侯派我來協助你的，你知道嗎？」那人回到家裏，就殺了豬隻來祭祀蔣侯了。

賞析與點評

本篇記述某人妻子為虎銜去，得蔣侯暗地裏派神靈協助而拯救妻子於虎口。故事展現了主人翁的英勇救妻，傳達信奉神靈能得護蔭的思想。然而，人們口中的兇殘老虎，咬死多人只為了養育洞穴裏的幾隻小老虎。干寶輯錄此故事，主要為了展示神明的存在，虔誠的信奉者可以免於突如其來的災禍。能於虎口中救回人命，實在是匪夷所思之事。超乎想像的有兩項：一、救回妻子；二、妻子為虎所銜而沒有受傷。

老虎兇殘，只為育己之兒女。大自然世界是否已無可吃的，要以人類為目標？昔日的大自然尚未受工業生產的影響，較能保持原貌；現代工業發達，人類為錢財及舒適的生活，大量砍伐林木，騷擾海洋；大自然給人類破壞得幾乎體無完膚。在現實社會裏，人類亦有兇殘如虎之徒，為了私慾貪念，不斷殘害他人。

張助種李

南頓張助於田中種禾[1]，見李核，欲持去，顧見空桑[2]，中有土，因殖種[3]，以餘漿溉灌。後人見桑中反復生李，轉相告語。有病目痛者，息陰下，言：「李君令我目愈，謝以一豚[4]。」目痛小疾，亦行自愈。衆犬吠聲[5]，盲者得視，遠近翕赫[6]。其下車騎常數千百，酒肉滂沱[7]。間一歲餘，張助遠出來還，見之，驚云：「此有何神，乃我所種耳。」因就斫之[8]。

注釋

1 南頓：古國名及古縣名。春秋時期，頓國為陳國逼迫而南遷，故稱南頓。西漢時設置為縣，亦以此為名。晉惠帝時置南頓郡，治所在今河南項城縣北五十里。

2 空桑：空心桑樹。

3 殖種：一作「種殖」。

4 豚：小豬，亦泛指豬。

5 衆犬吠聲：隨聲附和，引申為真偽不辨。

6 翕（粵：恰；普：xī）赫：顯赫、盛大之貌。

7 滂沱：充溢、豐盛之貌。

8 之：一版本無此字。

譯文

南頓人張助，在田裏種禾稻，看見有一顆李子核，想拿起來扔掉。他回頭看見一棵空心的桑樹，樹幹中間有泥土，因此將李子核種在那兒，用剩餘的水來灌溉它。後來，有人看見桑樹之中反而再生長出李樹來，互相轉告此事。有一個患了眼痛疾病的人，在李樹的樹蔭之下歇息，對樹說：「李樹神，你若能令我的眼疾痊癒，我就帶一頭豬來酬謝你。」眼睛疼痛本來是小病，也就自行痊癒了。結果，人們如眾犬的吠叫聲一樣隨聲附和，說瞎子得以看見東西，遠近地方也傳開了，名氣盛大。於是，在李樹下面來祭祀的車馬常常數以千百計，祭祀的酒肉多不勝數。事隔一年多，張助遠行回來，看見這情景，驚訝地說：「此處哪有什麼神靈呀？不過是我所種的李樹罷了。」因此就將那李樹砍掉了。

賞析與點評

本篇記述張助種李樹，患眼疾之人誤以為靈驗之樹神，引來眾人祭祀。

此故事早見於漢代應劭《風俗通義》卷十，其〈李君神〉條云：

謹按汝南南頓張助於田中種禾，見李核，意欲持去，顧見空桑中有土，因殖種，以餘漿溉灌。後人見桑中反復生李，轉相告語。有病目痛者息蔭下，言：「李君令我目愈，謝以一豚。」目痛小疾，亦行自愈。眾犬吠聲，因盲者得視，遠近翕赫，其下車騎常數千百，酒肉滂沱。間一歲餘，張助遠出來還，見之，驚云：「此有何神，乃我所種爾。」因就斮〔斫〕也。

干寶幾乎全取其文，僅略修改字詞。印證《搜神記》乃以搜羅前人或當時之奇異事跡為要，非作者虛構或創作，乃前人之記錄或時人之口傳。干寶一直相信有鬼神，《搜神記》之撰寫多少為證明此點，本篇故事則比較獨特，述說神靈的誤傳，以遏止人們的迷信。

此故事發人深省：人們對神靈的迷信，可以僅僅起源於一次的巧合，多次以訛傳訛。在二十一世紀的現代社會，在中國、日本、台灣及東南亞國家，依然有不少百姓祭祀樹木，相信樹木有神靈的存在。如台灣阿里山的紅檜大樹，在枯萎之前估計已有近三千年歷史，日本人便稱之為「神木」。

卷六

本卷導讀——

本卷主要講述奇特異常的徵兆。古人認為徵兆乃預示將會發生的重大事情，如國家覆亡、城池淪陷、君主駕崩、權臣辭世、昏君誕生或婦人掌權等等。卷中提出各種精闢的論說，如妖怪乃精氣依附物體而成（〈論妖怪〉）；朝代的覆亡，從山丘消失的徵兆可以得知（〈論山徙〉）；戰爭的先兆，乃龜長毛、兔生角（〈龜毛兔角〉）；昏君的誕生，會出現馬化為狐的預兆（〈馬化狐〉）；而城邑淪陷，其徵兆乃土地忽然增大，或陷入地底成為水澤（〈地暴長〉）；民心不安，兩龍爭鬥是徵兆（〈龍鬥〉）；祖廟欠人祭祀，才會出現九蛇繞柱（〈九蛇繞柱〉）。

此卷裏的徵兆多預示朝政及政治情況，如〈馬生人〉、〈龍現井中〉、〈馬生角〉、〈人生角〉、〈白黑烏鬥〉等；預示篡奪政權及國家將亡的，如〈人死復生〉、〈赤厄三七〉、〈赤壁黃人〉等；預示君王權臣死亡的徵兆的，如〈樹出血〉、〈孫權死徵〉等。

古人對未來可謂充滿好奇之心，因而從現有的奇異事情中推測未來，認為它乃上天讓人預知未來的啟示。奇異事情發生後，人們從中想到昔日的異象，因而將兩者聯繫在一起，形成種種靈驗的徵兆。

此處選了三篇〈女子化為丈夫〉、〈兒啼腹中〉、〈男子化女〉作品予以分析，三者皆古人視為奇怪的徵兆，現代則視為平常之事。第一篇，女人變成男人娶妻生子，古人認為乃婦人當政之兆。第二篇嬰兒在腹中啼哭，古人視為妖怪，故嬰兒出生而不養。第三篇，漢哀帝時有男子化為女子，嫁人生子，預示人一代而絕，後王莽篡位，漢平帝被毒害。

女子化為丈夫

魏襄王十三年[1]，有女子化為丈夫，與妻生子。京房《易傳》曰[2]：「女子化為丈夫，茲謂陰昌[3]，賤人為王。丈夫化為女子，茲謂陰勝陽，厥咎亡[4]。」一曰：「男化為女宮刑濫[5]，女化為男婦政行也。」

注釋

1 魏襄王十三年：即公元前三〇六年。魏襄王，是魏惠王之子，姓姬，氏魏，名嗣。

2 京房：字君明（前七七—前三七），西漢學者，專治易學，亦曾任魏郡太守，有《京氏易傳》存世。

3 茲：此。陰昌：陰氣昌盛。

4 厥：於是、乃。咎亡：因災禍而導致滅亡。

5 宮刑：古代五大酷刑之一，又稱腐刑。約始於商周時代，是閹割男性生殖器，破壞女性生殖機能的刑罰。

譯文

魏襄王十三年，有個女人變成了男人，娶妻生子。京房的《易傳》說：「女人變為男人，這是所謂的陰氣昌盛，是地位低賤的人會做君王的徵兆。男人變為女人，這是所謂的陰氣勝過陽氣，是因災禍導致滅亡的徵兆。」又有一種說法：「男人變為女人，是宮刑的施行太濫，女人變為男人，是婦人將會執行政務。」

賞析與點評

本篇記述戰國時期女變男、男變女之異兆，預示陰氣盛於陽氣，卑賤之人成為君王，女人入朝執政。

女變男的記述早見於班固《漢書》卷二十七〈五行志〉，其云：

> 史記魏襄王十三年，魏有女子化為丈夫。京房《易傳》曰：「女子化為丈夫，茲謂陰昌，賤人為王；丈夫化為女子，茲謂陰勝，厥咎亡。」一曰，男化為女，宮刑濫也；女化為男，婦政行也。

《漢書》的記錄，是引用《史記》卷四十四〈魏世家〉的說法：「（魏襄王）十三年，張儀相魏。魏有女子化為丈夫。」至於「宮刑濫」三字，揭示古代濫用宮刑的情況。古代以宮刑羞辱及處罰犯罪的臣子，如太史公司馬遷亦曾受此屈辱之刑。歷朝宮中太監因受過宮刑，被視為半男半女，甚至被當作女性，故此云：男性化為女性，是宮刑太濫造成。

古代重男輕女，女人若要執政或從軍，便要有男人的模樣才能獲得認同。「婦政行」指出女性擁有男性的權力，能執行政務及掌管朝政。在古人眼中，如斯的女性，與男性無異。古代女性地位低微，婢女及歌伎出身會被視為「賤人」（低賤之人）。女性能執管朝政的時候，古人視之為「賤人為王」。

然而，《漢書》及《史記》皆沒提及女子化為丈夫後結婚生子。干寶之述未知有何根據？女子變為男子，娶妻育兒，是不可思議之事。女人變成男人以後，能令妻子生育，即使在科技昌明的現代，如沒有男性捐贈精子，乃不可能的事。除非女子本身是雌雄同體，即除了有女性的身體特徵，亦擁有男性的生殖器官。據報章在二〇一四年二月十二日的報道，伊朗國家女子足球隊在一次強制性別的檢查中，發現有四人乃「雌雄同體」的男性，要接受變性手術才可參賽。

兒啼腹中

哀帝建平四年四月[1]，山陽方與女子田無嗇生子[2]。未生二月前，兒啼腹中，及生，不舉[3]，葬之陌上[4]。後三日，有人過，聞兒啼聲，母因掘收養之。

注釋

1 哀帝建平四年：即公元前三年。建平，西漢哀帝劉欣（前二七—前一）的年號。

2 山陽：古郡名，漢代設置，在今山東金鄉縣西北。方與：古縣名，秦時設置，在今山東魚台縣北。

3 不舉：不撫育、不養育。《漢書．外戚傳》：「孝成趙皇后，本長安宮人。初生時，父母不舉，三日不死，乃收養之。」

4 陌：田間東西方向的道路，亦泛指田間小路。

譯文

漢哀帝建平四年四月，山陽郡方與縣的婦女田無嗇生了一個孩子。在出生前兩個月，孩子在母親的腹裏啼哭。及至將孩子生下來，田無嗇不養育他，將他埋在田間的小路。過了三天，有人經過那裏，聽見那孩兒的啼哭聲。他母親便將他掘出來，抱回去撫養。

賞析與點評

本篇記述山陽郡女子生育兒子的各種異常之事。異事之一乃田無嗇未生孩子，而孩子在其肚裏哭啼；二乃她埋葬孩子，三天後孩子竟然還活着。嬰兒被埋三天仍然活下來，姑且不論三天沒有飲食，能免於蛇蟲鼠蟻的侵擾，已是奇跡。干寶所記之事，卻非其杜撰，乃有史書為證。《漢書》卷二十七〈五行志〉云：

哀帝建平四年四月，山陽方與女子田無嗇生子。先未生二月，兒啼腹中，乃生，不舉，葬之陌上，三日，人過聞啼聲，母掘收養。

《漢書》有所記，干寶錄述之。孩子哭於腹中，埋三日而不死，實在乃不可思議之事。據聞，科學家用4D超聲波成像系統發現，嬰兒在出生前數週已經會大哭，主要是嬰兒感到不適所致。啼哭聲有的可從母腹中聽到，有的則能傳至母親耳中。遭掩埋的嬰兒，能夠存活下來的，必定要所埋之處有足夠的空間，讓空氣流動，否則難以在三日沒氧氣的環境下活過來。

男子化女

哀帝建平中[1]，豫章有男子化為女子[2]，嫁為人婦，生一子。長安陳鳳曰[3]：「陽變為陰，將亡繼嗣，自相生之象[4]。」一曰：「嫁為人婦，生一子者，將復一世，乃絕。」故後哀帝崩[5]，平帝沒[6]，而王莽篡焉[7]。

注釋

1 哀帝建平：漢哀帝劉欣建平年間，即公元前六至三年之間。
2 豫章：古郡名，治所在今江西南昌。
3 陳鳳：方術之士，生平待考。
4 相生：五行學說術語，指金、木、水、火、土五種物質之間互相滋生和促進的關係；即是木生火，火生土，土生金，金生水，水生木，如此循環不息，無窮無盡。
5 崩：即駕崩，皇帝君王死亡稱崩。
6 沒：同「歿」，死亡、卒亡。
7 篡：古代特指臣子奪取君主之位，後泛指奪取。

譯文

西漢哀帝建平年間，豫章郡有一個男子變為女子，嫁給人家做媳婦，生了一個孩子。長安的術士陳鳳說：「（男人變為女人是）陽氣變化為陰氣，是後繼的子嗣將滅亡，自行滋生促進循環不息的徵兆。」又一說：「嫁作人家做媳婦，生了一個兒子，暗示將會再過一代，便斷絕了世系。」故此，後來漢哀帝駕崩，漢平帝卒亡，而王莽就篡奪了帝位。

賞析與點評

本篇述一男子變為女子出嫁生子之異兆，預示西漢滅亡，王莽篡位。《漢書》卷二十七〈五行志〉有相近的記述：

> 哀帝建平中，豫章有男子化為女子，嫁為人婦，生一子，長安陳鳳言此陽變為陰，將亡繼嗣，自相生之象。一曰，嫁為人婦生一子〔者〕，將復一世乃絕。

此記述正符合西漢的國運：漢哀帝劉欣在公元前一年駕崩後，因無兒子，其堂弟漢平帝劉衎（前九—後六）在同年登位，卻給王莽毒殺，時年僅十四歲。王莽改立年僅兩歲的劉嬰為帝，自稱「攝皇帝」。三年後，轉稱「假皇帝」，後迫五歲的劉嬰禪讓，正式篡奪漢朝帝位，改國號為「新」，建立短命的王朝。

古人相信不論男化為女，或天生是女性，也需要與男性結合，才能令陰陽調和，天地蒼生才得以繁衍下去。近年西方社會流行同性婚姻合法化，廣泛出現陽與陽、陰與陰之結合，以古人觀點視之，違返了自然之道。以西方的「文明」角度觀之，此稱之為自由戀愛、平等婚姻權利。更甚的是，西方國家容許同性伴侶收養孩子，以及借精子或卵子生育，又容許別人借肚子生育孩兒，顛覆傳統的家庭觀念。此等「文明」，對以傳統家庭為核心的國家而言，確實很難接受。

卷七

本卷導讀——

本卷全記述奇異之徵兆，主要預示西晉歷朝帝皇的政治情況。如〈開石文字〉記述一石頭的石紋裂成五匹馬，上有文字，表示朝代興替；而〈西晉禍徵〉則從人的衣着預示晉朝君主弱而臣子驕縱放肆。又如〈牛能言〉記晉惠帝時牛能開口說話，乃國破家亡之凶兆。又如〈敗屩聚道〉述破草鞋自行聚集在道路上，象徵百姓疲困而聚眾叛亂，斷絕四方及堵塞王命。惠帝永興元年（三〇四年），成都王司馬穎軍隊紮營，矛戟及刀鋒上皆有火光，預示他敗亡（〈戟鋒火光〉）。晉懷帝永嘉年間流行「無顏帢」的裝束，預示國家分裂而百姓無臉活下去（〈無顏帢〉）。晉元帝太興年間，士兵用紅囊來縛髮髻，預示大臣侵犯君王（〈絳囊縛紒〉）。

此處選〈呂學不會〉一篇作分析。晉愍帝時，縣吏妻產下連體女嬰，內史呂會認為，連體嬰乃「二人同心、其利斷金」的吉兆。有見識之人笑他對不知道之事妄加評論。古人多視連體嬰為妖怪徵兆，今人則明白箇中緣故，已不足為怪。

呂會不學

晉愍帝建興四年[1]，西都傾覆[2]，元皇帝始為晉王[3]，四海宅心[4]。其年十月二十二日，新蔡縣吏任喬妻胡氏年二十五[5]，產二女，相向，腹心合，自腰以上，臍以下，各分。此蓋天下未一之妖也[6]。時內史呂會上言[7]：「按《瑞應圖》云[8]：『異根同體，謂之連理。異畝同穎[9]，謂之嘉禾[10]。』草木之屬，猶以為瑞；今二人同心，天垂靈象。故《易》云：『二人同心，其利斷金。[11]』休顯見生於陝東之國[12]，蓋四海同心之瑞。不勝喜躍，謹畫圖上。」時有識者哂之[13]。君子曰：「知之難也。以臧文仲之才[14]，猶祀爰居焉[15]。布在方冊，千載不忘。故士不可以不學。古人有言：『木無枝謂之瘣[16]，人不學謂之瞽[17]。』當其所蔽，蓋闕如也[18]。可不勉乎？」

注釋

1 建興四年：即公元三一六年。建興，晉愍帝司馬業的年號。

2 西都傾覆：西都，即長安。建興四年，前趙的劉曜攻打長安，切斷了長安的糧食運輸，晉愍帝被迫投降成為俘虜，長安為前趙佔領，故有「西都傾覆」之言。

3 **元皇帝**：即東晉元帝司馬睿。司馬睿乃司馬懿玄孫，承父之爵為瑯邪王。建興五年（三一七），晉湣帝被俘後，司馬睿得貴族支持稱晉王，翌年即位為帝。

4 **宅心**：歸心，心悅誠服地歸附。

5 **新蔡**：縣名，今河南新蔡縣，地處淮河流域。據悉乃秦時設置，王莽時期一度改為新遷縣，東漢時恢復舊名。

6 **未一**：亦作「未壹」，即未統一、沒有統一。

7 **內史**：古官名。西漢諸侯王國置內史，專掌民事，若郡之有太守，歷代沿用設置。晉代以內史行太守之職，各諸侯國改為郡，復稱太守。

8 **《瑞應圖》**：古書名，推斷其內容乃靈異嘉祥之記錄，或祥瑞徵兆之說明，今已失傳。

9 **異畝同穎**：畝，《宋書・五行志》版本作「苗」，指不同禾苗而合長成的禾穗。穎，即穗。指禾各生一莖，而合為一穗：即不同莖生的禾苗合長成一禾穗。古人相信，異畝同穎有「天下和同」之象。

10 **嘉禾**：生長奇異的禾，古人以之為吉祥的徵兆。古人相信異莖同穗之禾穗，有天下和同之吉兆，故此大凡此種禾穗，皆稱「嘉禾」。嘉禾，後來亦泛指生長茁壯的禾稻。

11 **二人同心，其利斷金**：出自《易經・繫辭上》，指二人同心協力，能弄斷堅固的金屬。

12 休顯：本指榮耀、顯赫，此處指吉祥物象。陝東之國：古地名。陝，疑指陝陌，今河南陝縣西南，故陝陌以東地區稱為陝東，以西地區則稱陝西。據說周成王時期，以陝之東歸周公姬旦（其封地在周，在今陝西省寶雞市，故稱周公），陝之西歸召公姬奭（其封地在召，在今陝西省扶風縣，故稱召公）治理。

13 哂（粵：診；普：shěn）：譏笑。

14 臧文仲：春秋時魯國大夫，姓姬，氏臧，名辰，尊稱孫辰，故稱「臧孫辰」。卒後諡「文」，後世稱「文仲」，故又稱「臧文仲」，以賢良著稱。

15 祀爰居：祭祀爰居鳥。臧文仲祭祀爰居鳥，被孔子評為不智。爰居，海鳥名。據悉爰居之狀大如馬駒，又名雜縣。漢元帝時，琅邪有此鳥。

16 瘣（粵：壞；普：lěi）：一種樹木的病，尫傴癭腫無枝幹。木病無枝，謂之瘣。

17 瞽（粵：古；普：gǔ）：盲、瞎。

18 蓋：古通「盍」，何不。此處作發語詞，表示大概、如此。闕如：存疑不言，空缺不書。

譯文

晉湣帝建興四年（三一六），西都長安被人攻佔，晉元帝司馬睿成為晉王，四海歸附而天下一心。那年十月二十二日，新蔡縣縣吏任喬的妻子胡氏，年齡為二十五歲，生下兩個女兒：臉部相向，腹部及心的位置連合一起，由腰以上，肚臍以下，各自分開。這是天下還沒有統一的妖邪徵兆。當時，新蔡縣的內史呂會卻上書說：「據《瑞應圖》所說：『不同根而合長成同一枝幹，叫做連理。不同莖的禾苗而合長成同一禾穗的，叫做嘉禾。』草木之類，尚且看作吉祥徵兆；而今兩個人有同一顆心，是上天降下來的靈異象徵。所以《周易》說：『只要二人同心協力，其協力之鋒利之處足以切斷金屬。』吉祥徵兆之物出現於陝陌以東的地方，大約是四海一心的祥兆。我非常喜悅雀躍，謹將兩女孩畫成圖像呈上。」當時有見識的人都譏笑他。君子說：「知曉事理是多麼的困難呀。像臧文仲那麼有才識的人，尚且去祭祀爰居鳥兒。此事記載在典籍簡牘之中，千年以來不會被人遺忘。為此，士人不可不學習。古代有人說過：『樹木沒有枝幹的稱之為瘣病，人不學習而稱之為盲瞎。』對自己不了解的事情，大概該留空而不言，可以不用勉強而為吧？」

賞析與點評

本篇記述西晉時新蔡縣縣吏任喬妻子生連體女嬰之徵兆。故事亦見於南朝梁沈約（四四一—五一三年）等撰《宋書》卷二十四。其〈五行志〉云：

晉湣帝建興四年，新蔡縣吏任僑妻胡，年二十五，產二女，相向，腹心合同，自胸以上，臍以下，各分。此蓋天下未一之妖也。時內史呂會上言：「案《瑞應圖》，異根同體謂之連理，異苗同穎謂之嘉禾。草木之異，猶以為瑞，今二人同心，《易》稱『二人同心，其利斷金』。嘉徵顯見，生於陝東之國，斯蓋四海同心之瑞，不勝喜踴，謹畫圖以上。」時有識者哂之。

從記錄所知，呂會乃一愚昧的內史。古代的科技及醫學不發達，縱使人們不明白連體嬰乃胎兒發育不正常所致，也不會視之為吉祥之兆。呂會以「二人同心，其利斷金」解說連體女嬰之事，難免為有識之士取笑。呂會之所以如此做，有討好剛稱晉王的司馬睿之嫌，尤其文中有「嘉徵顯見，生於陝東之國，斯蓋四海同心之瑞」之句。呂會認為吉祥的徵兆已顯現，是出現於陝陌之東的地方，是四海同心的吉兆。然而，「陝東之國」究竟是指什麼地方？《晉書》卷五〈孝懷帝孝湣帝紀〉云：

建興元年夏四月丙午，奉懷帝崩問，舉哀成禮。……五月壬辰，以鎮東大將軍、琅邪王（司馬）睿為侍中、左丞相、大都督陝東諸軍事，大司馬、南陽王（司馬）保為右丞相、大都督陝西諸軍事。

「陜東之國」乃司馬睿管治的地區，故《搜神記》有「休顯見生於陜東之國」之句；而《宋書》有「嘉徽顯見，生於陜東之國」之語，疑指司馬睿管治的地方有吉祥之兆，暗示他乃天命所歸，令四海同心，故得稱晉王。其後他即位為帝，史稱晉元帝。

現代科技雖然進步，由於環境受到種種嚴重的污染，加上食物基因改造問題，令發展中國家的夫婦不時誕下怪嬰。連體嬰兒之出生，更在報章中屢見不鮮，有的成功分割成二人，有的卻在分割後先後死亡；有的強者活下來，弱者死去。古人視為妖怪徵兆之怪嬰，現今依然存在。例如二〇〇八年十一月二十八日，深圳兒童醫院成功為女嬰龐書雯、龐書婷分割相連的肚臍及腹腔。

卷八

本卷導讀——

本卷記述遠古五帝至晉代，朝代盛衰興亡更替的夢卜預告，又述及帝王的事跡。由遠古帝王虞舜的登位，至商湯之求雨澤民；周文王得姜太公，武王過黃河伐紂，皆一一涉及。最後論及漢代劉姓皇帝至晉代司馬氏取替天子。

記述帝王事跡的，如〈舜得玉曆〉、〈湯禱桑林〉、〈呂望釣於渭陽〉、〈武王平風波〉等。講述有關帝王的夢卜預告的，有〈孔子夜夢〉、〈赤虹化玉〉等。簡述春秋至晉代盛衰興替的種種夢告徵兆，有〈陳寶祠〉、〈刑史子臣說天道〉、〈熒惑星預言〉、〈戴洋夢神〉等。

本卷所述朝代帝王之更迭，天命既定，人力不可改變；人之興衰成敗，亦有命數，各種夢卜預告，一一應驗。

此處選了〈湯禱桑林〉、〈呂望釣於渭陽〉及〈熒惑星預言〉三篇。〈湯禱桑林〉講述商湯因天下大旱而以己之身作祭品，向上天禱告，得大雨潤澤天下。商湯為民請命，自我犧牲，十分值得欣賞。〈呂望釣於渭陽〉述周文王打獵，占卜云其得帝王師，結果遇渭水垂釣的姜子牙——呂望。而呂望助周天子建立天下，功不可沒。〈熒惑星預言〉寫三國吳景帝孫休時期，有火星小孩預示三國之權將歸於司馬氏，此篇被認為乃中國文學史上最早有關火星人言行的記述。

湯禱桑林

湯既克夏[1]，大旱七年，洛川竭[2]。湯乃以身禱於桑林，剪其爪髮，自以為犧牲[3]，祈福於上帝。於是大雨即至，洽於四海[4]。

注釋

1 湯：即商湯。子姓，名履。商族部落首領，趁帝桀之無道，起兵攻夏，放逐夏桀，建立商朝。克：戰勝、攻下。

2 洛川：古稱雒水，即今河南之洛水。其源出陝西安邊縣東南白於山，東南流經保安、甘泉，南流入富縣，納沮水，又會合渭水，東流入黃河。

3 **犧牲**：本指供祭祀的純色全體牲畜及供盟誓、宴會用的牲畜，此處泛指祭品。

4 **洽**：沾濕，浸潤。**四海**：古代以九州代稱中國，九州說法不一，有以冀州、兗州、青州、徐州、揚州、荊州、豫州、梁州、雍州為九州。古人相信九州之外四周環海，分別為東海、南海、西海、北海。故此，四海泛指天下。

譯文

商湯戰勝夏桀以後，連續大旱了七年，洛水也乾涸了。商湯便親自在桑林裏禱告，他剪掉了自己的指甲、頭髮，將自己的身體作為祭祀的物品，向上帝祈求福佑。於是大雨立即降下，滋潤了天下四海。

賞析與點評

本篇記述商湯戰勝夏桀而通達神靈以求雨之事。此故事源於《呂氏春秋》卷九〈季秋記．順民〉之記述。其云：

昔者湯克夏而正天下，天大旱，五年不收，湯乃以身禱於桑林，曰：「余一人有罪，無及萬夫。萬夫有罪，在余一人。無以一人之不敏，使上帝鬼神傷民之命。」於是翦其髮，鄺其手，以身為犧牲，用祈福於上帝，民乃甚說，雨乃大至。則湯達乎鬼神之化，人事之傳也。

史書《呂氏春秋》之記錄比《搜神記》較為詳盡。如商湯以己身為祭品，以獻於蒼天，向上帝求雨的情景，史書記錄商湯之言：「我一人有罪過，不要禍及萬人。萬人有罪過，也只是因為我一人。請不要因我一人不聰敏，而使上帝鬼神傷害人民百姓的性命。」為此，他剪髮剪甲，以己之身體為祭品，向上天的帝王祈求福蔭。百性為他的舉動而感動喜悅，雨水便傾盆而下了。身為一國之君，能放下身段，為民祈福，如斯的君主古今有幾人？

商湯一力承擔萬人之罪，求上帝寬恕，又願意以己之身作祭品，求得上帝憐憫。如斯救苦救難的氣魄、自我犧牲的精神，在西方的耶穌基督身上也可找到，但商湯的事跡，卻比耶穌基督的犧牲早近一千六百多年。

現今不少新興國家的領導層貪婪腐敗，只為自己及親屬謀私利，天天過着奢華的生活，卻漠視人民的疾苦。例如二〇〇八年中國四川省汶川大地震，香港政府及民間團體向當地政府捐獻了一百多億人民幣，那些捐款去了哪兒？有多少到了災民的手上？這兩條問題的答案只有相關的貪官污吏才知道。莫說要貪官以己之身為百姓祈福，只要他們不貪百姓之財，不為一己之私而殘害百姓，或許已等於取其性命。

商湯與貪官污吏之差異，可見於商湯被傳頌至今，而貪官污吏則遺臭萬年。

熒惑星預言

吳以草創之國[1]，信不堅固，邊屯守將[2]，皆質其妻子[3]，名曰「保質」[4]。童子少年以類相與娛遊者[5]，日有十數。孫休永安二年三月[6]，有一異兒，長四尺餘，年可六七歲，衣青衣[7]，忽來從群兒戲。諸兒莫之識也，皆問曰：「爾誰家小兒，今日忽來？」答曰：「見爾群戲樂，故來耳！」詳而視之，眼有光芒，爚爚外射[8]。諸兒畏之，重問其故。兒乃答曰：「爾恐我乎？我非人也，乃熒惑星也[9]。將有以告爾：三公歸於司馬[10]。」諸兒大驚，或走告大人，大人馳往觀之。兒曰：「舍爾去乎[11]！」聳身而躍，即以化矣。仰而視之，若曳一匹練以登天[12]。大人來者，猶及見焉。飄飄漸高，有頃而沒。時吳政峻急[13]，莫敢宣也。後四年而蜀亡[14]，六年而魏廢[15]，二十一年而吳平[16]，是歸於司馬也。

注釋

1 草創：開始興辦、創建。此處指新建之意。公元一九五年，孫策據江東，其弟孫權於二二〇年稱吳王，二二九年稱帝，建立吳國，與曹魏、劉蜀兩國鼎足而立。

2 邊屯：指戍邊屯田。

3 質：抵押品、人質。此處作動詞用，當作抵押，作為人質。

4 保質：擔保人質。三國時，邊將屯守，規定留其妻子於後方，以為人質，稱「保質」。

5 相與：本指相處、相交往，此處指共同、一道、互相。

6 永安二年：即公元二五九年。永安，三國吳景帝孫休（二三五—二六四）年號。一作「三年」。

7 衣青衣：穿青色的衣服。第一個「衣」，本指衣服、衣着，此處作動詞用，穿着之意。

8 爚爚（粵：若；普：yuè）：光彩耀目貌。

9 熒惑星：古代指火星。因為隱現不定，令人迷惑，故而得名。熒惑星之出現，在古時代象徵國之將亡，天下易主。

10 三公：古代朝廷三種最高官銜的合稱。西漢以丞相（大司徒）、太尉（大司馬）、御史大夫（大司空）為三公，東漢以太尉、司徒、司空為三公。此處的「三公」，借指魏、蜀、吳三國之最高權力。

11 舍：同「捨」。

12 練：潔白的熟絹。

13 峻急：嚴酷、嚴厲。
14 蜀亡：蜀國為曹魏攻佔，亡於公元二六三年，距永安二年（二五九）剛好四年。
15 魏廢：曹魏為司馬昭及司馬炎兩父子篡奪，魏國廢於公元二六五年，距永安二年（二五九）正好六年。
16 吳平：孫吳為司馬家所滅，國亡於公元二八〇年，距二五九年正好二十一年。

譯文

吳國因為是新建立的國家，朝廷對人的信任還不堅固，戍邊屯田的將領，都要將自己的妻兒作為人質留在京城，名叫「保質」。這些兒童少年，因同是做人質而走在一起耍樂遊玩，每日有十多個人。吳景帝孫休永安二年三月，有個奇異的小孩，身高四尺多，年約六七歲，穿着青色的衣服，忽然走來跟着這群小孩遊玩。各個孩子沒有一個認識他，都問他說：「你是誰家的小孩，今天忽然到這裏？」他回答說：「我看見你們成群結隊地嬉戲耍樂，所以就來了。」眾孩子聚集打量他，見他的眼睛有光芒，光彩耀目而外射。各個孩子都害怕他，再次問他來這兒的緣故。那孩子就回答說：「你們害怕我嗎？我不是人呢，而是火星。我有件事要告訴你們：魏蜀吳三國的最高權力將歸於司馬氏。」各個孩子大吃一驚，有的跑去告訴大人，大人趕往看那小孩。小孩說：「我捨棄你們走了！」便縱身一跳，立即不見了。他們仰頭望他，看見他好像拖着一匹白絹升上了天空。來到的大人，尚且趕得及見到這情景。白絹飄飄蕩蕩地越飄越高，一會兒就不見了。當時吳國的法政管治十分嚴厲，沒有人敢宣揚此事。其後過了四年，蜀國滅亡；過了六年，魏國被廢黜；過了二十一年，吳國遭平定，政權果然是歸於司馬氏。

賞析與點評

本篇記述火星化身小孩，下凡預言三國政權歸於司馬氏之事。

沈約《宋書》卷三十一〈五行二〉亦有相近的記錄，更引用了干寶的評論：

孫休永安二年，將守質子群聚嬉戲，有異小子忽來，言曰：「三公鋤，司馬如。」又曰：「我非人，熒惑星也。」言畢上升，仰視若曳一匹練，有頃沒。干寶曰：後四年而蜀亡，六年而魏廢，二十一年而吳平，於是九服歸晉。魏與吳、蜀，並為戰國，「三公鋤，司馬如」之謂也。

由此可見，《搜神記》被視為歷史的補充記述，正史亦引用其內容。除了《宋書》，南朝宋國裴松之注《三國志》卷四十八〈吳書．孫皓傳〉時，亦以干寶此文作補充：

《搜神記》曰：吳以草創之國，信不堅固，邊屯守將皆質其妻子，名曰保質。童子少年，以類相與嬉遊者，日有十數。永安二年三月，有一異兒，長四尺餘，年可六七歲，衣青衣，來從群兒戲，諸兒莫之識也。皆問曰：「爾誰家小兒，今日忽來？」答曰：「見爾羣戲樂，故來耳。」詳而視之，眼有光芒，爚爚外射。諸兒畏之，重問其故。兒乃答曰：「爾惡我乎？我非人也，乃熒惑星也。將有以告爾：三公鉏，司馬如。」諸兒大驚，或走告大人，大人馳往觀之。兒曰：「舍爾去乎！」竦身而躍，即以化矣。仰面視之，若引一匹練以登天。大人來者，猶及見焉，飄飄漸高，有頃而沒。時吳政峻急，莫敢宣也。後五年而蜀亡，六年而晉興，至是而吳滅，司馬如矣。

觀此注釋，文辭雖略加修改，內容卻相同，已可肯定《搜神記》在史學上的價值和貢獻。

現代酷愛探秘之士以干寶此文，探究晉代是否已有火星人出現。若然獲得證實，則中國人可能是最早與火星人接觸的人類，而中國亦可能是最早記錄火星人行跡的國家。可是，三國時代距今約二千年，要查證只有文字記錄的古代，確實不容易。

卷九

本卷導讀——

本卷記述由漢代至晉代預示未來的奇異怪事：或富貴發跡，或死亡受獄，或子孫興旺，或遭遇不測。預示子孫興旺、榮耀富貴的：如〈應嫗見神光〉之兒子顯赫興旺，〈張顥得金印〉之官至太尉，〈何比干得符策〉之子孫發跡等。預示遭遇不測、有殺身之禍的：如〈狗齧群鵝〉之翟氏三族被誅，〈諸葛恪被殺〉之諸葛恪出門前被狗咬衣服，〈賈充見府公〉之曹充家族敗亡等。預示國家破亡的：如〈公孫淵家數怪〉之家中諸類怪事。還有因未酬神而給懲罰致死的：如〈庾亮受罰〉之遇怪物而病死。

此處選〈張氏傳鈎〉作導讀。故事云張氏因得鳩鳥飛入懷變為金鈎，持金鈎而子孫大富。蜀地商人以高價賄賂張家婢女，盜得金鈎，卻多次遭逢貧窮困厄，只好將金鈎送還。故事揭示富貴乃天賜，而非己之力能為；苟非己之財物，實得而無所用。

張氏傳鈎

京兆長安有張氏[1]，獨處一室，有鳩自外入，止於牀。張氏祝曰：「鳩來，為我禍也，飛上承塵[2]；為我福也，即入我懷。」鳩飛入懷[3]。以手探之，則不知鳩之所在，而得一金鈎。遂寶之。自是子孫漸富，資財萬倍。蜀賈至長安，聞之，乃厚賂婢，婢竊鈎與賈。張氏既失鈎，漸漸衰耗。而蜀賈亦數罹窮厄，不為己利。或告之曰：「天命也，不可力求。」於是齎鈎以反張氏[4]，張氏復昌。故關西稱「張氏傳鈎」云[5]。

注釋

1 京兆：古代京師長安及附近地區的合稱，是屬郡級的行政地區。漢代稱「京兆尹」，三國時稱「京兆郡」。治所皆在長安（今西安）。

2 承塵：藻井、天花板。

3 鳩：鳩鴿科部分鳥類的統稱，有雉鳩、祝鳩、斑鳩等。

4 齎（粵：擠；普：jī）：同「賫」，把東西送給別人、送給。反：同「返」。

5 關西：古時指函谷關或潼關以西的地區。

譯文

京兆長安縣有一個姓張的人，獨個兒居住在一間屋子裏；一天，有一隻鳩鳥從外面飛了進來，停駐在他的牀上。張氏祝禱說：「鳩鳥飛進來，若是為我帶來災禍的，請飛上天花板去；若是為我帶來福祉的，請飛入我的懷裏來。」鳩鳥就飛入了他的懷抱裏。他用手去摸牠，卻不知鳩鳥到哪兒去了，反而摸到了一個金鉤。於是，他將金鉤當成珍寶收藏起來。自此以後，他的子孫日漸富裕，資金財產增加了萬倍。蜀地有一個商人來到長安，聽聞了這件事，於是用了很多金錢財物賄賂了張家的婢女，婢女就偷了金鉤給那商人。姓張的一家失去金鉤以後，漸漸的耗盡財產衰敗起來。而蜀地商人亦多次遭遇貧窮困厄，金鉤沒有為他帶來利益。有人告訴他說：「這是天命，不可用人力求得的。」於是他將金鉤送還給張氏，張氏家族又再興旺昌盛起來了。所以，關西地區的人稱之為「張氏傳鉤」。

賞析與點評

本篇記述長安張氏得鳩入屋，化為金鉤，以致日漸富貴之事。

唐代唐道世（六五九—六六八）《法苑珠林》—佛教典籍，以弘揚佛法為宗旨，其卷五十六簡述了此故事：

晉長安有張氏者。晝獨處室。有鳩自外入止於牀。張氏惡之。披懷而祝曰。鳩爾來。為我禍耶。飛上承塵。為我福耶。來入我懷。鳩翻飛入懷。乃化為一鉤。從爾資產巨萬。

與此同時，唐代歐陽詢（五五七—六四一）《藝文類聚》卷九十二〈鳩〉亦引用了干寶的記述。

京兆長安有張氏，獨處室，有鳩自外入，止於牀。張氏祝曰：鳩來，為我禍也。飛上承塵，為我福耶，來入我懷。鳩飛入懷，以手探之，則不知鳩之所在，而得一金帶鉤，是後子孫過盛，有為必偶，貲財萬倍，蜀客賈至長安中，聞之，乃厚賂婢，婢竊鉤以與蜀客，張氏既失鉤，漸漸衰耗：而蜀客亦數罹窮厄，不為己利。或告之曰：天命也。不可以力求，於是賫鉤以反張氏，張氏復昌，故關西稱張氏傳鉤云。

歐陽詢以分類之法，將干寶此文納入〈鳥部．鳩〉項，與其他典籍《禮記》、《列子》、《說苑》、《風俗通》之篇章同等。由此可見，干寶之文不為歐陽詢視作神怪之作。

鳩鳥仿如天神的使者，飛入張氏懷裏，化為金鉤，金鉤帶來財富，又庇佑了積德存福的張家，令其世代昌盛繁榮。如斯幸福的故事，仿如美麗的童話。《搜神記》吸引人之處，乃集史實、神奇、傳說及童話於一身。

卷十

本卷導讀——

本卷主要述說不同人物在夢境中所見的奇怪異事，預示未來之榮耀，或生命之終結。預示未來的榮耀的：如〈和熹鄧皇后夢〉之登梯摸天、〈蔡茂夢〉之見禾苗生於大殿屋檫等。預示好壞參半的未來的，如〈張奐妻夢〉之夢見官印登樓唱歌。預示生命終結的：如〈漢靈帝夢〉之為漢桓帝斥責、〈呂石夢〉中北斗星神派馬匹迎接、〈謝郭同夢〉中為水神斥責而墮水亡等。

此處選了三篇，皆善良之人得上天庇佑，或誕下出色的孩兒，或得金錢而富貴，或因孝義而續親人之命。

一乃〈孫堅夫人夢〉，寫孫堅夫人吳氏夢月入懷而生孫策；再次懷孕則夢日入懷。孫堅認為乃子孫興盛旺極之吉兆。

二乃〈周擥嘖夢〉，云家貧的農夫周擥嘖夫婦，得天公憐憫，獲借張車子的千萬錢，待張車子出生後才歸還。後來周家的傭人張氏未婚生子，因在放車子的屋下生產，故名孩兒為張車子，周氏夫婦乃知是償還千萬金錢的時候。

三乃〈徐泰夢〉，述徐泰得叔父徐隗撫養成人，叔父抱病在牀，他在旁細心照料。夜夢兩人乘船而來，宣告叔父該死，徐泰向二人叩頭求情，終得憐恤而以同鄉人張隗代之。

孫堅夫人夢

孫堅夫人吳氏[1]，孕而夢月入懷，已而生策[2]。及權在孕[3]，又夢日入懷。以告堅曰：「妾昔懷策，夢月入懷；今又夢日，何也？」堅曰：「日月者，陰陽之精，極貴之象，吾子孫其興乎？」

注釋

1 孫堅：字文臺（一五五—一九一），吳郡富春（今浙江省杭州市富陽縣）人，曾獲封「破虜將軍」（故稱「孫破虜」），出任長沙太守。其子孫權稱帝後，追封他為武烈皇帝。

2 策：孫堅長子孫策（一七五—二〇〇），字伯符。個性豁達而又善用人才，深得民心，曾平定江東，惟因傷卒亡，年僅廿六歲。孫權登位後追謚他為「長沙桓王」。

3 權：孫堅次子孫權（一八二—二五二），字仲謀。公元二二二年建立吳國，先稱吳王，二二九年再稱帝。在位二十四年，卒年七十一，謚「大皇帝」。

譯文

孫堅的夫人吳氏，懷孕時夢見月亮進入懷裏，其後生了孫策。及至懷着孫權的時候，又夢見太陽進入她的懷裏。她將這夢告訴孫堅說：「我昔日懷着孫策的時候，夢見月亮進入懷裏；而今又夢見太陽進入懷裏，這是為什麼呢？」孫堅說：「太陽和月亮，是陰陽二氣的精萃，是極之高貴的象徵。我的子孫將要興旺顯達了吧？」

賞析與點評

本篇記述孫堅妻子吳氏夢日月入懷而生下東吳領袖孫策、孫權之祥兆。

吳夫人誕下孫策及孫權前，夢日月入懷之事，陳壽《三國志》卷五十〈妃嬪傳〉沒有記載。只有南朝宋裴松之引用干寶此文作補注。

吳夫人的長子孫策，是一名個性豁達樂觀，好說笑話，又善於用人，令將士及百姓甘心為他赴死的俊美男子。《三國志》卷四十六〈孫策傳〉云：「（孫）策為人，美姿顏，好笑語，性闊達聽受，善於用人，是以士民見者，莫不盡心，樂為致死。」可惜，年僅二十六而亡於戰場。

次子孫權，承其兄之志，得賢才良將之助，建立吳國，登位稱帝。《三國志》卷四十七〈吳主傳〉評云：「孫權屈身忍辱，任才尚計，有勾踐之奇英，人之傑矣。故能自擅江表，成鼎峙之業。」孫權有越王勾踐能忍辱負重之能耐，又善於用人施計，故能建立三國鼎足之勢。

吳夫人所生的兒子皆為時人及後世稱羨。當時的曹操已有「生子當如孫仲謀」之嘆；宋代辛棄疾的詞《南鄉子・登京口北固亭有懷》，更有「天下英雄誰敵手？曹劉。生子當如孫仲謀」之句。吳夫人的兩名兒子孫策、孫權可謂月日相輝，是三國時代叱吒風雲的人物。

現代人知道嬰兒成形及誕生的過程，又知日月星體的運行情況，對日月入懷之兆，該不會有人相信。現代嶄新的科技發展，破解了很多舊日的迷信思想，但同時也撕碎了人們對大自然世界的崇拜及幻想。

周犨嘖夢

周犨嘖者[1]，貧而好道[2]。夫婦夜耕，困息臥，夢天公過而哀之[3]，敕外有以給與[4]。司命按錄籍[5]，云：「此人相貧，限不過此。惟有張車子，應賜錢千萬。車子未生，請以借之。」天公曰：「善。」曙覺，言之。於是夫婦戮力，晝夜治生，所為輒得，貲至千萬。先時有張嫗者[6]，嘗往周家傭賃[7]，野合有身[8]，月滿當孕，便遣出外，駐車屋下，產得兒。主人往視，哀其孤寒，作粥糜食之[9]。問：「當名汝兒作何？」嫗曰：「今在車屋下而生，夢天告之，名為車子。」周乃悟曰：「吾昔夢從天換錢，外白以張車子錢貸我[10]，必是子也。財當歸之矣。」自是居日衰減[11]，車子長大，富於周家。

注釋

1 犨：同「犫」，一作「犨」（粵：酬；普：chōu），牛喘息聲。

2 好道：好守聖賢之道。

3 天公：傳說中自然界的主宰。

4 敕外：敕令下屬。

5 司命：掌管生命的神。錄籍：古時謂天上或冥府記錄世人福、祿、壽的簿冊。錄，通「祿」。

6 嫗（粵：傴；普：yù）：婦女的通稱。

7 傭賃：謂受僱於人。此處指受僱於周家。

8 野合：指不合禮教的婚姻，如男女苟合、男女私通。有身：懷有身孕。

9 粥糜：即稀飯、粥。糜，謂煮米至糜爛。食之：食，拿東西給人吃；之，指張嫗。

10 貸：借。一作「貨」。

11 居：本指居住、居所，此處解作生活環境、家財產業。

譯文

周擥嘖這個人，家境清貧卻喜好聖賢之道。一次，夫妻兩人在夜晚耕種，因疲倦躺臥下來休息而睡着了，夢見天公經過而憐憫他們，天公敕令下屬給他們一些東西。掌管生命之神查閱世人的福祿壽簿冊，説：「這人面相貧窮，按規限不可超越目前的情況。惟有張車子，應該賜予金錢一千萬。但車子還未出生，請允許將這筆錢借給他們。」天公説：「好。」天亮睡醒起來，周擥嘖將這夢告訴妻子。於是，夫妻兩人同心協力，日夜治理生計家業，所做的事情都有得益，財產累積至千萬錢。先前有個姓張的婦人，曾受僱到周家當傭人，與別人苟合而懷有身孕，她懷孕之月滿了該要分娩，主人便將她遣送到外面去，讓她住在放置車子的屋裏，她誕下一個兒子。主人周擥嘖前往探望她，憐憫她孤苦寒凍，煮了粥給她吃，又問她說：「該給你的孩子取什麼名字呢？」張婦說：「現在我是在放車的屋裏生下來的，我夢見上天告訴我，取名為車子。」周擥嘖於是恍然大悟說：「昔日我夢見從上天那兒借了錢，天公的下屬說把張車子的錢借給我，必定是這個孩子了。這筆錢財應該歸還他了。」自此以後，周家的生活環境日漸衰減變差，張車子長大以後，比周家更加富裕。

賞析與點評

本篇記述周擥嘖夜夢天公以張車子之錢借給他，後張車子出生而錢要歸還之奇異事。此故事疑早見於東漢時代，張衡（七八——一三九）〈思玄賦〉已有「或輦賄而違車兮，孕行產而為對」之句。《後漢書．張衡傳》注云：「輦，運也。違，避也。車，謂張車子也。」大概意思是：周氏夫婦為避開張車子，捲起財物放在車上逃離，卻在途旅之中遇到車子的誕生。賦詞裏的夫婦，同是姓周，卻叫周犨，而不是周擥嘖。

〈思玄賦〉收錄於南朝梁朝蕭統（五〇一——五三一）《昭明文選》卷十五。李善（六三〇——

六八九）等注此兩句賦云：

車，人名也。孕，懷子也。昔有周犨者，家甚貧，夫婦夜田。天帝見而矜之，問司命曰：此可富乎？司命曰：命當貧，有張車子財可以假之。乃借而與之期，曰：車子生，急還之。田者稍富，致貲巨萬。

及期，忌司命之言，夫婦輦其賄以逃，與行旅者同宿。逢夫妻寄車下宿，夜生子，問名於夫，夫曰：生車間，名車子也。從是所向失利，遂便貧困。鄭玄曰：孕，任子也。（李）善曰：見《鬼神志》及《搜神記》。

周犨夫婦在富有之後，甚忌憚司命之言，為避開張車子，捲起了財物放置車上，開始了逃躲的旅程。旅程中，他們與行旅之人同住一旅店，遇到一對夫婦寄宿在放車子的地方，婦人晚上生了一名孩子。周犨夫婦問孩子的名字，丈夫說生於車子之間，故名為車子。自此，周氏夫妻失去昔日獲得的財富而變得貧困。《鬼神志》之原文未得見，只有干寶《搜神記》記述最詳。

此故事帶出一訊息：不屬於自己的財產，不論怎樣收藏，最終也會失去。人的福祿壽命、繁華富貴早在命中註定，財富不是自己的，終歸要歸還原有的主人家。然而，只要人們純樸辛勤地工作，總會獲得上天的垂憐。

徐泰夢

嘉興徐泰[1]，幼喪父母，叔父隗養之，甚於所生。隗病，泰營侍甚勤[2]。是夜三更中，夢二人乘船持箱，上泰牀頭，發箱，出簿書示曰[3]：「汝叔應死。」泰即於夢中叩頭祈請。良久，二人曰：「汝縣有同姓名人否？」泰思得，語二人云：「有張隗，不姓徐。」二人云：「亦可強逼[4]。念汝能事叔父，當為汝活之。」遂不復見。泰覺，叔病乃差[5]。

注釋

1 嘉興：秦時設置為縣，三國吳時期改名為禾興，後再改名為嘉興。晉朝以後因襲此名。故城在今浙江嘉興縣南。徐泰：一作「徐祖」。

2 營侍：護理侍奉。侍，一作待。

3 簿書：記錄財物出納的簿冊，此處指生死冊。

4 強逼：勉強接近。逼，接近、相似。

5 差：亦作「瘥」，指病癒。

譯文

嘉興縣人徐泰，自幼死了父母，叔父徐隗撫養他，比對自己所生的兒女還要好。後來，徐隗患病，徐泰甚為勤勞的護理侍奉他。那夜的三更時分，徐泰夢見兩個人乘着船拿着箱子，來到自己的牀頭。他們打開箱子，出示簿冊文書說：「你的叔父應該死。」徐泰立即在夢裏向他們叩頭祈求請願。過了好一會兒，那兩人說：「你的縣裏有與你叔父相同姓名的人嗎？」徐泰想起了一個人，對兩人說：「有一個張隗，但他不姓徐。」那兩人說：「亦算勉強接近（你叔父的姓名）。顧念你侍奉叔父，必定會為你救活他。」於是，兩人就不見了。徐泰醒來，他叔父的病就痊癒了。

賞析與點評

本篇記述徐泰為叔父祈求請願，得以延續壽命之異事。

清朝陳夢雷（一六五〇──一七四一）《古今圖書集成》卷一四七〈夢部・紀事二〉亦輯錄本故事，內容與干寶《搜神記》所記的相同。

主人翁徐泰因為自幼喪父，得叔父疼愛，甚於親生兒女。徐泰長大成人後，叔父抱病，徐泰親自殷勤侍奉。晚上夢見二人拿着箱子來到自己的牀前，出示簿書以示其叔父該死。徐泰在夢中叩頭祈請，祈望二人放過淑父。二人因感其孝心，替他找另一個同名不同姓的人取代其叔父。叔父徐隗能替兄長撫養孤兒，實在值得頌揚；徐泰感恩孝順，細心照顧患病的叔父，亦十分值得讚賞。為此，司命之神才決定延續他叔父的壽命，讓他可以盡孝。

地府兩個司命因感徐泰的孝心，不取徐泰叔父之命，但為了交差，須取其他人性命代替，故此以同縣同名而不同姓的張隗頂替。故事雖然沒有下文，但二司命答應為徐泰保其叔父之命，故他們可能施計取張隗回去，待閻羅王發現他壽命頗長，命不該絕，便又放回來。這樣，張隗及徐泰叔父徐隗皆可活下來。

從現代的法律而言，找人頂替代罪，是妨礙司法公正的嚴重罪行。然而，不少發展中的國家，政府部門為了結案件，不惜找來代罪羔羊，令無辜的人枉死。更甚的是，政府機關容許歹徒無中生有，將無辜百姓拘留、毒打、入罪及判刑，而網路上不乏四處呼求的無助百姓。例如二〇一三年十月二十六日，「天涯社區」的天涯論壇就有署名「台州市法律人」張帖狀文求助，內容指三名青年——王天勇、劉雪及張官海，因與出租車司機朱福青發生口角，在温嶺市被冤屈搶劫，坐了五百天牢獄，受盡毒打折磨，以致精神健康嚴重受損。

卷十一

本卷導讀——

本卷可謂《搜神記》全書的精妙所在，卷中故事大多富有情節，具小說的雛型，當中通過記述擁有超乎常人能力的人物，展現人物高尚的品德及可敬的情操。當中有表現人物卓越的箭術，如〈熊渠子射虎附李廣射虎〉；展現勇士的勇氣及決心的，如〈古冶子殺黿〉；展示俠客信守承諾的，如〈三王墓〉。另外，又有述富智慧之士為亡者解憂及申冤的故事，如〈東方朔消患〉、〈嚴遵破案〉；亦不乏為民請命而義不容辭的官員，如〈諒輔禱雨〉、〈周暢立義塚〉、〈白虎墓〉、〈葛祚碑〉；亦有為百姓消災的義士，如〈何敞消災〉。

卷中更多述說孝順父母長輩的故事。孝子行孝，令人感動，如〈曾子之孝〉、〈王祥孝母〉、〈王裒守墓〉；因孝順而得美好結果的，如〈蠐螬炙〉、〈劉殷居喪〉、〈玉田〉、〈郭巨埋兒〉；亦有孝順女兒及媳婦的故事，如〈東海孝婦〉、〈樂羊子妻〉等。此卷亦寫兄友弟恭的故事，如〈庚衰侍兄〉），以及記述生死之交的友情故事，如〈死友〉。至死不渝的愛情更是感人肺腑，如〈相思樹〉之夫婦殉情、〈望夫岡〉之岡上等夫、〈鄧元義妻更嫁〉之為受妻子而更嫁之。

由於卷十一的精彩故事甚多，故選取的篇章亦多，包括記述神乎奇技的射手養由基及更羸（〈養由基射猿附更羸射鳥〉），為民請命的賢臣諒輔（〈諒輔禱雨〉），為百姓消災的道士何敞（〈何敞消災〉），有德政的刺史王香（〈白虎墓〉），為客死異鄉者立義塚的令尹周暢（〈周暢立義塚〉），孝順繼母的王祥（〈王祥孝母〉），慟哭而令母親開目的盛彥（〈蠐螬炙〉），為母埋兒的郭巨（〈郭巨埋兒〉），日夕跪拜父母的王裒（〈王裒守墓〉）。還有孝順而給誣告的孝婦（〈東海孝婦〉），自沉為父的叔先雄（〈犍為孝女〉），墓前不屈於強盜的樂羊子妻（〈樂羊子妻〉），至死不渝的夫妻情誼（〈相思樹〉），以及述生死至交的范式與張元伯〈死友〉。

養由基射猿　附更羸射鳥

楚王游於苑[1]，白猿在焉。王令善射者射之，矢數發[2]，猿搏矢而笑[3]。乃命由基[4]。由基撫弓，猿即抱木而號。及六國時[5]，更羸謂魏王曰[6]：「臣能為虛發而下鳥。」魏王曰：「然則射可至於此乎？」嬴曰：「可。」有頃，聞雁從東方來，更嬴虛發而鳥下焉。

注釋

1 苑：古代飼養禽獸種植林木的地方，多指帝王的園林——御苑。

2 矢：弓箭。

3 搏：執持、擊取。

4 由基：春秋時代楚國的養由基，乃百發百中的神射手。《戰國策．西周策》：「楚有養由基者，善射。去柳葉者百步而射之，百發百中。」

5 六國：指戰國時代齊、楚、燕、韓、趙、魏六個國家。

6 更嬴（粵：雷；普：léi）。據聞乃戰國時魏國的神射手。其事跡見於趙國使者魏加向春中君游說時的話。

譯文

西周時期，楚王在御苑狩獵，見到一隻白猿在那兒。楚王下令擅長射箭的人用箭射牠，射了幾枝箭，白猿擊取箭枝而發笑。楚王於是命養由基射牠。養由基拿起弓弦，白猿立即環抱樹木哀號大哭起來。及至春秋六國時期，更羸對魏王說：「微臣能夠虛發弓箭而令鳥兒墮下來。」魏王說：「難道你的箭術可以達至如斯境界？」更羸說：「可以。」一會兒，更羸聽見一隻雁從東邊飛過來（的聲音），虛拉了一下弓弦而雁鳥便掉了下來。

賞析與點評

本篇記載兩名神射手——楚國養由基及魏國更羸的事跡。養由基——白猿見他舉起弓弦，已害怕得抱着樹木哭起來；更羸——飛雁聽見其撥弓弦的聲音，便嚇得掉下來死了。此兩則故事，展示兩名神射手之精準箭術，連大自然界的動物亦早已知聞。

養由基的事跡源自《呂氏春秋》卷二十四：

> 荊廷嘗有神白猿，荊之善射者莫之能中，荊王請養由基射之。養由基矯弓操矢而往，未之射而括中之矣，發之則猿應矢而下，則養由基有先中中之者矣。

此記述與干寶《搜神記》所述略有不同。《呂氏春秋》記的是：楚國的庭苑中有神妙的白猿，楚國擅長射箭的人都不能射中。楚王便請養由基去射獼牠。養由基矯直弓弦拿着箭矢前往，未發箭而相信能一箭射中，一發箭而白猿應聲倒下，故養由基是一個在射中獵物前有預知射中能力的人。然而史書沒有記載白猿見養由基拔箭而哀號哭喊。

更羸的事跡則取自《戰國策・楚策四》：

異日者，更羸與魏王處京臺之下，仰見飛鳥。更羸謂魏王曰：「臣為王引弓虛發而下鳥。」魏王曰：「然則射可至此乎？」更羸曰：「可。」有間，雁從東方來，更羸以虛發而下之。魏王曰：「然則射可至此乎？」更羸曰：「此孽也。」王曰：「先生何以知之？」對曰：「其飛徐而鳴悲。飛徐者，故瘡痛也；鳴悲者，久失群也，故瘡未息，而驚心未去也。聞弦音，引而高飛，故瘡裂而隕也。」

當魏王問更羸，怎麼可以如此神乎奇技，能虛發弓箭而令鳥兒墮下？更羸答：「這是因為此雁身有瘡傷（皮層腫爛潰瘍）之故。」（孽，指受傷的鳥，身有瘡傷的鳥。）魏王問：「先生你怎會知道有瘡傷呢？」更羸答：「此雁飛得緩慢而叫聲悲涼。飛得慢的雁，乃由瘡傷痛楚所致；叫聲悲涼，因牠失掉同行之群雁。牠瘡傷未癒而又驚魂未定，聽到弓弦拉動的響聲，便急拍翅膀高飛，引致舊傷迸裂而掉落。」更羸解釋雁之所以墮地而死，乃因牠受傷在前，失群孤苦在後，本來驚魂未定，再聞弓弦之聲，在驚恐之中奮翼而飛，引致瘡傷迸發而死。《戰國策》的記錄，令人明白不是更羸神乎奇技——能不發箭而射殺雁鳥，而是他對雁群十分熟悉，能察強弱傷病之鳥，以心理戰術令鳥兒墮下。

在敍述更羸的事跡一項，《搜神記》沒有錄引《戰國策》的後文，以便渲染更羸具有不可思議的射獵能力。相反，在闡述養由基的事跡中，作者在《呂氏春秋》的記錄之上，加插白猿抱樹號啕大哭的一節，以鋪述養由基百發百中之神妙箭術。在事實的基礎上，刪減及增加情節，乃創作小說的手法。為此，《搜神記》一直被視為魏晉小說的代表作。

諒輔禱雨

後漢諒輔[1]，字漢儒，廣漢新都人[2]。少給佐吏[3]，漿水不交[4]。為從事[5]，大小畢舉[6]，郡縣斂手[7]。時夏枯旱，太守自曝中庭[8]，而雨不降。輔以五官掾[9]，出禱山川，自誓曰：「輔為郡股肱[10]，不能進諫納忠，薦賢退惡，和調百姓，至令天地否隔[11]，萬物枯焦，百姓喁喁[12]，無所控訴，咎盡在輔。今郡太守內省責己，自曝中庭，使輔謝罪，為民祈福。精誠懇到，未有感徹[13]。輔今敢自誓：若至日中無雨，請以身塞無狀[14]。」乃積薪柴，將自焚焉。至日中時，山氣轉黑，起雷，雨大作，一郡沾潤。世以此稱其至誠。

注釋

1 後漢：即東漢。公元二五年，劉秀稱帝而建都洛陽。為別於前漢，史稱「後漢」（二五—二二〇）。

2 廣漢：古郡名。漢時設置，郡治梓潼縣（今四川梓潼縣）；及至後漢，徙治積雒（今四川廣漢市）。新都：古縣名。漢時設置。地處今四川新都東。

3 佐吏：指古代地方長官的僚屬，協助處理文書工作。晉時，各藩王府之參將仕官，亦稱為佐吏。

4 漿水不交：即漿水不沾之意，比喻為官清廉，無取於民。

5 從事：漢以後三公及州郡長官皆自辟僚屬，多稱「從事」。

6 大小畢舉：大小事情皆辦妥、辦好。

7 斂手：指縮手，表示不敢妄為、干犯法則。

8 中庭：古代廟堂前階下正中部分，為朝會或授爵行禮時臣下站立之處。此處疑指庭院之中。

9 五官掾（粵：願；普：yuàn）：州郡的屬官。晉朝以後，各郡皆設五官掾一職。

10 股肱（粵：轟；普：gōng）：指大腿和胳膊，兩者皆軀體的重要部分，引申為輔佐大臣。股，由胯至膝蓋的大腿部分。肱，由肘到肩的胳膊部分。

11 否隔：亦作「否鬲」，指隔絕不通。

12 喁喁：仰望期待。

13 感徹：猶感通。《後漢書．卷十．和熹鄧皇后》：「自謂感徹天地。」

14 身塞：以身軀抵償自己的罪行。塞，填塞、抵償。無狀：指罪大而不可言狀。亦可解作：行為醜惡無善狀，乃自謙之辭。

譯文

東漢時期的諒輔，字漢儒，是廣漢郡新都縣人，年少時候供職佐吏，為官清廉，點滴無取於民。後來他擔任郡守僚屬「從事」一職，大小事情皆處理妥當完善，郡縣的官員都不敢胡作妄為。那時遇着夏季乾旱，郡太守自我曝曬於中庭烈日之下求雨，雨水卻沒有降下。諒輔以州郡屬官的身份，出門向山嶺河川的神靈禱告祈雨，他發誓說：「我諒輔身為郡守的輔助屬官，不能進納忠直的諫言，推薦賢能之士而斥退奸惡之人，使百姓和睦調順地生活，以致蒼天與大地隔絕不通，大自然萬物乾旱枯萎，百姓仰望上天期待下雨，沒有可申訴之處，一切罪過都在我身上。如今郡太守自我反省又自我責備，自我曝曬在庭院的烈日之下，派遣我來代為認錯求寬恕，為萬民祈求福祉。太守的真切誠懇，尚未能感動蒼天。我現在斗膽許下誓願：如果等到正午日中時分還沒有下雨，請容許我用自己的身軀去抵償那不可言狀的大罪過。」於是他堆積起柴枝，準備在該處自焚贖罪。及至中午時分，山間的雲氣突然轉為烏黑，又響起陣陣雷聲，雨水傾盆落下，一個州郡的萬物也獲得沾濕潤澤。當時人因而用此求雨之事稱讚他的真切至誠。

賞析與點評

本篇記述諒輔欲自焚求雨，其至誠感動上蒼降下雨來。

諒輔不但年少時為官清廉，及至擔任從事一職，從不取百姓一文。為官廉潔，愛護百姓，更兼能力超凡，事無大小皆處理妥當，令郡縣的官員不敢胡作妄為。難得的是，其上司郡太守亦愛民如子，為百姓祈雨而在中庭的烈日之下曝曬，又派諒輔向山川謝罪祈求。作為下屬的諒輔，因體察上司為百姓求雨的赤心，不惜一人背負所有罪狀，欲以自焚亡身，以求上蒼垂憐。結果在他自焚前，山川昏暗，雨驟然降下，證明精誠所至，金石為開。為官的若真誠為百姓，則天地動容，旱季亦得甘露。

此文成為《後漢書·獨行列傳》之一。然而，內容有一點不同：到山川祈禱的是太守，而曝曬於庭院之中的乃諒輔，欲自焚的亦是諒輔。范曄（三九八—四四五）《後漢書·獨行列傳》云：

> 諒輔字漢儒，廣漢新都人也。仕郡為五官掾。時夏大旱，太守自出祈禱山川，連日而無所降。輔乃自曝庭中，慷慨呪（咒）曰：「輔為股肱，不能進諫納忠，薦賢退惡，和調陰陽，承順天意，至令天地否隔，萬物焦枯，百姓喁喁，無所訴告，咎盡在輔。今郡太守改服責己，為民祈福，精誠懇到，未有感徹。輔今敢自祈請，若至日中不雨，乞以身塞無

狀。」於是積薪柴聚茭茅以自環，搆火其傍，將自焚焉。未及日中時，而天雲晦合，須臾澍雨，一郡沾潤，世以此稱其志誠。

因《後漢書》的撰寫時間較《搜神記》的為遲，推斷此事跡源於《搜神記》。作為官方正史的《後漢書》，亦採納干寶搜羅的神怪故事，可印證《搜神記》具一定程度的可信性。諒輔為民請命，自我犧牲之高尚情操，至今為人激賞。不知現代的中國何時亦會出現如斯愛民如子的地方官？

若以自然科學的角度而言，此乃時間之巧合。因天氣炎熱而久旱，從水面蒸發的水點在空氣中累積結集，降而成雨。主人翁諒輔欲自焚求雨，實不可效法：一、根本不可因此而得雨；二、生命誠可貴，不必犧牲性命，以祈求神明的庇佑，活着可為百姓做更多有裨益之事。

何敞消災

何敞，吳郡人，少好道藝[1]，隱居。里以大旱，民物憔悴[2]，太守慶洪遣戶曹掾致謁[3]，奉印綬[4]，煩守無錫。敞不受。退，歎而言曰：「郡界有災，安能得懷道？」因跋涉之縣，駐明星屋中[5]，蝗蝝消死[6]，敞即遁去。後舉方正、博士[7]，皆不就，卒於家。

注釋

1 道藝：指道士、方士修煉的長生之術，亦指學問和技能。

2 憔悴：在人則指困頓，在物則指凋零、枯萎，亦可引申為衰敗。

3 慶洪：《後漢書》有名為慶鴻之人，乃琅邪及會稽兩郡太守。戶曹掾：掌管民戶、祭祀、農桑等的官署。掾，原為佐助的意思，後為副官佐吏或官署屬員的通稱。後漢及三國魏以後設有「戶曹掾」。

4 印綬（粵：受；普：shòu）：綬。印信和繫印信的絲帶。古人的印信繫有絲帶，以便佩帶在身，故亦借指官爵。

5 明星：古代星宿名，即女媊星。太白星號上公，妻子名女媊星，居住於南斗星宿之中，食災疫惡鬼，天下人人祭祀她，稱之為「明星」。**屋**：祭祀女媊星的廟宇。

6 **蝝**（粵：完；普：yuán）：即蝮蜪，蝗蟲未有長翅的幼蟲。

7 **方正**：古代制科之一，以德行方正為取士的主要標準。此制始於漢文帝。漢文帝曾下詔要求舉薦賢良方正、能直言極諫之士。**博士**：古代學官名。先秦六國置有博士，秦朝因襲之，諸子、詩賦、術數、方伎皆立博士。漢文帝時置一經博士，武帝時置五經博士，職責是教授、課試，或奉使、議政。

譯文

何敞，吳郡人士，少時候便喜歡方士道術，一直隱居遁世。是時，他的故里遇上大旱災，萬物枯竭，百姓生活困頓。太守慶洪派遣戶曹掾送上名帖，奉上印信綬帶，請他出任無錫縣令。何敞不接受。等使者告退後，他歎息說：「吳郡境內發生災荒，我怎能胸懷道術而不用呢？」於是登山涉水去到縣裏，駐守於女媊星廟宇裏，待蝗蟲諸蝝消滅盡死後，何敞隨即避世隱居去了。後來，人們推舉他擔任方正及博士之職，他全都不肯任職，最終卒亡在家裏。

賞析與點評

本篇記敍隱士何敞為百姓解災消荒的事跡。

蝗蟲每次出現皆以千萬計，農作物被蝗蟲蠶食後，可謂所剩無幾，百姓苦困。何敞為解百姓之苦，駐於消災疫吃惡鬼的女媊廟宇內，利用女媊星宿的力量，協助消除蝗蟲的禍害。不但暗示女媊星的靈驗，亦顯示何敞的道術高超。

此故事的宗旨不在於宣揚道術之高強或厲害，而是婉轉讚美了富有高尚品德的隱逸之士何敞：身懷技藝而不欲炫耀，具有學問而不受官祿，造福百姓而不怕登山涉水，做好事卻又不欲人知道。他默默為郡縣的百姓消災解困，事後悄悄離開，繼續隱逸的生活，終其一身只乃一介布衣。

唐代歐陽詢將此故事收錄於《藝文類聚》卷一百〈災異類．蝗〉。惟主人翁何敞之事跡不見於史冊。《後漢書》卷四十三記錄有一名為「何敞」之人，卻與本篇故事人物有異。其云：

> 何敞字文高，扶風平陵人也。其先家於汝陰。六世祖比干，學《尚書》於朝錯，武帝時為廷尉正，與張湯同時。……敞性公正。自以趣舍不合時務，每請召，常稱疾不應。……後拜為尚書。

史書之何敞，與滅蝗蟲之何敞不同。史書之何敞乃官宦世家，官至尚書。《搜神記》之何敞乃隱逸之士，不好名利，好道藝而喜隱居，為百姓消災而與世無爭。

何敞之高尚情操，在古代偶然有之；而在現今以利益名譽掛帥的現代社會裏，可謂碩果無僅存。君不見中國貪腐情況嚴重？貪官黑吏中飽私囊，搶奪救災款項，搾取民脂民膏，肥己以苦百姓，官二代富二代炫耀財富權力，禮儀廉恥蕩然無存，又如何能再來一個何敞？

白虎墓

王業字子香，漢和帝時為荊州刺史[1]。每出行部[2]，沐浴齋素，以祈於天地：當啟佐愚心[3]，無使有枉百姓。在州七年，惠風大行[4]，苛慝不作[5]，山無豺狼。卒於枝江[6]，有二白虎[7]，低頭，曳尾，宿衛其側[8]。及喪去，虎逾州境，忽然不見。民共為立碑，號曰「枝江白虎墓」。

注釋

1 漢和帝：東漢時期第四位皇帝：劉肇，公元八九至一〇五年在位，登位時才十歲，在位十七年，卒年二十七。荊州：漢時為十三刺史部之一。轄境約等於今之湘（湖南）、鄂（湖北）二省及豫（河南）、桂（廣西）、黔（貴州）、粵（廣東）各省的一部分。刺史：古代朝廷委派督察地方之官名，後來沿用為地方官職名稱。漢武帝時，分全國為十三部（又稱「州」），每部設置「刺史」。漢成帝改稱「州牧」，漢哀帝時又復稱「刺史」。魏晉時期，朝廷於主要的州置都督兼領刺史，職權益重。

2 行部：巡行所屬部域，考核政績。

3 啟佐：開導輔助。

4 惠風：本指柔和的風，此處比喻仁愛、慈惠之風。指因施行仁政而出現的仁愛慈惠的風尚。

5 苛慝（粵：惕；普：tè）：暴虐邪惡。

6 枝江：古縣名。地處今湖北省南部枝江縣，長江中游北岸。

7 白虎：白額虎。

8 宿衛：保衛、守護。

譯文

王業字子香，在東漢和帝時擔任荊州的刺史。他每次外出巡視所屬郡縣部域，都會沐浴更衣、吃素齋戒，誠心向天地的神明祈願：「請開導輔助我那顆愚昧的心，不要使我有任何冤枉百姓的事情。」王業在荊州擔任刺史七年，仁愛慈惠之風尚大行其道，暴虐邪惡之事沒有發生，連山嶺也沒有豺狼的蹤跡。王業在枝江卒亡時，有兩隻白額老虎低着頭、搖曳着尾巴，宿夜守衛在他的身旁。及至喪禮殯葬之事完結後，兩隻老虎穿越荊州州郡的邊界，忽然之間不見了蹤影。當地百姓共同為王業豎立一塊墓碑，稱為「枝江白虎墓」。

賞析與點評

本篇故事源於一部記載古代陳留地區先賢言行的書籍《陳留耆舊傳》，創作年期及作者皆不詳，原書亦散佚。書的部分內容收錄於隋虞世南撰《北堂書鈔》。此故事今見於《北堂書鈔》卷一〇二〈藝文部八・碑三十五〉「民共立碑」云：

《陳留耆舊傳》：王業字子香，荊州刺史。有德政，卒於枝江，有二白虎共衞其墓，民共立碑，號曰「枝江白虎墓」。

本文再次展示干寶收錄奇異趣聞的功力；故事經他潤飾，顯得更加豐富。及至宋代，李昉等撰的《太平御覽》也收錄了此故事，亦云源自《陳留耆舊傳》，惟某些用字有點不同。如王業之字「子香」作「子春」，「二白虎」作「三白虎」，「共衞」作「宿衞」，其餘皆如上文。

〈白虎墓〉的主題明確——真心為民請命的官吏，萬物亦會知其真感至誠。故此，王業死後有兩隻白額虎守候在旁，避免奸佞小人之騷擾。為官掌權的，應盡可能施行仁政，令民間仁愛慈和之風盛行，暴虐邪惡之事不作。《左傳・昭公十三年》云：「苛慝不作，盜賊伏隱；私欲不違，民無怨心。」。意思大概是：倘若（在上者）暴虐邪惡之事不作，大盜賊匪自會潛伏隱藏；（當權者）個人慾望不違反公義民心，百姓亦不會有憤怨之心。

現代與古代相同，若為官的施政不仁，民間同樣會衍生強盜；若當權的只圖私利，平民百姓怨憤難平，或以死抵抗，或背棄政權。當民心背向之時，為政者必須反省個人之所作所為，以挽救垂危之政權。

周暢立義塚

周暢性仁慈[1]，少至孝，獨與母居。每出入，母欲呼之，常自齧其手[2]，暢即覺手痛而至。治中從事未之信[3]。候暢在田[4]，使母齧手，而暢即歸。元初二年[5]，為河南尹[6]，時夏大旱，久禱無應。暢收葬洛陽城旁客死骸骨萬餘[7]，為立義塚[8]，應時澍雨[9]。

注釋

1 周暢：東漢人，字伯特，官至光祿勳。尚書侍郎周嘉之從弟，高祖父周燕乃周平王後裔。

2 齧（粵：ŋit^{6}；普：niè）：同「嚙」，咬。

3 治中從事：即治中。治中可稱「從事史」，故稱「治中從事」。治中，專門負責治理政事的文書檔案的州郡佐吏。從事，州郡長官之僚屬。

4 在田：泛指田獵耕種。

5 元初二年：即公元一一五年。元初，漢安帝劉祜年號。

6 尹：古代官名。此處指河南縣之長官。

7 洛陽：河南之都城。

8 義塚：舊時埋葬無主屍體的公墳。

9 澍（粵：樹；普：shù）雨：指大雨、暴雨。澍，時雨、及時雨。

譯文

周暢天生個性仁義慈愛，少年時已極其孝順，獨自一人與母親居住。每當他外出，若母親想呼喚他，會時常咬自己的手指，周暢隨即感覺手指疼痛而趕回家來。治中從事官吏不相信有這樣的事情。等到周暢在田野耕作狩獵的時候，讓其母咬齧手指，周暢果然隨即回來。漢安帝元初二年（一一五），周暢任職河南縣尹，時值夏季大旱，他向神靈禱告很久也沒有應驗。直至他將洛陽城旁一萬多具客死異鄉的無主骸骨收拾及埋葬了，為他們立了義塚，上天才降下及時大雨來。

賞析與點評

本篇敍述周暢之孝義事跡：周暢本性仁義孝悌，為官仁愛為民，因此得神明庇護。本篇故事裏的周暢為人極為孝順，時常心繫母親，母親若有點苦楚，他在外亦能感應得到。其母每因念掛他，會自咬手指，以己之痛呼喚兒子回來。周暢因感應母親之痛，會立刻趕回家去，探視母親是否安然無恙。此至孝之例，與孔子弟子曾參的「齧指痛心」之事相類：

周曾參，字子輿，事母至孝。參嘗采薪山中，家有客至。齧指痛心母無措，望參不還，乃齧其指。參忽心痛，負薪而歸，跪問其故。母曰：「有急客至，吾齧指以悟汝爾。」

詩曰：母指才方齧，兒心痛不禁。負薪歸未晚，骨肉至情深。

周暢乃仁義之士，他擔任河南尹時，夏季大旱無雨，作為河南尹的他深知百姓之苦，故禱求上天降雨，可惜禱告甚久亦無應驗。期間，他派人收拾洛陽城旁一萬多副無主骸骨並予以埋葬，又為亡者立義塚，故感動上天降下大雨，消除旱災之餘，更令該年獲得豐收。後來，周暢官至光祿勳（亦稱郎中令），掌管宿衛侍從之官。

周暢的事跡亦見於晉代司馬彪撰寫的《續後漢書》，其卷五〈獨行傳〉云：「周暢字伯持，性仁慈，為河南尹。永初二年夏旱，久禱無應。暢因收葬洛城傍客死骸骨凡萬餘人，應時澍雨，歲乃豐稔，位至光祿勳。」可見周暢實有其人，而為河南尹之事跡亦非虛構。

人的手指，神經線頗多，十指痛歸心是事實。然而，兒子能感應母親之手指痛，有些不可思議。孖生兄弟姊妹子女父母之間，或許有心靈感應，能了解彼此的心意，推斷彼此的期望，但若云子女能即時感應父母的手指痛感，實乃不可思議之事情。

王祥孝母

王祥字休徵[1]，琅邪人，性至孝。早喪親，繼母朱氏不慈，數譖之[2]，由是失愛於父，每使掃除牛下[3]。父母有疾，衣不解帶[4]。母常欲生魚[5]，時天寒，冰凍，祥解衣將剖冰求之，冰忽自解[6]，雙鯉躍出，持之而歸。母又思黃雀炙[7]，復有黃雀數十，入其幙[8]，復以供母。鄉里驚歎，以為孝感所致。

注釋

1 王祥：漢代諫議大夫王吉的後裔，祖父王仁乃青州刺史，父親王融。王祥為人至孝，三國魏時，官至大司農，拜光祿勳，獲封關內侯、萬歲亭侯。晉武帝時，拜為太保，進為公爵。

2 譖（粵：浸；普：zèn）：說別人壞話、誣陷、中傷。

3 牛下：牛的排泄物，此處疑指牛棚。

4 衣不解帶：形容日夜辛勤侍奉，不脫衣解帶去安睡。

5 常：一般指經常、時常。此處則與「嘗」字通，謂曾經、有一次。《史記・高祖本紀》有「高祖為亭長時，常告歸之田」之句。

6 自解：自動溶解破開。

7 炙：烤肉。

8 幙：古同「幕」，帳幕、帳篷、垂掛的簾幕。

譯文

王祥字休徵，琅邪郡人，本性極為孝順。他年幼時母親喪亡，繼母朱氏對他一點也不慈愛，數次在他父親面前説他的壞話，因而令他失去父親的疼愛，往往叫他去打掃清除牛棚裏的排泄物。每當父親或母親患病，他會日夜在旁侍奉而不解衣帶安睡。繼母有一次想吃新鮮的活魚，適逢當時天氣寒冷，河水凍結成冰，王祥脱下衣服，準備（用身體的熱力）溶解冰塊捕捉活魚，冰塊忽然自動溶解破開，兩條鯉魚從河裏跳躍出來，王祥抱着牠們返歸。一次，繼母又想吃烤黃雀肉，又有數十隻黃雀飛進王祥房間的帳幕裏，他又拿去（烤烘）供繼母享用。鄉里鄰舍十分驚訝感歎，認為是他的孝心感動上天的緣故。

賞析與點評

本篇藉王祥至孝之故事，弘揚孝道人倫。王祥之至誠孝道感動大自然萬物，令鯉魚出水，黃雀入幙，讓他可滿足繼母吃鮮魚燒肉的慾望。其孝順事跡更為鄉里人讚揚傳頌，後來王祥獲得賞識，官至公侯爵位，可謂乃高尚品德所致。此故事見於《晉書》卷三十三〈王祥傳〉，內容大致相同：

> 祥性至孝。早喪親，繼母硃氏不慈，數譖之，由是失愛於父。每使掃除牛下，祥愈恭謹。父母有疾，衣不解帶，湯藥必親嘗。母常欲生魚，時天寒冰凍，祥解衣將剖冰求之，冰忽自解，雙鯉躍出，持之而歸。母又思黃雀炙，復有黃雀數十飛入其幕，復以供母。鄉里驚歎，以為孝感所致焉。有丹柰結實，母命守之，每風雨，祥輒抱樹而泣。其篤孝純至如此。

《晉書》之記錄，更多一小節：有一棵丹柰樹（又稱朱柰，蘋果的一種）結了果實，繼母命王祥加以守護。每遇風雨吹襲，王祥會抱着樹木哭泣，怕果實給吹襲毀掉，繼母會傷心；其至誠至孝至此地步。

干寶搜集得來的奇異故事，為史家所取，《搜神記》更被用作參考典籍，足見作者所述具一定的可信性。然而，冰塊突然溶解裂開，鯉魚跳出水面，數十黃雀飛入房內，富有童話色彩。

王祥此種不問事情合理與否，為滿足繼母而為之的行徑，古人讚賞褒揚為孝行。然而，現代都市人則可能視之為「愚」。古今對孝的觀念不一，現代的香港，在遲婚及不生育的情況下，孩子變得十分寶貴，只有廿四孝父母，鮮聞廿四孝兒女。中國在一孩政策的影響之下，二十四孝的父母更為普遍。例如大陸女子楊麗娟，因為迷上香港的歌星劉德華，自十六歲起輟學追蹤偶像，十三年來沒有停止過。其父乃教師，母親是傷殘人士，為滿足女兒，夫婦二人竟傾家蕩產陪伴女兒追星，二〇〇七年追至香港，楊父因痛恨劉德華不娶女兒而投海自盡，令全香港市民震驚。極端「廿四孝」而失去理智的楊父，竟為胡鬧的女兒賠上性命。

蠐螬炙

盛彥字翁子[1]，廣陵人[2]。母王氏，因疾失明，彥躬自侍養，母食，必自哺之[3]。母疾既久，至於婢使數見捶撻[4]。婢忿恨，聞彥暫行，取蠐螬炙飴之[5]。母食，以為美，然疑是異物，密藏以示彥。彥見之，抱母慟哭，絕而復蘇。母目豁然即開，於此遂愈[6]。

注釋

1 盛彥：晉初人，八歲能答詩，為人至孝。曾仕吳，官至中書侍郎。

2 廣陵：廣陵郡，東漢時期屬徐州刺史部，在今江蘇省長江、淮河之間。

3 哺：餵養、餵食。

4 捶撻：杖擊，鞭打。

5 蠐螬（粵：齊曹；普：qí cáo）：金龜子的幼蟲，長寸許，居於土中，以植物根莖等為食，為主要地下害蟲。飴（粵：寺；普：sì）：同「飼」。餵養、拿食物給別人吃。

6 愈：此處通「癒」，痊癒。

譯文

盛彥字翁子，廣陵郡人。母親王氏，因為患疾以致雙目失明，盛彥親身侍奉她。母親吃東西，他必定親自餵她。母親因為患病的日子已久，以致對婢僕多次杖擊鞭打。婢女心懷忿恨，聽見盛彥會暫時外出，就拿金龜子的幼蟲蠐螬烤熟給她吃。他的母親吃過以後，認為很美味，卻懷疑是怪異之物，暗地裏藏起了一些給兒子盛彥看。盛彥看見是地下害蟲之後，抱着母親悲痛地大哭起來，哭得氣絕昏厥後蘇醒過來。他母親的眼睛亦忽然之間豁然而開，能看見東西，從此也就痊癒了。

賞析與點評

本篇敍述盛彥侍母至孝，令其母雙目復明的故事。

彥之至誠孝道，見於他親自餵養失明的母親。及至他因事外出，回來得知母親給餵吃金龜子的幼蟲蠐螬，心痛得慟哭起來，哭至氣絕而蘇醒。此時，其母的雙目神奇地復恢了視力。或許，盛彥的母親因為兒子的悲痛慟哭而陪落了不少眼淚，結果眼水清洗了模糊視線的污垢而令雙目回復應有的視力。否則，由失明而恢復視力，實乃奇異之事。

如斯奇異的事情，《晉書》卷八十八〈孝友傳・盛彥〉竟有記錄，更云盛彥八歲能答太尉戴昌之詩，言辭慷慨激昂：

盛彥，字翁子，廣陵人也。少有異才。年八歲，詣吳太尉戴昌，昌贈詩以觀之，彥於坐答之。辭甚康慨。母王氏因疾失明，彥每言及，未嘗不流涕。於是不應辟召，躬自侍養，母食必自哺之。母既疾久，至於婢使數見捶撻。婢忿恨，伺彥暫行，取蠐螬炙飴之。母食以為美，然疑是異物，密藏以示彥。彥見之，抱母慟哭，絕而復蘇。母目豁然即開，從此遂愈。彥仕吳，至中書侍郎……太康中卒。

盛彥的母親因為患病而失明，脾氣變壞，動輒杖打婢僕。主母杖打婢女自是沒理，但婢女因心懷忿恨而公報私仇，餵飼失明主母吃烤炙的幼蟲蠐螬，實在有違道德。

在古代的社會，主人有無上的權威，可以接受主人杖打婢僕；但在現代社會，此等行徑乃犯法的行為。

主人欺侮婢僕而婢僕泄忿之例，亦見於現代都市。都市人因工作繁忙，生活壓力大，家庭雜務繁多，往往僱用海外傭工照顧家庭。可惜，都市生活空間狹小，僱主與傭工容易產生磨擦，僱主對傭工的苛求責罵、羞辱指斥，可能令傭工懷恨在心，等主人不在家便向年幼的少主報復。香港過去曾出現外籍傭工用漂白水混進奶粉，餵飼嬰兒，以及大力搖晃及拋擲嬰兒的案例。外傭的行為固然令人髮指，惟僱主又可有反省自己之言行可有失當？二〇一三年十月，香港有一對夫妻名叫戴志偉及區玉珊，因多次以惡毒方式虐待及羞辱外傭，分別被判囚三年至五年。

郭巨埋兒

郭巨，隆慮人也[1]，一云河內溫人[2]。兄弟三人，早喪父，禮畢[3]，二弟求分。以錢二千萬，二弟各取千萬。巨獨與母居客舍，夫婦傭賃以給供養[4]。居有頃，妻產男，巨念與兒妨事親[5]，一也；老人得食，喜分兒孫，減饌[6]，二也。乃於野鑿地，欲埋兒。得石蓋，下有黃金一釜[7]，中有丹書[8]，曰：「孝子郭巨，黃金一釜，以用賜汝[9]。」於是名振天下。

注釋

1 隆慮：古縣名。漢代設置，屬河內郡，治所在今河南林縣。

2 河內溫：即河內郡溫縣，漢時置溫縣，故城在今河南溫縣西南。

3 禮畢：喪葬之禮事完結。

4 傭賃：謂受傭於人。

5 與兒：「與」本指給予、親近之意。此處「與兒」乃撫育、養育兒子。

6 饌：一般食物、食品。

7 釜：古代的一種煮食器具。圓口圓底，或有兩耳而無足。可置於鬲（形狀像鼎而三足皆空心）或爐灶上煮食；上面亦可放置甑（蒸飯的瓦器，底部有透氣的孔格，如同今之蒸鍋）以蒸煮。盛行於漢代，有用鐵、銅或陶製成的。此處泛指罐類的容器。

8 丹書：用朱筆書寫的文字或詔書。

9 汝：你。

譯文

郭巨，隆慮縣人，一說是河內郡温縣人。他與兄弟共三人，早年父親亡故。在父親的喪禮結束後，兩名弟弟要求分家產。家產共有兩千萬錢，兩個弟弟各自拿走一千萬。郭巨只有獨自與母親居住在客店之中。他與妻子兩人依靠替人工作來供養母親。居住了一段時間，妻子誕下男孩，郭巨想到：撫養兒子會妨礙自己侍奉母親，此為其一；老人家得到食物，喜歡分給孫兒吃，減少了自己應有的食糧，此為其二。於是，他走到荒野地區鑿挖一個土坑，想將兒子埋掉。他挖得一塊石蓋，石蓋下面藏有一釜罐黃金，釜罐裏有一張用朱砂紅色寫成的文書：「孝順之子郭巨，此黃金一釜罐，用以賜贈給你。」於是，郭巨的聲名便傳遍了天下。

賞析與點評

本篇記述郭巨因怕妨礙奉養母親而欲埋掉兒子，反得一釜黃金的故事。故事之旨在於說明：孝順的人必得上天的庇佑和神明的眷顧。「郭巨埋兒」的故事，歷朝有不同的版本。除了《搜神記》，《太平御覽》卷四一一引錄漢朝劉向《孝子圖》而出現不同的版本：

郭巨，河內溫人，甚富。父沒，分財二千萬為兩分，與兩弟，己獨取母供養寄住。鄰有凶宅，無人居者，共推與之居，無禍患。妻產男，慮養之則妨供養，乃令妻抱兒欲掘地埋之，於土中得金一釜，上有鐵券云：「賜孝子郭巨。」巨還宅主，宅主不敢受，遂以聞官。官依券題還巨，遂得兼養兒。

郭巨家本是富有的，他在父亡後把財產分給了兩名弟弟，而兒子是才生下來不久，記述內容如《搜神記》般。不同之處，乃郭巨住在鄰舍的凶宅之中，甚至於宅裏掘得黃金，以還宅主而宅主不收，官府決定按鐵券指示，將黃金賜予郭巨。

《太平御覽》卷八一一引南齊宋躬《孝子傳》則又有另一說法：

郭巨，河內溫人也，妻生男。謀曰：「養子則不得營業，妨於供養，當殺而埋焉。」鍤入地，有黃金一釜，上有鐵券曰：「黃金一釜，賜孝子郭巨。」

《孝子傳》所記，乃先殺而後埋。如此的話，郭巨埋兒之時，兒子該已死了。郭巨埋兒的原因，除了妨礙供養母親外，還因為兩夫妻有一人不能工作營業，以維持生計。

宋司馬光撰《家範》卷五〈子下〉有第三個版本：

後漢郭巨家貧，養老母，妻生一子三歲，母常減食與之。巨謂妻曰：「貧乏不能供給，共汝埋子。子可再有，母不可再得。」妻不敢違，巨遂掘坑二尺餘，得黃金一釜。

那孩兒已養至三歲，因其母減食給孫兒，故欲埋兒。歷代有云郭巨埋兒乃不人道之事，司馬光曾為郭巨辯解：

或曰：「郭巨非中道。」曰：「然以此教民，民猶厚於慈而薄於孝。」

他認為郭巨埋兒，重點教導百姓不要偏重對孩子的慈愛而輕於孝順父母。

在古代，或許只是偶然才有厚慈薄孝的情況；在現代的都市，尤其是香港，厚慈薄孝的情況滿街可見。君不見地鐵車廂內，三代同行而遇有一二座位，夫婦非給自己的父母，而是給會行會走的兒女。君不見多少年青夫婦，有了孩子沒父母：凡事以孩子為先，父母淪為照顧孩子的助理。夫婦本該孝順父母，作二十四孝兒女，卻因過於溺愛兒女而變成二十四孝父母。

不論如何，為供養母親而埋兒，實在令人詫異。在古代，已有人批評郭巨之舉不合道義；在現代，此等行徑更觸犯法例，等同謀殺。然而，古今的思維有別，法律殊異；在貧窮得衣食不足的時候，人或許被迫作出不人道的選擇。

魯迅也認為像郭巨般的孝子不易做。他在《朝花夕拾．二十四孝圖》一書評云：

> 我最初實在替這孩子捏一把汗，待到掘出黃金一釜，這才覺得輕鬆。然而我已經不但自己不敢再想做孝子，並且怕我父親去做孝子了。家景正在壞下去，常聽到父母愁柴米；祖母又老了，倘使我的父親竟學了郭巨，那麼，該埋的不正是我麼？如果一絲不走樣，也掘出一釜黃金來，那自然是如天之福，但是，那時我雖然年紀小，似乎也明白天下未必有這樣的巧事。

因埋兒而掘出一釜罐黃金，實在比中彩票還難。郭巨乃孝順之人，對兩名弟弟又厚道，寧可苦了自己和妻子，甚至犧牲兒子。或許因為如此，他才有那麼大的福氣，掘得一釜黃金。然而，釜中有鐵券，指明黃金賜贈郭巨，則有些超乎現實了。

現代社會，福利比較完善，因貧窮而埋兒的情況較為罕見。在重男輕女的國家及窮鄉僻壤，不斷出現活埋女嬰的事情。例如二〇一三年七月初，在印度多爾多（Indore）市附近的森林，便有出生未夠廿四小時的女嬰遭人活埋在泥土亂石堆裏。聯合國基金會於二〇〇六年提交的報告指出，由一九八六至二〇〇六年之間，印度約有一千萬女嬰在出生前或出生後被殺害。

王裒守墓

王裒[1]，字偉元，城陽營陵人也[2]。父儀，為文帝所殺[3]。裒廬於墓側[4]，旦夕常至墓所拜跪，攀柏悲號，涕泣着樹，樹為之枯。母性畏雷，母歿，每雷，輒到墓曰[5]：「裒在此。」

注釋

1 王裒：晉朝人，王修之孫，王儀之子。其父王儀為司馬昭效力，任司馬一職，因直言而為司馬昭所殺，故王裒終身不願仕晉，僅隱居授業，亦從不向西而坐。

2 城陽：古郡名。郡治在今山東省莒縣城陽鎮。營陵：古縣名。縣治在今山東省昌樂縣。

3 文帝：即晉文帝司馬昭（二一一—二六五），晉朝開國君主晉武帝司馬炎（二三六—二九〇）的父親。

4 廬：古人在父母或老師死後，於服喪期間為守護墳墓而搭蓋居住的小屋。此處作動詞用，乃築廬而居之意。

4 輒：總是；立即。

譯文

王裒字偉元，是城陽郡營陵縣人。他父親王儀，給晉文帝司馬昭殺死。王裒在墳墓側邊築小屋而居，早晚常到墓前跪拜，扶着柏樹悲痛號哭，眼淚灑落柏樹樹身，柏樹也因此枯萎了。他母親本性懼怕雷聲，母親亡後，每逢行雷，他總是跑到母親墓前，安慰說：「裒兒在這裏。」

賞析與點評

本篇記敘王裒對亡父亡母的孝義行為。

故事旨在讚頌王裒的孝行，藉以弘揚儒家倡導的孝義。王裒的孝順見於：一、為父親抱不平：王裒因司馬昭殺其父親而終身不仕晉朝。二、為父母守陵墓：父母亡故後，王裒為守護墳墓而築小屋而居，方便日夜向父母請安問好。三、他痛惜父母早逝：王裒看見柏樹之長壽而哀父母之早亡，故撫柏樹而痛哭，顯示他對父母的深厚愛惜之情。他哭的原因是什麼？除了悲傷父母不在，推斷他哀傷自己未能好好盡孝之故。四、牢記父母的好惡：王裒知道母親怕雷，母親離世後，他亦不忘。每次行雷，他會走至母親的墳前安慰她。得如此孝順兒子，王裒的父母若泉下有知，相信亦會感到安慰。

本故事亦見於《晉書》卷八十八〈孝友傳〉。其云：

王裒，字偉元，城陽營陵人也。祖修，有名魏世。父儀，高亮雅直，為文帝司馬。……裒少立操尚，行己以禮，身長八尺四寸，容貌絕異，音聲清亮，辭氣雅正，博學多能，痛父非命，未嘗西向而坐。示不臣朝廷也。於是隱居教授，三征七辟皆不就。廬於墓側，旦夕常至墓所拜跪，攀柏悲號，涕淚着樹，樹為之枯。母性畏雷，母沒，每雷，輒到墓曰：「裒在此。」及讀《詩》至「哀哀父母，生我劬勞」，未嘗不三復流涕，門人受業者並廢《蓼莪》之篇。

《晉書》的內容比較詳盡，將王裒的家世、外貌、個性及內涵一一展示出來。王裒因父之死而不屑向西面而坐（推斷其居所之西面該是晉朝之都城），以示他終身不仕晉朝的決心。朝廷多次招攬他，他亦不為所動。

其孝，又見於他的授課。每當他向學生講授《詩經．蓼莪》一詩，讀至「哀哀父母，生我劬勞」（可憐可歎我父母，生我育我實辛勞）之句時，總會多次落淚流涕。門人及聽課者為免老師過度傷心，合議不讀〈蓼莪〉一詩。學生對老師的尊敬關懷，兒子對父母的孝順愛護，乃中國優良的傳統美德。在現今以金錢掛帥、經濟效益為主導的社會裏，此種美德是否已給埋沒了？

東海孝婦

漢時，東海孝婦養姑甚謹[1]，姑曰：「婦養我勤苦，我已老，何惜餘年，久累年少。」遂自縊死。其女告官云：「婦殺我母。」官收繫之[2]，拷掠毒治[3]。孝婦不堪苦楚，自誣服之[4]。時于公為獄吏[5]，曰：「此婦養姑十餘年，以孝聞徹，必不殺也。」太守不聽。于公爭不得理，抱其獄詞哭於府而去[6]。自後郡中枯旱，三年不雨。後太守至，于公曰：「孝婦不當死，前太守枉殺之，咎當在此[7]。」太守即時身祭孝婦塚，因表其墓[8]。天立雨，歲大熟[9]。長老傳云：「孝婦名周青，青將死，車載十丈竹竿，以懸五旛[10]。立誓於眾曰：『青若有罪，願殺，血當順下；青若枉死，血當逆流。』既行刑已，其血青黃，緣旛竹而上標[11]，又緣旛而下云。」

注釋

1 東海：郡名。楚漢之際也稱郯郡。治所在今山東郯城北。西漢轄境相當於今山東費縣、棗莊市、臨沂、江蘇贛榆以南、邳縣以東、宿遷和灌南以北地區。

2 收繫：指逮捕拘押、逮捕下獄。

3 拷掠：鞭打，多指用刑罰審問。毒治：用酷刑懲治。

4 **自誣**：自行承認妄加於己的不實罪名。**服之**：服，招認、承認。

5 **于公**：西漢海東郯人。漢相于定國的父親，曾任縣獄吏、郡決曹，斷案公正，故犯人對其判決皆不怨恨。因他深得民心，在世時郡中百姓已為他建立「于公祠」。

6 **府**：官署。由漢至南北朝期間，多指高級官員及諸王治事之所。

7 **咎**：災禍、災殃。

8 **表其墓**：在死者墓前刻石碑以表彰其善，謂之表墓。表，表彰、顯揚。

9 **大熟**：大豐收。亦寫作「大孰」。

10 **五旛**：五色（青、赤、黃、白、黑）旗幟。旛，同「幡」，指用竹竿等挑起來直掛着的長條形旗子。

11 **標**：本指樹梢、末端。此處指竹竿的頂端。

譯文

漢朝時期，東海郡有個孝順的媳婦，她奉養家姑甚是恭敬謹慎。她家姑說：「媳婦奉養我勤勞辛苦，我現在已經年老，何必留戀餘下的歲月，長久拖累年輕的她呢？」於是上吊自殺了。她女兒狀告至官府說：「媳婦殺害了我的母親。」官府便逮捕孝婦入獄，鞭打拷問，用狠毒酷刑罰懲治審問。孝婦受不了酷刑的折磨痛楚，只有自行招認妄加於己的不實罪名。當時于公擔任獄吏，對太守說：「這媳婦奉養她家姑十多年，以孝順之名傳遍郡中，必定不會殺害自己的家姑。」太守不聽他的意見。于公爭辯，也不能以理說服太守，便抱着此案的刑獄文書，從官府裏傷心的哭着離去。自此以後，東海郡裏出現大旱災，三年以來沒有下過雨。後任太守到來上任，于公對他說：「那孝婦不應該給處死，前任太守冤枉殺害了她，災禍之因應當由此而起。」太守立即親自前往祭奠孝婦的墳墓，並在她墓前刻石碑以表彰其孝行。此時，上天立刻降下雨水來，是年的莊稼更獲大豐收。年長的人流傳說：「這孝婦名叫周青，周青將近被處死之時，囚車上插着一枝十丈長的竹竿，用來懸掛五色長形旗幟。她當着眾人面前立下誓言：『我周青若果有罪的話，甘心情願被殺，血液應當沿着竹竿順流而下；如果我周青是冤屈枉死的，血液應當沿着竹竿逆流而上。』行刑以後，她的血呈青黃色，沿着幡旗的竹杆向上逆流至頂端，再沿着幡旗流下來。」

賞析與點評

本篇記述東海孝婦周青被冤殺的前因後果，以及新太守為其平反之事。

干寶借孝婦遭冤殺之事展示蒼天也會視察人之行為，若有不義之舉，必報於人。同時讚揚了孝婦周青的善良孝順，獄吏于公的正義無私，又暗斥家姑對孝婦錯誤的愛惜方法。錯誤的愛惜方法，令孝婦不得安逸，更受盡毒打，賠上性命。

周青乃十分孝順的人，照顧家姑十多年，依然小心謹慎。家姑也因為愛護她，不想連累年輕的媳婦而自盡。這份對媳婦的愛惜，竟以錯誤的方式表達出來。家姑自我了結性命，以為這樣可換取媳婦較閒逸舒適的生活，偏偏適得其反。孝婦被小姑以殺害家姑之罪誣告，給官府逮捕入獄，在獄中受盡毒打拷問，周青因為受不了折磨，被迫招認不實之罪名，最後給處死。家姑的錯誤愛惜方法，奪去了自己和媳婦的性命。

正義的獄吏于公，曾為孝婦向太守據理力爭，挽救其性命，可惜他官職低微，判決的權力最終在太守手上，他只能抱着定案的刑獄判詞，為枉殺好人而哭泣。于公的正直無私，深得百姓的愛戴；審案的仔細入微，令人佩服；判罰的公正，連犯人亦無怨恨。于公更值得人欽佩的是他一直不忘孝婦的冤案。英明的新太守上任，于公不忘為孝婦平反，令她的孝行獲得表彰。這份對正義的堅持，在貪官污吏橫行的國家，還有多少人擁有？

孝婦的冤屈引致兩個奇異現象：一、東海郡三年大旱，沒有一天下過雨。直至孝婦獲得平反，蒼天寬恕人們才下起大雨來。二、孝婦被殺後，她的血沿着竹竿逆流而上，達至頂端再順流下來，此乃超自然現象。在地心吸力的影響下，液體不可能逆流而上。

本故事亦見於《漢書》卷七十一〈列傳四十一．于定國傳〉。其云：

東海有孝婦，少寡，亡子，養姑甚謹，姑欲嫁之，終不肯。姑謂鄰人曰：「孝婦事我勤苦，哀其亡子守寡。我老，久絫〔累〕丁壯，奈何？」其後姑自經死，姑女告吏：「婦殺我母。」吏捕孝婦，孝婦辭不殺姑。吏驗治，孝婦自誣服。具獄上府，于公以為此婦養姑十餘年，以孝聞，必不殺也。太守不聽，于公爭之，弗能得，乃抱其具獄，哭於府上，因辭疾去。太守竟論殺孝婦。郡中枯旱三年。後太守至，卜筮其故，于公曰：「孝婦不當死，前太守彊〔強〕斷之，咎黨〔當〕在是乎？」於是太守殺牛自祭孝婦冢，因表其墓，天立大雨，歲孰。郡中以此大敬重于公。

《漢書》解釋了家姑欲自盡的原因：兒子早亡，媳婦其實可以再嫁，另覓好人家，卻因為奉養她而不離不棄，活守寡十多年。家姑認為自己連累了媳婦，曾向鄰居透露自己的慚愧無奈。最後，家姑選擇自殺以終止媳婦的勞苦。一片愛惜媳婦的心，卻令孝婦入獄受盡折磨，更賠上性命。于公與太守爭辯而不得要領，在哀傷痛哭後，憤而以病患為由辭職不幹。太守判殺孝婦後，東海郡三年大旱。新任太守會占卜，得知必有緣故，于公指出可能源自孝婦的枉死。新太守於是殺牛親自祭奠孝婦，刻石碑表彰其善良孝行，結果立時大雨，是年又得豐收。郡中人由此更加敬重于公。

在《漢書》的記錄裏，此故事的主角乃于公——宰相于定國的父親；而《搜神記》的主角乃孝婦周青。《漢書》刪去血液逆流而上的神妙之事，只述事實的來龍去脈。

元朝的關漢卿（約一二二〇——一二九八）將此「東海孝婦」的故事改編為戲劇《竇娥冤》（全稱《感天動地竇娥冤》），令孝婦受冤而死的故事廣為流傳。然而，關漢卿沒有採用孝婦原有的姓名「周青」，卻用了「竇娥」一名字。在孝婦被冤殺之後，又加入「六月飛霜」的現象。為此，至今人們也以此現象比喻蒼天看不過眼的冤屈事情。

二〇一三年六月初的北京，無端多次落下雞蛋般大的冰雹，是空氣污染、氣候暖化造成的後果？還是有冤屈之事至今未獲平反？

犍為孝女

犍為叔先泥和[1]，其女名雄。永建三年[2]，泥和為縣功曹[3]，縣長趙祉遣泥和拜檄謁巴郡太守[4]。以十月乘船，於城湍墮水死，屍喪不得。雄哀慟號咷[5]，命不圖存，告弟賢及夫人，令勤覓父屍：「若求不得，吾欲自沉覓之。」時雄年二十七，有子男貢，年五歲，貰，年三歲。乃各作繡香囊一枚，盛以金珠環，預嬰二子[6]。哀號之聲，不絕於口，昆族私憂[7]。至十二月十五日，父喪不得。雄乘小船於父墮處，哭泣數聲，竟自投水中，旋流沒底[8]。見夢告弟云：「至二十一日，與父俱出。」至期，如夢，與父相持並浮出江。縣長表言，郡太守肅登承上尚書[9]，乃遣戶曹掾為雄立碑[10]，圖象其形，令知至孝。

注釋

1 犍（粵：堅；普：qián）為：古郡名，漢時置犍為郡，因以犍為山為名。東漢時，治所在今四川彭山縣東。叔先：複姓。

2 永建三年：永建，漢順帝劉保（一一五—一四四）年號。永建三年，即公元一二八年。

3 功曹：古官名。漢代郡守設有功曹史，簡稱功曹，除掌人事外，可以參與郡中的政務。

4 拜檄（粵：瞎；普：xí）：上呈公文書函。檄，本乃古代官府用以徵召或聲討的文書，以木為書，長一尺二寸。此處泛指公文信函。巴郡：古郡名，秦時設置，治所在今四川省重慶北。

5 號咷（粵：逃；普：táo）：放聲大哭。咷，同「啕」，放聲痛哭。

6 嬰：本指掛在頸項的飾物。漢朝許慎《說文解字》：「頸飾也。」此處作動詞用，指環繞。清段玉裁《說文解字注》云：「繞也。」段氏認為「賏」字才是項飾，而「嬰」字則指環繞頸項、繫在頸上之意。

7 昆族：指其兄弟或同姓宗族人士。昆，敬辭，如昆仲、昆季、昆玉，乃稱人兄弟的敬辭。

8 旋流：迴旋的深水、漩渦。

9 承上尚書：稟報朝廷之尚書。

10 戶曹：掌管民戶、祭祀、農桑等的官署。後漢及三國魏以後有戶曹掾。

11 掾：本為佐助之意，後為副官佐或官署屬員的通稱。

譯文

犍為縣的叔先泥和，他女兒名叫叔先雄。漢順帝永建三年（一二八），泥和擔任縣功曹。縣長趙祉派遣他拿公函文書去謁見巴郡太守。他在十月乘坐船出發，在城邊的急流裏墮進水中溺死，屍首不獲而不可安葬。他女兒叔先雄悲痛得號啕大哭，連自己的性命也不想要了。她告誡弟弟叔先賢及其夫人，請他們盡力尋覓父親的屍首：「若然找不到，我想跳進水裏去尋找」。當時叔先雄二十七歲，有一個兒子叫作貢，年僅五歲；另一個叫作貫，年僅三歲。叔先雄為他們各自做了一個繡花香囊，香囊盛載着金珠環，預先給兩個孩子戴在頸項上。她悲哀哭號的聲音，一直沒有停止，兄弟族人私下也很擔憂。及至十二月十五日，父親屍首仍未尋獲，不能辦理喪事。叔先雄乘坐小船來到父親墮水的地方，哭泣了幾聲，竟然自己跳進水裏去，在漩渦的流水中沒入水底。她在弟弟的夢中出現告訴他說：「到二十一日那天，我會與父親一起浮出水面。」到約定的那天，果然跟她在夢中說的一樣，她和父親互相扶持着浮出了江面。縣長撰寫文書表揚此事，郡太守肅登再將文書上呈朝廷的尚書，於是朝廷派戶曹掾為叔先雄立碑，上面繪畫了她的形像，讓世人知道她至誠的孝順事跡。

賞析與點評

本篇敍述犍為郡叔先雄自沉以尋父屍之經過。故事之旨，一方面歌頌叔先雄的孝義，一方面又顯示世間有鬼神。叔先雄亡後可以報夢給弟弟，而其孝義更感動神明，致使能與父親的屍首同時浮出水面。此故事亦見於《後漢書》卷八十四〈列女傳七十四〉：

孝女叔先雄者，犍為人也。父泥和，永建初為縣功曹。縣長遣泥和拜檄謁巴郡太守，乘船墮湍水物故，尸〔屍〕喪不歸。雄感念怨痛，號泣晝夜，心不圖存，常有自沉之計。所生男女二人，並數歲，雄乃各作囊，盛珠環以繫兒，數為訣別之辭。家人每防閒之，經百許日後稍懈，雄因乘小船，於父墯〔墮〕處慟哭，遂自投水死。弟賢，其夕夢雄告之：「卻後六日，當共父同出。」至期伺之，果與父相持，浮於江上。郡縣表言，為雄立碑，圖象其形焉。

《後漢書》的記錄，故事內容大體相同，枝節卻更加清楚，文中交代了叔先雄在投水尋父之前為自己的孩子縫製香囊，藉此與他們訣別。不同之處有二處：一、《搜神記》記敍先雄有兩名兒子，史書改為一兒一女。二、《搜神記》述叔先雄在父親墮水後約兩個月投水尋父，《後漢書》

則云在百多日後才投水。

干寶借此故事闡述世間有鬼神之論，故有孝女死後來報夢，夢境成真之事。作者相信神明庇佑孝義之人，所以孝女能與父親互相扶持浮出水面，令郡中人嘖嘖稱奇，縣長上報郡太守，太守上報朝廷，朝廷為她立碑表彰，史家讓她留名史冊。

投水尋父——古代以為孝順的行徑，現今看來可謂大不孝。

相信世間絕大部分父母，也不想兒女因自己而自盡，只希望兒女能好好活下來，延續自己的生命。因為父母含辛茹苦才將兒女育養成人，二十七歲正值青年時期，叔先雄為尋覓父親屍首而投水自盡，枉費父母育養多年的恩德。何況，膝下有一對年幼的孩兒，需要母親的照顧。為盡女兒之孝而忘了作為父母之責，若其父叔先泥和泉下有知，必定會感到很難過。

在古代的社會，父母仙遊乃人生重大的事情，子女要辭官回家守孝，亦要推遲婚嫁之事。古人相信有冥間地府，故非常重視父母之喪葬禮儀，以讓他們在彼處有較好的生活。若父或母死於非命，本乃痛心之事，如因沒於水而未能安葬，確會令子女痛心欲絕，因心痛而做出有違理智之事，不難理解。然而，為覓父親屍首而自盡的行徑，絕不可鼓吹。好好活下來，才是孝順父母最佳的法則。

樂羊子妻

河南樂羊子之妻者[1]，不知何氏之女也。躬勤養姑[2]。嘗有他舍雞謬入園中，姑盜殺而食之。妻對雞不食而泣。姑怪問其故，妻曰：「自傷居貧，使食有他肉。」姑竟棄之。後盜有欲犯之者，乃先劫其姑，妻聞，操刀而出。盜曰：「釋汝刀。從我者可全，不從我者，則殺汝姑。」妻仰天而歎，刎頸而死。盜亦不殺姑。太守聞之，捕殺盜賊，賜妻縑帛[3]，以禮葬之。

注釋

1 河南：古郡名，秦漢時代稱今河套以南地區為河南。秦時稱三川郡，西漢改稱河南郡，東漢再改稱河南尹。治所在洛陽。

2 躬勤：勤苦、勤勞。躬，親身，親自。

3 縑帛：絹類絲織品，古時多用作賞賜酬謝，亦作貨幣之用。

譯文

河南郡樂羊子的妻子，不知是何許人士的女兒。她親自操勞，辛勤地供養家姑。

曾經有別人家的雞誤進她家的庭園裏，家姑偷偷地將雞殺了煮來吃。樂羊子妻對着雞肉不但不吃，更加哭了。她家姑感到奇怪，問她箇中緣故，她說：「我傷心家裏貧窮，致使餐食之中有別人家的雞肉。」為此，家姑竟然扔掉了雞肉。後來，有強盜想侵犯她，就先劫持她家姑，樂羊子妻聽見聲音，拿着刀衝出來。強盜說：「放下你手上的刀。順從我的話，可以保全性命；不順從我的話，則殺了你家姑！」樂羊子仰望上天歎息，用刀割斷頸項而死，那強盜便沒有殺害她家姑。郡太守聽聞此事，派人捉拿及殺了強盜，又賞賜樂羊子妻絹帛，再用隆重的禮儀安葬了她。

賞析與點評

本篇記述東漢樂羊子妻之崇高品德及自刎保衛家姑之事跡。

故事之旨乃頌揚樂羊子之妻：孝順家姑，廉潔守貞，而又聰明果敢。其廉潔，見於家姑煮殺人家的雞，她因非己家之雞而不吃。其貞潔，見於她寧死亦不願為強盜污辱。其果敢，見於她持刀與強盜對峙，且不受強盜的威逼。

《後漢書》卷八十四〈列女傳〉有相同的記述，更言樂羊子妻子供養家姑之時，亦饋贈東西給在遠方求學的丈夫樂羊子：

河南樂羊子之妻者，不知何氏之女也……妻常躬勤養姑，又遠饋羊子。嘗有他舍雞謬入園中，姑盜殺而食之，妻對雞不餐而泣。姑怪問其故。妻曰：「自傷居貧，使食有他肉。」姑竟棄之。後盜欲有犯妻者，乃先劫其姑。妻聞，操刀而出。盜人曰：「釋汝刀從我者可全，不從我者，則殺汝姑。」妻仰天而歎，舉刀刎頸而死。盜亦不殺其姑。太守聞之，即捕殺賊盜，而賜妻縑帛，以禮葬之，號曰「貞義」。

《搜神記》這故事，史書亦有選錄，再次印證其文非純屬虛構。《後漢書》主要撰者范曄（三九八—四四五）生於干寶之後，故不排除他從《搜神記》中取材之可能性。但《後漢書》的記錄比較詳細，甚至展現了樂羊子妻廉潔、聰敏的一面：

羊子嘗行路，得遺金一餅，還以與妻，妻曰：「妾聞志士不飲盜泉之水，廉者不受嗟來之食，況拾遺求利，以污其行乎！」羊子大慙（慚），乃捐金於野，而遠尋師學。一年來歸，妻跪問其故。羊子曰：「久行懷思，無它異也。」妻乃引刀趨機而言曰：「此織生自蠶繭，成於機杼，一絲而累，以至於寸，累寸不已，遂成丈匹。今若斷斯織也，則捐失成功，稽廢時日。夫子積學，當日知其所亡，以就懿德。若中道而歸，何異斷斯織乎？」羊子感其言，復還終業，遂七年不反。

大意是：一次，樂羊子在路上拾得別人遺下的金餅，回家送給妻子，妻子認為有志節的人不會飲名為「盜泉」的水，廉潔的人不會食別人以輕視態度投送的食物，故此路上拾得金錢以讓自己獲取利益，是污衊人的品德。她的話令丈夫十分慚愧，結果將金餅拋棄於荒野，再往遠方拜師求學。一年之後，樂羊子便回家了。妻子問他何故如此早回？樂羊子回答：因長久遠行而思念家人，沒有其他原因。妻子便拿剪刀走向織布機說：此織錦來自蠶繭的吐絲，織成於杼機，皆是一絲一絲累積成寸，累積成寸後再成丈成匹，今日剪斷此織錦，則與成功失諸交臂，亦白費了所花的時日。人的學習亦是，要每天學習自己不懂的，以成就美好的德行。若中途而歸家，便與剪斷織錦沒有分別。樂羊子有感妻子的勸諫，便回去完成學業，七年也沒有回家。

以現代人的角度而言，她的自盡或許是過於激烈的反應；但在古代，這可能是保全貞節及孝義的惟一方法了。在強盜挾持家姑的情況下，若她不就範，家姑會有生命危險；萬一家姑身亡，她不但感到內疚，亦愧對遠遊在外的丈夫，更甚的是落得不孝之名。若她就範，則此身受污，自感羞辱之餘，亦愧對丈夫，日後無可避免受家姑及族人輕視。她知道賊人的目標是自己，故此只有以死明志。她自盡後，若家姑遇害，以古人之想法而言，亦可於地府侍奉家姑。若家姑倖免於難，她亦不會愧對丈夫。同時，她以死保存貞潔之身，對丈夫可謂從一而終。樂羊子妻能在如斯緊急的關鍵時刻，思考縝密，以己之命換取貞節和孝義，實在非一般人能為。

相思樹

宋康王舍人韓憑娶妻何氏[1]，美，康王奪之。憑怨，王囚之，論為城旦[2]。妻密遺憑書，繆其辭曰[3]：「其雨淫淫，河大水深，日出當心[4]。」既而王得其書，以示左右，左右莫解其意。臣蘇賀對曰：「其雨淫淫[5]，言愁且思也。河大水深，不得往來也。日出當心，心有死志也。」俄而憑乃自殺，其妻乃陰腐其衣[6]。王與之登臺，妻遂自投台下，左右攬之，衣不中手而死[7]。遺書於帶曰：「王利其生，妾利其死，願以屍骨，賜憑合葬。」王怒，弗聽，使里人埋之，塚相望也。王曰：「爾夫婦相愛不已，若能使塚合，則吾弗阻也。」宿昔之間[8]，便有大梓木，生於二塚之端，旬日而大盈抱[9]，屈體相就，根交於下，枝錯於上。又有鴛鴦，雌雄各一，恆棲樹上，晨夕不去，交頸悲鳴，音聲感人。宋人哀之，遂號其木曰「相思樹」。相思之名，起於此也。南人謂此禽即韓憑夫婦之精魂。今睢陽有韓憑城[10]，其歌謠至今猶存。

注釋

1 宋康王：戰國時宋國的國君，姓戴名偃，公元前三一八至前二八六年奪宋權稱王。

《史記·宋微子世家》稱云：「淫於酒婦人。群臣諫者輒射之。於是諸侯皆曰：『桀宋』」。舍人：戰國及漢初王公侯伯等貴冑的屬官。

2 論：論罪、定罪。即根據事實或證據判定罪行。城旦：古代的一種刑罰。春秋戰國時，受刑者每天早上起來築建城牆，服刑四年。

3 繆其辭：繆，偽詐。此處指婉轉隱晦地表達辭句意思。

4 當心：照着心。

5 淫淫：流落不止貌。此處指雨水連綿落過不停。

6 陰腐：暗地裏弄爛、弄壞。

7 衣不中手：衣服因腐爛而經不起手的拉扯。

8 宿昔：猶言早晚或旦夕，表示很短的時間。

9 旬日：十日為一旬，一個月分上、中、下三旬。

10 睢陽：古縣名。因位處淮水之北而得名，治所在今河南商丘南。周成王時，殷後裔微子獲封商丘，稱「宋國」。

譯文

宋康王的屬官舍人韓憑，娶得一名妻子何氏。何氏長很美麗，康王搶奪了她。韓憑心裏感到怨恨，康王便將他囚禁起來，定罪做城旦苦役。他妻子暗地裏寫了一封信給他，婉轉隱晦地表達辭意：「雨水淫淫落過不停，河牀廣闊河水又深，太陽出來時照着心。」不久，康王得到那封書信的內容，他拿給跟隨左右的侍臣看，左右侍臣沒有人能解讀它的意思。大臣蘇賀解釋說：「『雨水淫淫落過不停』，是說她的愁懷與思念（如雨水般）不可止。『河牀廣闊河水又深』，是說兩人（受阻隔）不能往來相見。『太陽出來時照着心』，是說她存着以死明志的打算（以示其心光明貞潔如烈日）。」不久，韓憑便自殺了。他妻子暗地裏將自己的衣服弄壞，康王與她登上高聳的樓台，她趁機從高台上跳下來，左右的侍者拉着她，但她那腐壞的衣服經不起手的拉扯，就摔死了。她在自己的衣帶上留下遺書：「康王想我生存下來，妾身卻想死赴黃泉，祈願能將屍首骸骨，賜贈韓憑予以合葬。」康王憤怒，不聽她的遺言，叫鄉里人埋葬她時，讓她的墳墓與韓憑的分開對望。康王說：「你夫妻二人既然恩愛不絕，若果能令兩座墳墓相連結合，那麼，我就不再阻攔了。」在很短的時間之內，便有兩棵大梓樹從兩個墳頭長出來，長到第十日，樹幹已有人環抱那麼粗。兩樹的樹幹彎曲互相靠近，樹根交纏生於下面，樹枝交錯長於上面。又有兩隻鴛鴦鳥，雌性雄性各一隻，長期棲身在樹木之上，早晚也不願離去，脖子互相依偎着悲涼地鳴叫，叫聲令人感動。宋國人替他們感到哀傷，就將這兩棵樹名為「相思樹」。「相思」一名詞，就是由此而起的。南方人說這對禽鳥正是韓憑夫婦的精誠魂魄。而今睢陽縣還有韓憑城，關於韓憑夫婦的歌謠，至今還存在。

賞析與點評

本篇記敍韓憑夫妻殉情之經過，以及二人墓前出現相思樹及鴛鴦鳥的異象。故事之旨在於展示忠貞不二的愛情。真正的愛情富貴不能奪，威武不能屈，生死不能移。

戰國時期宋國國君宋康王好色，因舍人韓憑之妻何氏長得美艷而搶奪之，據為己有。但何氏面對享不盡的榮華富貴和高高在上的王妃之位，卻一點也不為所動，只求與丈夫一起，生死與共。韓憑對妻子亦十分痴情專一。作為舍人，他身份低微，妻子得寵，大可借此扶搖直上，但他沒有如斯念頭，更對宋康王掠奪嬌妻懷抱恨怨，結果給論罪，判為城旦做苦役。後因理解妻子密函之意，先行自盡，以示對妻子至死不渝之情。

何氏得知丈夫已死，暗地裏弄爛自己的衣服，以求可從高處投地而亡，期望死後能與丈夫合葬。可惜，宋康王因美人殉情而怒不可遏，令人將兩人分開埋葬，讓兩墳對望。結果，異常之事發生了：兩人的墓前長出了兩棵大梓樹，屈曲相向，兩樹的樹根交纏而生，枝幹亦於空中交錯，更有一對鴛鴦鳥棲於樹上，互相依偎而日夕不離。人們相信此乃夫妻兩人精誠的愛情，致使兩人亡後化為鴛鴦鳥。縱使生未能相親，但死後卻能相扶。

本篇上半部乃寫實的敍述，沒有神奇之處，也沒有突顯鬼神之說。下半部則充滿神妙的記述：兩人亡後，十日長出巨大的相思樹，樹上出現一對鴛鴦鳥，兩鳥時刻不離，又交頸悲鳴，下半部展示出鬼神精魂之存在，以證世間有鬼神之說。

〈相思樹〉一故事早見於佚名的《列異傳》：「宋康王埋韓憑夫妻，宿夕文梓生。有鴛鴦雌雄各一，恆棲樹上，晨夕交頸，音聲感人。」今《列異傳》失傳，其文載於唐歐陽詢等撰《藝文類聚》卷九十二〈鳥部下·鴛鴦〉。此故事該在漢時已流傳，為晉朝干寶搜羅記錄下來。

韓憑夫婦的殉情故事，其感人程度不遜於莎士比亞的《羅密歐與茱麗葉》。然而，古人為情自盡，乃迫不得已，因兩人沒有選擇餘地。現代人較能享有平等自由的權利，若因為想不通而動輒殉情，對父母親友而言乃不負責任的行為。現代人詮釋偉大的愛情，是能經歷歲月的考驗，二人相親相愛相扶到老，滿頭白髮之時仍然不離不棄。

死友

漢范式[1]，字巨卿，山陽金鄉人也[2]，一名氾。與汝南張劭為友，劭字元伯。二人並遊太學[3]，後告歸鄉里，式謂元伯曰：「後二年，當還。將過拜尊親，見孺子焉。」乃共克期日[4]。後期方至，元伯具以白母，請設饌以候之。母曰：「二年之別，千里結言[5]，爾何相信之審耶[6]？」曰：「巨卿信士，必不乖違。」母曰：「若然，當為爾醞酒。」至期，果到。升堂拜飲，盡歡而別。後元伯寢疾，甚篤，同郡郅君章、殷子徵晨夜省視之[7]。元伯臨終歎曰：「恨不見我死友[8]。」子徵曰：「吾與君章盡心於子，是非死友，復欲誰求？」元伯曰：「若二子者，吾生友耳[9]。山陽范巨卿，所謂死友也。」尋而卒[10]。式忽夢見元伯，玄冕垂纓、屣履而呼曰[11]：「巨卿！吾以某日死，當以爾時葬。永歸黃泉。子未忘我，豈能相及！」式怳然覺悟，悲歎泣下，便服朋友之服[12]，投其葬日，馳往赴之。未及到而喪已發引[13]。既至壙[14]，將窆[15]，而柩不肯進。其母撫之曰：「元伯，豈有望耶？」遂停柩。移時，乃見素車白馬，號哭而來。其母望之，曰：「是必范巨卿也。」既至，叩喪言曰：「行矣元伯！死生異路，永從此辭。」會葬者千人，咸為揮涕。式因執紼而引[16]，柩於是乃前。式遂留止塚次[17]，為修墳樹，然後乃去。

注釋

1 范式：東漢人，為人守信諾重情義，有威名，官至廬江太守。

2 山陽：古代郡名。西漢時設置，縣治在今山東省金鄉縣西北。金鄉：古代縣名。後漢設置。治所在今山東嘉祥縣南。

3 太學：中國古代設於京城之最高學府，西周時已有太學之名。漢武帝時期設立五經博士，弟子五十人，為西漢開設太學之始。

4 共克：克通「剋」，嚴格限定期限。此處指共同約定日子或限定時期。

5 結言：用言辭訂約，即口頭承諾。

6 審：確切、真確。

7 郅（粵：姪；普：zhì）君章：郅惲，汝南西平人，官至長沙太守。郅惲十二歲喪母，為人正義，《後漢書》記述他要求士兵不要乘人不備而襲擊對方、窮追不捨人於困厄，不可以砍斷人的肢體、裸露人的身體骸骨、姦淫婦女。殷子徵：殷燀，汝南上蔡人。

8 死友：交情篤厚、至死不相負的朋友。

9 生友：在生時之好友。

10 尋：頃刻，不久。

11 玄冕：本指古代天子、諸侯祭祀的禮服，後泛指官員的黑色禮帽。玄，黑色。冕，禮帽。垂纓：垂下的冠帶，乃古代臣子朝見君王時之裝束。後借指擔任官職。屣履：拖着鞋子走路，形容匆忙的樣子。

12 朋友之服：為朋友亡故而前往奔喪時所穿的素服。

13 發引：指出殯、靈車啟行。

14 壙（粵：礦；普：kuàng）：墓穴、墳墓。

15 窆（粵：貶；普：biǎn）：古代用來牽引棺槨下墓穴的石頭。此處作動詞，指將靈柩移進墓穴。

16 執紼：泛指送殯。紼，古代出殯時拉棺材用的大繩。

17 冢次：推斷乃為修建墓冢、守孝或祭祀墳墓而設在墓地的住所。冢，亦作塚。次，旅行所居住之所，如旅次、舟次及次所。

譯文

東漢時朝的范式，字巨卿，是山陽郡金鄉縣人士，他又名叫作范氾。他與汝南人張劭是好朋友，張劭字元伯。二人曾一起在京城的太學讀書，後來各自告假返家鄉。范式對張元伯說：「兩年以後，我必定回來，會在中途前往拜訪你的父母親，見一見你年幼的孩子。」於是兩人共同約定會面的日期。其後，約定的日期快將到來，元伯將約會之事一一告訴母親，請她設置菜餚酒食以便等候范式到訪。他母親說：「兩年的離別了，又是千里以外的口頭約定，你怎會信以為真呢？」元伯說：「范巨卿是個守諾言的人，必定不會違背約定。」他母親說：「如果是這樣的話，我為你釀酒作準備。」到了約定的日期，范式果然依約來了。他登上廳堂拜見張劭的父母家人，敬酌飲酒，盡興後告別。後來，元伯因病卧牀，病情甚是嚴重，同郡的朋友郅君章、殷子徵早上夜晚也來探望他。元伯將近病亡時歎息說：「很遺憾不能見一見我的死友呢。」殷子徵說：「我和郅君章對你盡心竭力，若我們不是你的死友，你還想尋覓誰人呢？」元伯說：「若論你們二人，只是我的生友。山陽郡的范巨卿，才是我所說的死友。」不久，元伯便死了。這時，范式忽然夢見元伯，戴着黑色禮帽，帽邊垂着冠帶，拖着鞋子匆忙的呼喚他：「巨卿，我在某日死了，將在其時埋葬，永遠返歸黃泉地府。你若果沒有忘記我，看怎樣能趕及見我一面呢？」范式忽然領悟地醒過來，悲哀感歎地哭泣流淚，隨即穿上為朋友奔喪的素服，趕赴元伯安葬的日子，往他家鄉奔馳而去。范式還未趕至而張伯元的靈柩已經啟行出殯。靈柩已經到達墳墓，準備移進墓穴安葬，但靈柩卻不肯進入。他母親撫摸着靈柩說：「元伯，難道你還盼望着誰人嗎？」於是停下靈柩。過了一會兒，便看見一匹白馬拉着素白車子，車上人號啕大哭着飛趕過來。元伯母親看見說：「這必定是范巨卿了！」范式到來以後，在靈柩前弔唁說：「你就這樣走了，元伯！生與死是不同的路，我們從此永別了。」當時送殯的人約有一千名，全為此而流下眼淚來。范式隨即拉起牽引靈柩的大繩，靈柩才肯向前移進。范式於是在墓地留宿，為元伯修整墳墓及種植樹木，完成後才離去。

賞析與點評

本篇記敍范式重承諾訪友，以及為友千里奔喪的事跡。

故事記述了范式與張劭生死不變的友情。范式重情義及守信諾，為友人張劭視之為死友。

此故事亦見於《後漢書》卷八十一〈獨行傳〉，故事內容及細節皆與《搜神記》相同。

范式字巨卿，山陽金鄉人也，一名氾。少遊太學，為諸生（在太學讀書的學生稱為諸生），與汝南張劭為友。劭字元伯。二人並告歸鄉里。……式因執紼而引，柩於是乃前。式遂留止塚次，為修墳樹，然後乃去。

范式之重承諾，見於他曾答應張元伯，兩年後會探望他，拜訪他父母及看看他的兒子，兩年之間二人雖然沒有任何通訊，范式還是依時到訪。范式之值得信賴，在於他得知好友病亡，千里迢迢的趕往奔喪，又為朋友修整墳墓、種植樹木後才走，果然不辜負死友張元伯。張元伯對范式的信任，超乎常人，他視范式為生死不相負的朋友，知道他會依期到訪，故請其母準備酒菜餚食。兩人的友情被《後漢書》評為：「結朋協好，幽明共心」。

《後漢書》亦有一例，證明范式乃朋友眼中生死不相負的人。范式在京師的太學讀書時，有一名長沙的同窗名叫陳平子，但范式與他素未謀面。陳平子因病將亡，竟寫書信給范式，將妻兒託付給他。結果，范式見到書信而明白，哀傷感慨，又到陳平子的墳前作揖行禮、悲傷哭泣，認為他是自己的死友。《後漢書》云：

> 後到京師，受業太學。時諸生長沙陳平子亦同在學，與式未相見，而平子被病將亡，謂其妻曰：「吾聞山陽范巨卿，烈士也，可以託死。吾歿後，但以屍埋巨卿戶前。」乃裂素為書，以遺巨卿。既終，妻從其言。時式出行適還，省書見瘞（埋葬），愴然感之，向墳揖哭，以為死友。乃營護平子妻兒，身自送喪於臨湘。

范式之仁義，顯見於此。他對素未謀面又已亡故的同窗陳平子，仍然盡心竭力，護送其妻兒至家鄉臨湘。

范式的仁心俠骨，促使他為朋友兩脅插刀。像范式的仁義君子，至今仍然為人歌頌。在現代以金錢掛帥的都市裏，如斯仁義之士只會被視為有行騙企圖的大賊，或甘願被人勞役的「笨人」。莫說朋友，親屬、夫妻、情侶之間亦鮮有生死不相負、彼此不計較的人。像范式般重承諾而又仁義的君子，恐怕在二十一世紀是絕種的恐龍了。恐龍骨尚可以在博物館中看見，而像范式般的仁義君子則不知在何處可見？

卷十二

本卷導讀——

本卷首篇論五行之氣，其餘皆記述各地奇形怪異之鳥獸動物。此卷的撰寫手法頗類《山海經》，先點出地方，次述該處怪異之物，再記各異物之特點、與人之接觸。

首篇〈論五氣變化〉，論金、木、水、火、土五氣衍生萬物。其餘諸篇論不同妖怪之現形，如〈土中賁羊〉、〈地中犀犬〉之地下妖，〈山精傒囊〉、〈刀勞鬼〉之山林妖，〈池陽小人慶忌〉、〈鬼彈〉之河澤妖，〈霹靂落地〉之雷電妖等。除了不同的動物或妖怪，亦有令人驚嚇的民族，如〈落頭民〉；以及述說半禽獸半人類的祖先，如〈人化虎〉、〈猳國馬化〉、〈冶鳥〉等。

此卷亦提及蠱毒害人及醫治之法，如〈蘘荷根攻蠱〉治癒傭人之瀉箇病。〈蛇蠱〉一文，則說營陽郡有一新娶媳婦，不知夫家累世以養蠱維生致富，見缸裏有大蛇，用熱水灌之，大蛇於是死去，結果舉家患瘟疫而死。今選此文〈蛇蠱〉作分析討論。

蛇蠱

營陽郡有一家[1]，姓廖，累世為蠱，以此致富。後取新婦[2]，不以此語之。遇家人咸出，唯此婦守舍。忽見屋中有大缸，婦試發之，見有大蛇，婦乃作湯[3]，灌殺之。及家人歸，婦具白其事[4]，舉家驚惋。未幾，其家疾疫，死亡略盡。

注釋

1 營陽郡：古行政區域名，三國時吳始置，郡治在今湖南道縣。轄境若今湖南省道縣、寧遠、新田等縣地。營，一作「滎」。

2 取：同「娶」。

3 作湯：燒滾水。

4 具：通「俱」，皆、全。

譯文

營陽郡有一戶人家，姓廖，幾世代畜養毒蠱，依靠此行業致富。後來他家娶了一個新媳婦，沒有將養蠱的事情告訴她。有一次剛巧家人全都出門去了，只有這媳婦守在家裏。媳婦忽然看見屋裏有一個大缸，她嘗試打開它。打開後，看見裏面有一條大蛇，媳婦就燒了滾水，灌進缸裏殺死大蛇。及至家人回來，媳婦將這件事一一告訴他們，全家感到吃驚和惋惜。沒過多久，這戶人家都感染了疫疾，差不多死亡殆盡了。

賞析與點評

本篇記述滎陽郡新婦誤殺傳家蛇蠱而招致瘟疫亡家之奇異事情。

此故事見於《子藏》第二三六部〈筆記類〉引晉朝荀氏《靈鬼志》云：

> 滎陽郡有一家姓廖，其家累世為蠱以致富，子女豐悅。後取新婦，不以此語之。家人悉行，婦獨守家；見屋中一大甖（粵：罌；普：gāng。古同罌，此處疑指缸），試發，見一大蛇，便作沸湯，悉灌殺之。家人還，婦具說焉，舉家驚惋。無幾，其家疾病亡略盡。

宋代李昉《太平御覽》卷七百四十二亦有相同記述，皆云出自《靈鬼志》。故事既寫了養蠱的神妙之處——令廖姓之家富裕；同時亦帶出其禍——令一家上下卒亡。故事富有靈異色彩，卻揭示大凡事情皆有兩面：養蠱者得其利，亦終得其禍。

無知，有時可以致命，此故事乃一例。媳婦之無知，以為大蛇必乃害人之物，以沸水灌殺之，結果引致滅門。小事隱瞞而蘊釀成大事。廖氏因疏忽小事沒有告訴媳婦有關大蛇之事，最終引致全家亡於瘟疫之下。

卷十三

本卷導讀——

本卷記述奇異城邑、各景物、器具的名稱由來，以及其神妙之處。

卷中有述神妙之泉水，有山泉及穴泉，如〈澧泉〉之泰山泉、〈孔竇泉〉之洞泉、〈霍山鑊〉之山廟泉等；亦有述河水之形成及奇山異物，如〈巨靈劈華山〉、〈天地劫灰〉、〈樊山火〉、〈火浣布〉等。本卷更記述城邑的建造，是有神獸顯現協助的，如〈龜化城〉得大龜浮江、〈馬邑〉得一馬反覆奔走。卷中亦論及人的長壽是由居住環境所致，如〈丹砂井〉。除了述景物、器具，亦述奇異的昆蟲，如〈青蚨還錢〉、〈蜾蠃育子〉。

此處選讀〈城淪為湖〉及〈焦尾琴〉兩篇：前者寫秦時的由拳縣，因城門有血而淪陷為湖，縣令及主簿皆變成魚；後者記漢代蔡邕逃命至吳地，見吳人燒桐木煮飯，由木的爆裂聲得悉此乃造琴良木，故討來製成能彈出美妙音韻的「焦尾琴」。

城淪為湖

由拳縣[1]，秦時長水縣也。始皇時童謠曰：「城門有血，城當陷沒為湖。」有嫗聞之，朝朝往窺。門將欲縛之，嫗言其故。後門將以犬血塗門，嫗見血，便走去。忽有大水欲沒縣。主簿令幹入白令[2]。令曰：「何忽作魚？」幹曰：「明府亦作魚[3]。」遂淪為湖。

注釋

1 由拳縣：古縣名。秦置，據聞因由拳野稻叢生，故而得名。後改為禾興縣，再改為嘉興縣。治所在今浙江嘉興南。

2 主簿：漢代中央及郡縣官署多會設置之官吏名稱。其職責為主管文書及辦理事務。魏晉時期漸成為將帥重臣的主要僚屬，參與機要及總領府事。後來，各中央官署及州縣雖置主簿，但職責漸輕。幹：府吏。《後漢書》卷五十七〈欒巴傳〉李賢注云：「幹，府吏之類也。晉令諸郡國不滿五千以下，置幹吏二人。郡縣皆有幹。幹猶主也。」令：縣令。

3 明府：漢魏以來對郡守、牧尹的尊稱，又稱明府君。漢時亦有以「明府」稱縣令，唐以後多用「明府」專稱縣令。

譯文

由拳縣，是秦朝時的長水縣。秦始皇時期，有童謠說：「城門有血的時候，城池該會淪陷沉沒而成為湖泊。」有一名老婦聽到這童謠，天天早上到城門那兒悄悄探視。守城的將領想將她綑綁起來，老婦就說出前來探視的原因。後來，守門將士拿狗血塗在城門上，老婦看見了血，便跑走了。忽然有洪水湧至將要淹沒縣城。主簿派府吏入城報告縣令。縣令說：「你怎麼忽然間變成了魚的模樣？」府吏說：「縣令你也變成了魚的模樣。」於是，縣城就淪陷成湖泊。

賞析與點評

本篇記述秦時由拳縣淪為湖泊的奇特經過。

北魏酈道元（四六六？—五二七）《水經注》卷二十九〈沔水〉轉引佚名《神異傳》云：

《神異傳》曰：由拳縣，秦時長水縣也。始皇時，縣有童謠曰：「城門當有血，城陷沒為湖。」有老嫗聞之，憂懼，旦往窺城門，門侍欲縛之，嫗言其故。嫗去後，門侍殺犬，以血塗門。嫗又往，見血，走去不敢顧。忽有大水長，欲沒縣。主簿令幹入白令，令見幹，曰：「何忽作魚？」幹又曰：「明府亦作魚。」遂乃淪陷為谷矣。因目長水、城水曰谷水也。

此水淹由拳縣的傳說，推斷是在魏晉南北朝時廣泛流傳，且有文字記錄。逯欽立輯校《先秦漢魏晉南北朝詩・先秦詩・長水童謠》亦引用了《神異傳》的內容：

《神異傳》曰：由拳縣。秦時長水縣也。始皇時。縣有童謠曰云云。有老嫗聞之憂懼。旦往窺城門。門侍欲縛之。嫗言其故。嫗去後。門侍殺犬。以血塗門。嫗有大水。長欲沒縣。主簿令幹入白令。令見幹曰：何忽作魚。幹又曰：明府亦作魚。遂乃淪陷為谷矣。因目長水、城水曰谷水矣。

（童謠：）城門當有血。城沒陷為湖。

據聞《神異傳》成書於三國吳初期，比《搜神記》要早。城門見血而水淹城池，乃不可思議之事；人變為魚，更是奇妙之談，可見本故事富有濃厚的神話色彩。

血現城門而大水至，大水至而人變魚形，全城官民變成會說話的魚群，由拳縣豈不變成神話故事裏的海龍王水晶宮嗎？現實之中，若城鎮變湖泊，可謂大災難。例如二〇一一年三月十一日日本東北地區發生九級大地震，地震引發高達四十公尺的海嘯，海水淹沒農田及城鎮，一瞬間海旁陸地盡變汪洋，死傷無數。

本故事頗有啟示的意味：有時無心的惡作劇或開玩笑，會引致大災難。守城門將士因欲戲弄老婦而以狗血塗門，結果大水淹至，縣城淪為湖泊。

焦尾琴

漢靈帝時[1]，陳留蔡邕以數上書陳奏[2]，忤上旨意，又內寵惡之[3]，慮不免，乃亡命江海，遠跡吳會[4]。至吳，吳人有燒桐以爨者[5]，邕聞火烈聲，曰：「此良材也。」因請之，削以為琴，果有美音。而其尾焦，因名「焦尾琴」。

注釋

1 漢靈帝：劉宏（一五六——一八九），在位二十二年（一六八——一八九），寵信宦官，為東漢滅亡埋下導火線。

2 蔡邕：字伯喈，陳留圉人也。東漢末年著名文學家，精通音律。蔡邕品性篤孝，母曾患病三年，他未嘗解帶寬衣，七十日沒有寢眠照顧母親。蔡邕曾與人撰補《後漢記》，因遭事故流亡，未能完成。

3 內寵：指宮廷內得皇帝寵愛的內官或姬妾。

4 吳會：秦漢時期，會稽郡治在吳縣，郡縣連稱為「吳會」。東漢時期，將會稽郡分為吳及會稽二郡，並稱「吳會」。後世亦泛稱此二郡故地為「吳會」。

5 爨（粵：寸；普：cuàn）：燒火煮飯。

譯文

東漢靈帝時，陳留郡人蔡邕因多次上書奏事，違背了皇帝的旨意，又為皇帝寵信的人憎惡，擔心自己不免被害，就逃亡江湖四海，行跡遠至吳郡及會稽兩地。到達吳郡時，有吳人焚燒桐木用來煮飯，蔡邕聽着桐木在火焰中的爆裂響聲，說：「這是一塊良好的木材呢。」因此請求對方將桐木送他。他將桐木砍削製成一張琴；（彈奏之時）果然發出優美的音律。由於琴的尾部已經燒焦了，因而取名為「焦尾琴」。

賞析與點評

本篇記述蔡邕發現造琴良木，以及用它製成焦尾琴的經過。南朝宋范曄《後漢書》卷六十〈蔡邕傳〉有相近的記錄：

吳人有燒桐以爨者，（蔡）邕聞火烈之聲，知其良木，因請而裁為琴，果有美音，而其尾猶焦，故時人名曰「焦尾琴」焉。

李賢注云齊桓公的號鐘琴、楚莊王的繞梁琴、司馬相如的綠綺琴，以及蔡邕的焦尾琴，是四大著名的樂器：

〔西晉〕傅玄《琴賦序》曰：「齊桓公有鳴琴曰『號鍾』，楚莊有鳴琴曰『繞梁』，司馬相如『綠綺』，蔡邕有『焦尾』，皆名器也。」

本故事予人一個重要的訊息：有時在人生低潮或遇到挫敗的時候，同樣可以有建樹，可以找到更值得珍視的東西。蔡邕若非逃亡，便不會遠走吳郡，也不會發現吳人視之為平常的桐木，原來乃做琴的上佳材料，更不會造就為人稱道的「焦尾琴」。人生處於低潮又如何？只要不放棄自己的理想及興趣，總會有成就的！

卷十四

本卷導讀——

本卷主要述説奇異怪誕的事情，有不少遠古的傳説，包括人化為動物，動物與人成為夫妻，生育下一代；亦有人產下動物，動物以人為母之異事。此卷亦記述古代帝王公侯卿相的身世傳説。

述遠古民族的，如〈蒙雙氏〉、〈狗祖盤瓠〉。記述帝王、公侯及卿相身世的傳説，如〈夫餘王〉之夫餘國君、〈鵠蒼銜卵〉之徐國儲君、〈穀烏菟〉之楚國宰相、〈齊頃公無野〉之齊頃公。此卷亦有述説人生產動物，以及人變為動物的故事，如〈竇氏蛇〉之人產蛇、〈金龍池〉之蛋孵人、〈黃母化黿〉之人變黿、〈宋母化鱉〉之人變鱉、〈馬皮蠶女〉之人化為蠶等。

此處精選了三篇作品作分析：

一乃〈穀烏菟〉，述説楚國宰相子文的故事：妘國國君女兒與人私通，生下孩子，國君妻子以為羞恥，將孩子棄於山野，國君打獵時見一頭老虎正餵奶給孩子，感到驚訝而接他回來養。孩子名叫子文，其後成為楚國宰相，人稱他為「穀烏菟」。

二乃〈嫦娥奔月〉，述嫦娥飛升成仙，化為月宮蟾蜍的故事：嫦娥得丈夫后羿從西王母處求得的不死藥，在飛奔明月前去占卜，得知此次西行會昌盛。從此託身月宮，成為蟾蜍。

三乃〈羽衣女〉，寫鳥兒化為少女的故事：豫章郡一男子見田裏有六七個少女，偷得其中一女子脫下的羽毛衣，再接近她們。她們各自飛走了，只剩下一女子沒能飛走。男子於是娶她為妻，生下三名女兒。後來，女子得知丈夫收藏羽衣之處，便披上羽衣飛走；不久又回來接走三個女兒。

穀烏菟

鬬伯比父早亡[1]，隨母歸在舅姑之家[2]，後長大，乃奸妘子之女[3]，生子文。其妘子妻恥女不嫁而生子，乃棄於山中。妘子遊獵，見虎乳一小兒，歸與妻言。妻曰：「此是我女與伯比私通生此小兒。我恥之，送於山中。」妘子乃迎歸養之，配其女與伯比。楚人因呼子文為穀烏菟[4]，仕至楚相也。

注釋

1 鬭伯比：春秋時楚國令尹，父親為楚國若敖氏，母親乃䢵國之女。

2 舅姑：原乃對妻子父母的稱呼，即岳父母。鄭玄注《禮記‧坊記》云：「舅姑，妻之父母也。妻之父為外舅，妻之母為外姑。」此處，該指母親的兄弟。

3 奸：私通。䢵子：䢵國國君。

4 穀：養育。烏菟：虎的別稱，原作「於菟」，「於」讀音「烏」，故亦作「烏菟」。

譯文

鬭伯比的父親早年亡故，他跟隨母親返歸䢵國，居住在舅舅家裏。後來長大了，就與䢵國國君的女兒私通，生下子文。䢵國國君的妻子羞恥於女兒未嫁就生下孩子，就將孩子棄置在山裏。一日，䢵國國君到山中出遊狩獵，看見老虎給一個小孩餵奶，歸來後告訴妻子。他妻子說：「這是我們女兒和鬭伯比私通生下的小孩。我感到羞恥，將他送到山裏去。」䢵國國君於是迎接孩子回來撫養，又將女兒許配給鬭伯比。楚國人因此稱呼子文為「穀烏菟」。子文長大後，做官做至楚國宰相。

賞析與點評

本篇記述春秋時楚國令尹鬬子文出生被棄，得老虎乳育之異事。

此故事亦見於《劉子・命相第二十五》，而《道藏・正統道藏太玄部》第二十部《劉子》云：「子文之生，妘子棄之，虎乃乳之，遂收養焉，卒為楚相。」卷之五則注云：

> 妘本是祝融之後，不知姓也。子文即是鬬伯比之子也。伯比父早亡，隨母歸在舅姑之家。後長大，乃奸妘子之女，生子文。其妘子妻恥女不嫁而生子，乃棄於山中。妘子遊獵，見虎乳一小兒，歸與妻說。妻曰：「此是我女與伯比私通生。此小兄〔兒〕我恥之，送於山中。」妘子乃迎歸養之，配其女與伯比。楚人呼子文為之「穀烏菟」，仕至楚相也。

面對被遺棄山野的嬰兒，老虎竟能以乳餵之，讓他溫飽而活下來，是超乎想像的事情。西方的迪士尼卡通故事裏，有男嬰為猩猩養大，名叫泰山。猩猩與人類的形態相似，或將男嬰誤為同類。猩猩不吃肉，只吃素，故對嬰兒無大害。但老虎與猩猩不同，老虎以兇猛見稱，好吃肉。若云老虎能哺育人類的嬰兒，則有小說的虛構成分；打獵而遇虎餵哺嬰兒是小說裏的巧合情節；孩兒長大成人，成為楚國宰相，可謂小說的完美結局。

此故事予人啟示，不要將父母之過，加諸無辜的兒女身上。生命是可貴的，動物亦知之。遭遺棄的小生命可能是國家未來的棟樑及決策者。

嫦娥奔月

羿請無死之藥於西王母[1]，嫦娥竊之以奔月[2]。將往，枚筮之於有黃[3]。有黃占之曰：「吉。翩翩歸妹[4]，獨將西行。逢天晦芒[5]，毋恐毋驚，後且大昌。」嫦娥遂託身於月[6]，是為蟾蠩[7]。

注釋

1 羿：又稱后羿、夷羿。神話傳說中夏代東夷族首領，原為窮氏（今山東德州北）部落首領，善於射箭。傳說遠古時期曾同時出現十個太陽，令植物枯死，河水乾涸，猛獸長蛇為患，后羿射下九個太陽，又殺掉惡獸毒蛇，為民除害。西王母：中國古代神話中的女神，又稱「王母娘娘」。傳説她居住在崑崙山的瑤池，園子裏種的蟠桃，人吃了能長生不老。

2 嫦娥：傳説中的后羿妻子，亦是神話裏的月亮女神，古稱姮娥。姮，本作恆，俗字作姮，聞說因避漢文帝劉恆（前二〇三—前一五七）之名諱，故改稱為嫦娥。

3 枚筮：是古代用竹或木製之籤子來占卜的方法，求卜之人不告訴卜算者所問何事，而暗卜其吉凶。有黃：卜算者、巫師的名字。

4 歸妹：卦名，乃《易經》六十四卦之一；亦指出嫁的女子。孔穎達注疏：「婦人謂嫁曰『歸』，『歸妹』猶言嫁妹也。」

5 晦芒：昏暗。芒，通茫。

6 託身：寄身、安身。

7 蟾蠩：亦作蟾諸，即蟾蜍，俗稱「癩蛤蟆」，屬兩棲動物，形似蛙而大，背部多呈黑綠色；軀體表皮有許多疙瘩，能分泌粘液，專吃昆蟲、蝸牛等小動物。傳說月裏有三條腿的蟾蜍，故蟾蜍亦指月亮。

譯文

羿向西王母求得了長生不死的藥，他妻子嫦娥偷了來吃，藉此想飛升奔往月宮。正當他將要飛升前往之時，她去找巫師有黃做「枚筮」的占卜。有黃為她占卜後說：「吉利。出嫁的女兒翩翩地飛翔，將會獨自一人奔往西方。適逢天色昏暗無光，不要恐懼不要驚慌，今後將會非常繁榮昌旺。」嫦娥於是委身於明月，便成為月裏的蟾蜍。

賞析與點評

本篇記述后羿得不死藥而妻子嫦娥偷吃，飛升月亮成為神仙的傳說。后羿與嫦娥的傳說，見錄於西漢淮南王劉安（前一七九—前一二二）所著之《淮南子》卷六〈覽冥訓〉：「羿請不死之藥於西王母，姮娥竊以奔月。」東漢高誘注：「姮娥，羿妻。羿請不死之藥於西王母，未及服之，姮娥盜食之，得仙，奔入月中，為月精也。」《淮南子》及其注文皆寫於漢代，卻仍用「姮娥」之名，無避漢文帝之諱，可見避諱改稱「嫦娥」之論，尚待考證。

本篇所記，亦見於《後漢書》卷一百〈志第十．天文上〉注云：

羿請無死之藥於西王母，姮娥竊之以奔月。將往，枚筮之於有黃，有黃占之曰：「吉。翩翩歸妹，獨將西行，逢天晦芒，毋驚毋恐，後其大昌。」姮娥遂託身於月，是為蟾蠩。

蟾蠩（蜍），其後便成為月亮的代稱。例如，唐代杜甫《八月十五夜月》詩之二：「刁斗皆催曉，蟾蜍且自傾。」刁斗，是古代行軍用具，斗形而有柄，用銅製成；白天用作煮飯炊具，晚上用作敲擊巡更。

本文所提及的西王母，早見於佚名的《山海經》卷二〈西山經〉。記載西王母居於玉山：「西三百五十里，曰玉山，是西王母所居也。」又敍述其外形如人，卻有野獸的特點：「西王母，其狀如人，豹尾虎齒而善嘯。」而《穆天子傳》（據聞乃郭璞所著），卷三更敍述西王母與穆天子在瑤池上飲宴歌唱的快樂情景：「乙丑，天子觴西王母於瑤池之上，西王母為天子謠。」穆天子為西王母斟酒，而西王母為穆天子歌唱一曲。西王母的形象及外貌隨着不同朝代而改變，至後來才成為統領天宮一眾仙女，容貌祥和，心底善良的王母娘娘。

三千多年以來，中國百姓一直相信月亮裏有嫦娥。一九六九年美國太空人登上月球，令人們對嫦娥及月宮的幻想破滅；人們拜祭月亮的傳統習俗，亦因此而日漸式微。

羽衣女

豫章新喻縣男子[1]，見田中有六七女，皆衣毛衣，不知是鳥。匍匐往[2]，得其一女所解毛衣，取藏之。即往就諸鳥[3]。諸鳥各飛去，一鳥獨不得去。男子取以為婦[4]，生三女。其母後使女問父，知衣在積稻下[5]，得之，衣而飛去[6]。後復以迎三女，女亦得飛去。

注釋

1 豫章：古郡名，秦末楚漢時期設置，治所在今江西省南昌市。新喻：古縣名。三國吳時期設置，故城在今江西新余（舊稱新喻）縣南。

2 匍匐（粵：葡伏；普：pú fú）：身軀貼近地面而手足並用地爬行。宋朱熹注《詩經·大雅·生民》云：「匍匐，手足並行也。」

3 就：湊近、靠近。

4 取：娶。

5 積稻：堆積的稻穀。

6 衣：作動詞，指穿上及披上。

譯文

豫章郡新喻縣有一個男子，看見田野裏有六七個女子，全都穿着羽毛做的衣服，不知道她們是鳥兒。他匍匐在地上悄悄地爬過去，拿得其中一個女子脱下的羽毛衣，將它收藏起來，隨即前往靠近那些（變成了女子的）鳥兒。那些鳥兒各自飛走了，獨餘下一隻鳥不能離去。這男子就娶了她做媳婦，生了三個女兒。三名女兒的母親後來叫女兒去詢問父親，知道羽毛衣收藏在堆積的稻穀之下。她取得羽毛衣後，穿上它便飛走了。後來，她又回來迎接三名女兒，女兒亦跟着她飛走了。

賞析與點評

本篇記述男子偷去羽毛衣，而娶得鳥兒變成的少女為妻子的經過。據説德國的童話故事〈被施法的面紗〉及丹麥安徒生童話〈野天鵝〉，是俄國芭蕾舞劇《天鵝湖》的原型。《天鵝湖》故事講述一個王子在湖泊旁邊發現由天鵝變成的美麗女子，得知她為邪惡的巫師施了魔咒，白天變作雪白的天鵝，只能在晚間變回人形。天鵝要得王子真心的愛護，願意娶她為妻，她的魔咒才可解除。

中國原來亦有鳥類變為美麗女子的故事，而且比西方還要早一千多年，內容是一個男子發現了由鳥兒變成的六七個美麗女子，他暗暗收起一件羽毛衣，令其中一名女子不能飛走，女子只好嫁給男子為妻，為他生下三個女兒。及至她尋回那件衣服，又趕忙飛走了。即使折返回來，也只是接走三個女兒。此故事裏的美麗女子，似乎對男子沒有感情，即使已嫁他多年，有了三個女兒，仍然想着回到自己的世界去。男子以欺瞞及不正當的手法娶回來的妻子，看來一直沒有真正的愛上他。

此故事予人很好的啟示：因一己之私慾而令他人苦困難受，終沒好結果。正如本篇的男子因自己的愛慾，罔顧女子不願離群、留在不屬於自己世界的意願。男子雖偷得其羽衣，娶得其人，卻一直沒能得其心。

卷十五

本卷導讀——

本卷述說死而復生的奇異事情，有生死不忘的愛情，有為情而死、為愛而生的故事。其中不乏給司命誤召至地府而遣返還陽的故事，展現鬼神像人一樣做事亦有出錯之時。

頌寫愛情的偉大，令生者死，死者復生的，如〈王道平妻〉一故事。述秦始皇時，少女唐父喻與王道平誓為夫妻，王道平出差九年未歸，父母迫父喻下嫁他人，三年鬱鬱不樂而死。死後三年，王道平歸來並到墓前悲傷號哭，父喻云可復生再為夫婦。道平聞而掘墳，父喻復生。後來父喻的丈夫聞訊興訟，官府判她歸王道平，二人壽至一百三十歲。

此卷寫了很多死而復生的故事，皆記述了復生者的籍貫、姓名，祈令人相信實有其事。死而復生者，或為世人帶來訊息，如〈李娥〉寫漢末建安時期，有六十歲婦人為司命誤召至地府，再送返陽間。途中替劉伯文表兄送信，讓表兄與其兒子一家能在城南一見，更獲贈可避災疫的藥丸。此外，死而復生的故事如〈史昫〉、〈賀瑀〉述死後數日復活，〈戴洋〉、〈柳榮張悌〉及〈顏畿〉記病亡而再生，〈西漢宮人〉、〈棺中活婦〉、〈杜錫婢〉記亡故十數年至數百年而生等。

本卷亦夾雜其他瑣碎的故事，如〈羊祜〉述歷史人物兒時的故事、〈廣陵大塚〉寫大墓穴的氣派及所藏的金銀財寶。

此處選了三篇作分析，分別乃〈王道平妻〉的生死相戀、〈李娥〉的曲折復生，以及〈羊祜〉的兒時事跡。

王道平妻

秦始皇時，有王道平，長安人也。少時，與同村人唐叔偕女，小名父喻[1]，容色俱美，誓為夫婦。尋王道平被差征伐[2]，落墮南國[3]，九年不歸。父母見女長成，即聘與劉祥為妻。女與道平，言誓甚重，不肯改事[4]。父母逼迫，不免出嫁劉祥。經三年，忽忽不樂，常思道平，忿怨之深，悒悒而死[5]。死經三年，平還家，乃詰鄰人[6]：「此女安在？」鄰人云：「此女意在於君，被父母凌逼，嫁與劉祥，今已死矣。」平問：「墓在何處？」鄰人引往墓所，平悲號哽咽，三呼女名，繞墓悲苦，不能自止。平乃祝曰：「我與汝立誓天地，保其終身。豈料官有牽纏，致令乖隔，使汝父母與劉祥。既不契於初心，生死永訣。然汝有靈聖，使我見汝生平之面。若無神靈，從茲而別[7]。」言訖，又復哀泣。逡巡[8]，其女魂自墓出，問平：「何處而來？良久契闊[9]。與君誓為夫婦，以結終身。父母強逼，乃出聘劉祥。已經三年，日夕憶君，結恨致死，乖隔幽途[10]。然念君宿念不忘，再求相慰，妾身未損，可以再生，還為夫婦。且速開塚破棺，出我即活。」平審言，乃啟墓門，捫看其女[11]，果活。乃結束隨平還家。其夫劉祥聞之，驚怪，申訴於州縣。檢律斷之，無條，乃錄狀奏王。王斷歸道平為妻。壽一百三十歲。實謂精誠貫於天地，而獲感應如此[12]。

注釋

1 喻：一作「文榆」。

2 尋：頃刻、不久。

3 南國：泛指江南地區。

4 改事：改嫁。

5 悒悒（粵：邑；普：yì）：憂鬱、愁悶。

6 詰：問，如詰問、追問。

7 茲：此、這。

8 逡巡：頃刻，極短時間，一會兒。

9 契闊：久別。

10 幽途：佛教用語，指幽冥之途。即六道輪迴中的地獄、餓鬼、畜生三惡道。

11 捫：執持、用手觸摸。

12 感應：指神明對人事的回應反響。

譯文

秦始皇時期，有個人名叫王道平，是長安人士。他在少年的時候，與同村人唐叔偕的女兒——小名叫父喻，容貌姿色都很美麗的女孩子，發誓結合為夫妻。不久，王道平被差使出征打仗，流落在南方的地區，九年沒有歸來。父母見女兒長大成人，隨即納了聘禮將她許配劉祥做妻子。女兒和王道平立下的誓言甚重，不肯改嫁他人。因父母逼迫，她不能避免出閣嫁給劉祥。經過了三年，她失意而不快樂，時常思念王道平，心裏累積的忿恨愁怨很深，結果憂鬱地死了。她死後經過三年，王道平返回家來，就去問鄰居：「這姑娘在哪兒呢？」鄰居說：「這姑娘一片心意在你處，但被父母逼迫，嫁了給劉祥，如今已經死了。」王道平問：「她的墳墓在哪裏？」鄰居就引領他到父喻的墳墓所在之處。王道平悲傷號哭至哽咽不成聲，三度呼喚她的名字，又環繞着墳墓悲傷痛苦地哭泣，不能自我中止。王道平祝禱說：「我與你對着天地立下誓言，終身廝守，怎料到官事牽纏，致令我倆長期分離，讓你父母將你許配給劉祥。我們既不能實現初時的心志，而今又生死永別。如果你有神異的靈應，讓我見一見你在生時的面容。若是沒有神異的靈應，只有從此永別了。」說完，他再次哀傷地哭泣。一會兒，那女子的魂魄從墳墓裏出來，問王道平說：「你從哪裏來的？我們分別已經很久了。和你立誓成為夫婦，以結合廝守終身。因父母強迫，才嫁給劉祥。已經過了三年，每天日夜思念你，以致憂怨鬱恨而死，隔絕在幽冥陰間。然而，感念你不忘舊日之情，一再要求給予慰藉，我身體還沒有損壞，可以再次活過來，還是與你成為夫婦。姑且趕快開啟墳墓，破開棺木，將我放出來我就活了。」王道平仔細思考了她的話，於是開啟墓門，撫摸察看那女子，果然活過來了。於是，她整理裝束跟隨王道平回家。她的丈夫劉祥聽說後，驚訝此怪事，向州縣的官府提出申訴。州縣府的府衙檢查法規條文以作判斷，因沒有相關條文，就記錄案情上奏給君王。君王判斷女子歸還王道平做妻子。後來，兩人活到一百三十歲。這實在可說是兩人的至誠貫通天地，才獲得如此美好的感應。

賞析與點評

本篇述唐父喻因父母逼嫁致死，後自幼相愛的情郎回來，為其精誠所致，得以復生，兩人白頭偕老之事。

此故事的父喻，對愛情專一守諾，抗拒父母之命下嫁他人。然而，其情人九年未歸，不知是否尚在人間，惟痴情的父喻寧可等下去，偏遇父母逼婚，她沒有選擇餘地。結果她嫁了他人，卻憂鬱而死。

俗語所謂：「精誠所致，金石為開」，誠意能令人感動心軟，令上天憐憫。男女相戀，雙方皆痴心，才可感通神明，或會出現不可思議的奇跡。然而，人死後三年，身體肌膚不壞，死而復生，是匪夷所思之事，現時科技仍未能做到。相信只有造物者才能令人長生不老，不死不壞，又能死而復活。

在近代的社會，也常有因為戰爭而夫妻分隔的事情，妻子在大陸一直等着丈夫，一生不再改嫁；男的輾轉到達台灣，雖然心裏念掛妻子，無奈兩岸互不相通。直至大陸改革開放，才有機會再見昔日的妻子，兩人卻已是日暮黃昏之年。據台灣《中國時報》在二〇一三年九月一日的報道，八十八歲的王寶起及九十歲的黃蘭香，於一九四八年因戰事分隔台灣及大陸兩地。男的堅持不續弦，女的執意不改嫁。相隔四十四年後，二人於一九九三年再次相逢。結果二人於二〇一三年八月三十一日再度舉行世紀婚禮。兩人分隔時，黃蘭香的兒子才一個月，再聚時，孫子已十八歲了。

李娥

漢建安四年二月，武陵充縣婦人李娥[1]，年六十歲，病卒，埋於城外，已十四日。娥比舍有蔡仲[2]，聞娥富，謂殯當有金寶，乃盜發塚求金。以斧剖棺，斧數下，娥於棺中言曰：「蔡仲，汝護我頭。」仲驚，遽便出走[3]，會為縣吏所見，遂收治。依法當棄市[4]。娥兒聞母活，來迎出，將娥回去[5]。

武陵太守聞娥死復生，召見，問事狀。娥對曰：「聞謬為司命所召，到時，得遣出，過西門外，適見外兄劉伯文[6]，驚相勞問，涕泣悲哀。娥語曰：『伯文！我一日誤為所召，今得遣歸，既不知道，不能獨行，為我得一伴否？又我見召在此，已十餘日，形體又為家人所葬埋，歸，當那得自出？』伯文曰：『當為問之。』即遣門卒與戶曹相問：『司命一日誤召武陵女子李娥，今得遣還，娥在此積日，尸喪又當殯殮[7]，當作何等得出？又女弱，獨行，豈當有伴耶？是吾外妹，幸為便安之[8]。』答曰：『今武陵西界，有男子李黑，亦得遣還，便可為伴。兼敕黑過娥比舍蔡仲，發出娥也。』於是娥遂得出。與伯文別，伯文曰：『書一封，以與兒佗。』娥遂與黑俱歸。事狀如此。」太守聞之，慨然歎曰：「天下事真不可知也。」乃表[9]，以為：「蔡仲雖發塚，為鬼神所使；雖欲無發，勢不得已，宜加寬宥。」詔書報可。

太守欲驗語虛實，即遣馬吏於西界[10]，推問李黑，得之，與黑語協。乃致伯文書與佗，佗識其紙，乃是父亡時送箱中文書也[11]。表文字猶在也[12]，而書不可曉。乃請費長房讀之[13]，曰：「告佗：我當從府君出案行部[14]，當以八月八日日中時，武陵城南溝水畔頓。汝是時必往。」到期，悉將大小於城南待之，須臾果至。但聞人馬隱隱之聲，詣溝水，便聞有呼聲曰：「佗來！汝得我所寄李娥書不耶？」曰：「即得之，故來至此。」伯文以次呼家中大小問之，悲傷斷絕，曰：「死生異路，不能數得汝消息，吾亡後，兒孫乃爾許大[15]！」，謂佗曰：「來春大病，與此一丸藥，以塗門戶，則辟來年妖癘矣[16]。」言訖，忽去，竟不得見其形。至來春，武陵果大病，白日皆見鬼，唯伯文之家，鬼不敢向。費長房視藥丸，曰：「此方相腦也[17]。」

注釋

1 充縣：古縣名，漢時設置，故治所在今湖南大良縣西（一說湖南桑植）。

2 比舍：鄰舍，鄰居。

3 遽：匆忙、急忙、慌忙。

4 **棄市**：本指受刑的人在街道或鬧市示眾，民眾一起鄙棄之。《禮記・王制》：「刑人於市，與眾棄之。」後來「棄市」專指死刑。

5 **將**：此處作動詞，帶領、扶助。

6 **外兄**：表兄。

7 **尸喪**：屍體、遺體。

8 **幸**：希望。例如：幸勿推卻、幸來告語之。

9 **表**：古時臣子給君主的奏章。

10 **馬吏**：快騎出差的小吏。

11 **送箱**：陪葬的箱子。

12 **表文字**：標記的文字。表，此處疑通「幖」（幖，古時通「標」。）。表幟、標誌。

13 **費長房**：漢朝方士。相傳曾跟壺公入山學仙，未學成而歸。能治重病，又得神符驅逐及鞭笞百鬼，後失符而為眾鬼所殺。

14 **府君**：本是漢代對郡相、太守的尊稱，此處則是古時對神的敬稱。行部：指巡行所屬部域，以考核政績。

15 **乃爾**：如此、竟然如此。**大**：一作「人」。

16 **妖**：怪誕、怪異、邪惡。**癘**：瘟疫。

17 方相：古代傳説裏，能夠驅除疫鬼、山川精怪的神靈。

譯文

漢獻帝建安四年二月，武陵郡充縣的婦人李娥，年紀六十歲，患病死了，埋葬在城外，已經十四天了。李娥的隔壁鄰舍有一個叫蔡仲的人，聽聞李娥很富有，以為殯葬之時該有金銀珠寶陪葬，於是盜挖墳墓求取金子。他用斧頭劈棺木，劈了幾下，李娥在棺木裏說：「蔡仲，你要顧及我的頭。」蔡仲聽後十分驚懼，慌忙便逃跑出來，剛巧給縣吏看見，於是拘捕審訊了他。依照法律應當處死示眾。李娥的兒子聽聞母親活過來，來迎接母親出墳墓，帶她回家去。

武陵太守聽聞李娥死而復生，便召見她，查問此事的源由經過。李娥回答說：「聽說我是誤被司命之神召去的，到達那兒後，獲得遣放出來。走過西門外，剛巧遇見表兄劉伯文，彼此驚訝地互相慰問，悲傷地哭泣流淚。我告訴他說：『伯文，我一時為他們錯召，現在得以遣返歸家，但我既不知回去的路，又不能獨個兒行走，你能夠為我找一個同伴嗎？還有，我被召到這處，已經十多天了，形骸軀體又被家人埋葬了，歸去後，我該當如何自己走出墳墓？』伯文說：『我為你查問這些事情。』隨即派守門的士卒去戶曹那兒詢問：『司命之神一時誤召回來的武陵郡女子李娥，今日得以遣返。李娥在這兒好幾天了，屍首又該已被埋葬，應當怎樣才可從墳墓裏出去？另外，這婦女體弱，又獨自行走，是否該有個同伴呢？她是我的表妹，希望行個方便為她安排。』戶曹回答說：『現在武陵郡西邊有個男子李黑，也獲得遣放送還，可以做她的同伴。同時敕令李黑去拜訪李娥的隔壁鄰居蔡仲，讓他去挖掘墳墓放出李娥。』於是，我才得出來了。我和伯文告別時，伯文說：『我寫了一封信，請交給我兒子劉佗。』我便和李黑一起回來了。事情的經過就是這樣。」太守聽了，感慨地歎息說：「天下的事情真是不可以理解呢。」於是向朝廷上奏章，認為：「蔡仲雖然盜挖墳墓，但也是受鬼神的差使；縱然他不想發挖，形勢也不由得他，應該加以寬恕。」皇帝詔書回覆說可以赦免。

太守想驗證李娥說的話是真是假，隨即派遣馬吏去武陵郡的西邊去，推究審問李黑，得到的回答，李娥的話與李黑說的契合。於是，李娥將劉伯文的信交給了劉佗，劉佗認得出那信紙，就是父親亡故時陪葬箱子裏的文書。文書上標記的文字還在，而書信的內容卻不明白。於是，請了費長房來唸讀這信，說：「告訴佗兒：我將會跟隨府君外出辦案，巡視所屬部域，該會在八月八日正午時分，在武陵城南面的溝水岸邊稍作停駐。你在那時候必定要前往該處。」到了那天，劉佗領着一家大小在城南等待父親，一會兒果然來了。只聽見人馬隱隱約約的聲音，走至溝水，便聽見有呼喚聲說：「佗兒過來，你收到我託付給李娥的書信與否？」劉佗說：「正是收到書信，所以來到這裏。」劉伯文依次序喚家裏的大人小孩逐一慰問，大家都悲傷欲絕。他說：「生死不同路，不能經常得到你們的消息，我死了之後，兒孫長得如此高大了！」過了好一會兒，他對劉佗說：「來年的春天會有大瘟疫，我給你這一顆丸藥，用來塗在家門上，就能驅除明年怪邪的瘟疫了。」他話畢，忽然離去了，始終不能見到他的形體外貌。到了翌年的春天，武陵郡果然出現大瘟疫，白天也見到鬼，惟有劉伯文的家，鬼不敢靠近。費長房察看了藥丸，說：「這是驅除疫鬼之神——方相的腦髓呀。」

賞析與點評

本篇主要敍述李娥被司命之神錯召後，得遣返陽間而復生之奇事。

故事分三部分，一是六十歲的李娥給錯召至地府，得以遣返人間。第二部分乃李娥鄰居蔡仲盜墓而被捕，幾乎處死。第三部分是李娥的表兄劉伯文與兒子一家大小於溝水邊會面，得一丸方相腦而避過翌年瘟疫之事。三部分皆由李娥一人串連起來。

第一部分記述李娥在遣返途中遇見表兄，問他可否派人陪同回去，因為她不認得路，而且是弱質年長婦女。加之，她的形體已給埋葬，如何走出墳墓？表兄劉伯文代她查問了。結果，得同鄉人李黑同往，又得李黑慫恿李娥的鄰居蔡仲盜墓，救出李娥。由此，衍生第二部分：蔡仲因為盜墓給縣吏碰見，結果被捕，等候處死。後來得知乃司神之意，非蔡仲有心盜墓，故赦免其死罪。與此同時，再衍生第三部分：劉伯文因遇見被遣回陽間的表妹李娥，故請她帶一封信給兒子劉佗，相約八月八月正午在城南的溝水岸邊相見。那天，劉佗帶領一家大小，到城南等候父親。雖然只聞父親之言，不見其形，卻得方相腦丸藥塗門，避免妖邪瘟疫入屋，得保全家上下健康無事。

本篇運用倒敍法，先述蔡仲盜墓而李娥復生，再由李娥敍述復生的經過。又有同時復生的李黑作證，表兄劉伯文之信為憑，顯示李娥確實曾到地府逗留多日後回來。李娥的故事雖富有濃厚的小說意味，卻見錄於《後漢書．第十七志》：

> 建安四年二月，武陵充縣女子李娥，年六十餘，物故，以其家杉木槥（指粗陋的小棺材）斂，瘞（埋葬）於城外數里上。已十四日，有行聞其塚中有聲，便語其家。家往視聞聲，便發出，遂活。

《後漢書》的記錄，大體與《搜神記》相同。由此可見：一、李娥復生，乃時人相信之事；二、范曄（三九八—四四五）撰寫歷史，多少參考了干寶的記述，再次印證《搜神記》具有一定的歷史參考價值。

李娥給錯誤傳召至地府十多日而能復活，實在匪夷所思，至今科技亦未能達到。二〇一三年八月二日《希望之聲》新聞網指出，美國的尖端醫學研究，能使因心臟病死亡數小時的人復活過來。薩姆．帕尼亞（Sam Parnia）醫生更認為將來能使死亡二十四小時的人復活。

羊祜

羊祜年五歲時[1]，令乳母取所弄金鐶[2]，乳母曰：「汝先無此物。」祜即詣鄰人李氏東垣桑樹中[3]，探得之。主人驚曰：「此吾亡兒所失物也，云何持去？」乳母具言之，李氏悲惋。時人異之。

注釋

1 羊祜（粵：戶；普：hù）：東晉名將（二二一——二七八），字叔子。泰山郡南城縣（今山東平邑縣）人，官至尚書右僕射、衞將軍。晉武帝稱他為「太傅」。

2 鐶：古同環，泛指圓圈形物。

3 垣：矮牆，也可泛指牆。

譯文

羊祜年五歲的時候，叫乳母去拿他玩耍的金鐶來。乳母說：「你原先沒有這個東西呀。」羊祜隨即到鄰居李家宅園東面矮牆的桑樹裏，摸出金鐶來。姓李的主人吃驚地說：「這是我亡兒丢失的東西，你為什麼拿去？」乳母一一說明原委，李家聽了後悲傷惋歎。當時的人都覺得此事很奇異。

賞析與點評

本篇記述羊祜小時於桑樹得鄰家亡兒金鐶之異事。此故事收錄於正史，且有結論，更顯完整。《晉書》卷三十四〈羊祜傳〉所記與干寶同，惟結尾多一句：「謂李氏子則祜之前身也。」鄰家李氏指出此金鐶乃他們家亡兒的玩物，早已丟失了。羊祜卻説金鐶是自己平常所玩之物，又知其丟失之所在而自行取之，人們奇之，更認為羊祜的前身乃李氏家的兒子。李氏的家世如何，史書無記載，但羊祜卻生於顯赫的官宦世家，是東漢名臣蔡邕的外孫。祖父羊續曾作漢南陽太守，父親羊衜則任上黨太守，姐姐羊徽瑜是晉景帝司馬師（二〇八—二五五）的景獻皇后。

《晉書・羊祜傳》形容羊祜：「博學能屬文，身長七尺三寸，美鬚眉，善談論。」博學善文章，身高七尺三寸，有俊美的鬚眉，又善於談論。羊祜一生清廉節儉，所穿的衣服皆素色，俸祿所得，全用來贍養族人，賞賜軍人士卒，以令家中無多餘的財物。《晉書》曾云：

> 有善相墓者，言祜祖墓所有帝王氣，若鑿之則無後，祜遂鑿之。相者見曰：『猶出折臂三公』，而祜竟墮馬折臂，位至公而無子。

上文的意思是：有善於看墓地風水的相士，說羊祜的祖墳墓地有帝王之氣，若鑿破就沒有後裔。羊祜因此鑿破它。相士見到墓地受鑿後說：「仍然會出折臂的三公。」羊祜為何自鑿先人之墓地？羊祜為人十分謹慎，他寧可無後裔也要鑿破墓地，明顯不想有流言說羊氏家族將來會出帝王之人，以招致殺生滅族之禍。晉武帝曾封他為郡公，他堅決不受，只好改封為侯。羊祜最後真的因墮馬而折斷手臂，官至三公之位的太傅，並且沒有兒子。

五十八歲時，羊祜患病將亡，亦不忘向晉武帝司馬炎（二三六—二九〇）推薦杜預取代自己的職位。卒亡時，晉武帝穿素服哭悼他，神情十分哀傷。據《晉書》所記，當天大寒，武帝的眼淚沾滿鬚鬢，立轉為冰粒。羊祜死後二年，吳國被杜預平定，郡臣上表祝賀，武帝拿着爵杯流淚說：「此（乃）羊太傅之功也！」據說，羊祜所著的文章及撰寫的《老子傳》曾於晉代刊行流傳。

前世今生之事，是難以用科學去印證的。但佛教僧侶及信徒皆相信人有前世今生。《智悲佛網》曾記一名住在青海省果洛州瑪泌縣拉加鎮色熱青村的男孩，今年十四歲，名叫西繞唐科。他知道自己前生是一個叫冬摩措的女人。採訪人員報道，男孩還在牙牙學語之時，已能說出自己前世的身份，說得出前世的事情，以及記得前世親友的容貌和名字。

不論羊祜前生是否李氏家兒子，可以肯定的是：羊祜乃一名受人尊敬的歷史人物。

卷十六

本卷導讀——

本卷收錄的作品，除了首兩篇解釋「三疫鬼」及「挽歌」的源由，其餘皆寫鬼魂的故事。如鬼與人辯論，鬼向人求救，鬼對人戲弄，更多的是鬼與人相戀及婚娶的故事。

各篇鬼故事甚有精妙之處，如寫鬼與人爭論世間有沒有鬼，可謂富有趣味的題材。當人不相信有鬼魂時，客人化身的鬼魂便露出鬼臉，嚇唬不信的人，頗合驚慄小說的情節。諸類故事，如〈阮瞻見鬼客〉、〈黑衣白袷鬼〉之令門徒乞求饒命。

鬼在陰間受苦受難之時，會向陽間在世的人求救，如〈蔣濟亡兒〉寫領軍將軍蔣濟的亡兒多次託夢父母，說自己為泰山令做役卒而困苦難受，求父親請新任的泰山令替他更換一個較安逸的職位。蔣濟按兒子所述，找到太廟唱贊歌的孫阿，向他說明原委，請孫阿幫忙。孫阿答應後，於當日正午死，蔣濟兒子亦獲調任。又如〈温序死節〉，寫護軍校尉温序被叛賊生擒，不降而銜鬚自盡。死後葬在洛陽城旁，但他託夢給兒子温壽，說思念家鄉，其子立刻棄官移送骸骨回去。

鬼有時在陽間死得冤屈，無人得知，會向賢明的官員申訴求助。如〈鵠奔亭女鬼〉的故事，述蘇娥主僕二人，出外賣絲帛而夜宿鵠奔亭，亭長見女色而謀財害命。蘇娥主僕冤死二三年，終向交趾刺史何敞申訴冤情。何敞緝捕犯人歸案。在審訊拷問之下，犯人認罪，何敞嚴誅其族以儆效尤。

本卷更多錄述鬼與人的婚戀故事。此類故事多少體現了人類對愛情的渴望，以及對至死不渝愛情的追求。如〈紫玉與韓重〉述小玉至死不變的痴情：吳王夫差小女兒紫玉，因父王不許嫁書生韓重而抑鬱致死。韓重遊學歸來，到小玉墓前拜祭，與她行夫妻之禮，又得她贈送大顆明珠。韓重告訴吳王夫差與紫玉之事，為吳王以盜墓之名追殺，終得紫玉現身為他解圍。又如〈駙馬都尉〉述已死多年的秦王女對婚戀的渴望：辛道度遊學至雍城，得秦王女招待，做了三日三夜的夫妻，又獲贈金枕一枚。辛道度在市集賣金枕，秦王妃因金枕而開棺驗證女兒之身，確認辛道度乃真女婿，便封他為駙馬都尉，後世亦稱帝王的夫婿為「駙馬」。又如〈談生妻鬼〉述睢陽王女與人婚戀而欲再次為人的故事：年四十的談生，得年輕貌美的女子為妻，生一兒子。二人已婚兩年，談生忍不住用火光照耀妻子，令本差不多來可復生的鬼妻，永遠無法為人。談生悔歉，妻子無奈送他珍珠袍以維生。他賣袍於市集，為睢陽王所識，經多方驗證，才確認談生乃女婿，並表彰外孫為郎中。

此處精選了六篇故事作分析：向父親求助的〈蔣濟亡兒〉、至死不降賊的〈温序死節〉、沉冤待雪的〈鵠奔亭女鬼〉，至死情不變的〈紫玉與韓重〉，因鬼妻而獲封賞的〈駙馬都尉〉，以及功虧一簣而未可復生的〈談生妻鬼〉。

蔣濟亡兒

蔣濟[1]，字子通，楚國平阿人也[2]，仕魏，為領軍將軍[3]。其婦夢見亡兒涕泣曰：「死生異路。我生時為卿相子孫，今在地下為泰山伍伯[4]，憔悴困苦[5]，不可復言。今太廟西謳士孫阿見召為泰山令[6]，願母為白侯[7]，屬阿令轉我得樂處。」言訖，母忽然驚寤。明日以白濟。濟曰：「夢為虛耳，不足怪也。」日暮，復夢曰：「我來迎新君，止在廟下。未發之頃，暫得來歸。新君明日日中當發。臨發多事，不復得歸。永辭於此。侯氣強難感悟[8]，故自訴於母，願重啟侯：何惜不一試驗之？」遂道阿之形狀言甚備悉。天明，母重啟濟：「雖云夢不足怪，此何太適適[9]？亦何惜不一驗之？」濟乃遣人詣太廟下推問孫阿，果得之，形狀證驗，悉如兒言。濟涕泣曰：「幾負吾兒。」於是乃見孫阿，具語其事。阿不懼當死，而喜得為泰山令，惟恐濟言不信也，曰：「若如節下言[10]，阿之願也。不知賢子欲得何職？」濟曰：「隨地下樂者與之。」阿曰：「輒當奉教[11]。」乃厚賞之。言訖，遣還。濟欲速知其驗，從領軍門至廟下，十步安一人以傳消息[12]。辰時[13]，傳阿心痛；巳時[14]，傳阿劇；日中，傳阿亡。濟曰：「雖哀吾兒之不幸，且喜亡者有知。」後月餘，兒復來，語母曰：「已得轉為錄事矣[15]。」

注釋

1 蔣濟（一八八—二四九）：字子通。三國魏重臣，魏明帝曹叡（二〇六—二三九）時期，獲封關內侯；曹芳（二三二—二七四）繼位後，蔣濟任領軍將軍，封昌陵亭侯，又任太尉。

2 楚國：公元二二二年，三國時曹操兒子曹彪（一九五—二五一）獲封楚王。平阿：古縣名，漢時設置。轄境在今安徽懷遠縣西南。

3 領軍將軍：東漢末曹操為丞相時設置的軍事官職，作為相府屬官，後更名「中領軍」。魏晉時改稱「領軍將軍」，均統率禁軍。南朝沿設，北朝略同。與護軍將軍或中護軍同掌朝廷軍隊，為重要軍事長官之一。

4 伍伯：即役卒，多做車輿及衞兵的前導或執杖行刑。

5 憔悴：亦作憔瘁。本指面黃肌瘦、瘦損。此處疑指困頓。困苦：本指艱難窮苦，此處疑指痛苦、難受。

6 太廟：天子或諸侯為拜祭祖先而興建的廟宇，即帝王的祖廟。謳士：唱贊的人。

7 侯：指任昌陵亭侯的蔣濟。

8 氣強：桀驁不馴的脾性。

9 適適：通「的的」，明白、清楚、分明。

10 **節下**：即麾下，乃古時對將帥的尊敬稱號。古代朝廷授節予將帥，以加重其職權，故敬稱將領為「節下」。後來，對使臣或地方疆吏亦稱「節下」。

11 **輒**：立即、就、馬上。

12 **安**：安置、安排。

13 **辰時**：古代計算時間的十二個時辰之一。即上午七時至九時。

14 **巳時**：古代計算時間的十二個時辰之一。即上午九時至十一時。

15 **錄事**：古時在官府裏管記錄、繕寫的小吏。

譯文

蔣濟，字子通，是楚國平阿縣人，在三國魏國做官，擔任領軍將軍。他妻子夢見死去的兒子哭着說：「死生不同路。我活着的時候是卿相的子孫，而今在地府卻是泰山府君的役卒，困頓難受，苦不可言。現在太廟西邊的唱贊者孫阿被召為泰山令，但願母親為我稟告侯爵父親，囑咐孫阿將我調至愉快舒服的位置。」說完，他母親忽然驚醒過來。第二天，將這夢告訴蔣濟。蔣濟說：「夢是虛假的，不值得奇怪。」一晚上，她再次夢見兒子說：「我來迎接新府君，在太廟下停駐。在尚未出發之際，暫時得以回來。新府君在明天正午之時應該出發了。臨近出發有很多事情要做，不能再回來了。在此與母親永別。侯爵父親脾性太頑強，難以令他感應領悟，所以我向母親傾訴。希望母親再次啟告侯爵父親：為何吝惜而不試驗一下呢？」於是說出孫阿的外形樣貌，描述甚為詳細。天亮之後，他母親再次告訴蔣濟：「雖然說夢不值得奇怪，但這夢為何這樣清晰呢？又為何吝惜而不試驗一下呢？」蔣濟便派遣人到太廟查問孫阿，果然找到這個人，驗證他的外形容貌，全與兒子說的一樣。蔣濟流淚說：「幾乎辜負了我的兒子。」於是，蔣濟召見孫阿，將這事一一告訴他。孫阿不畏懼會死，反而欣喜能做泰山令，他只恐怕蔣濟的話不可信，說：「若果真如將軍所說的那樣，正是我孫阿的心願。不知令公子想擔任什麼職務？」蔣濟說：「隨你將地府視為安樂的職務給他做吧。」孫阿說：「我會馬上遵從你的訓示。」蔣濟於是給了孫阿豐厚的賞賜。說話完畢後，遣送他回去。蔣濟想盡快知道這事情是否靈驗，便由領軍將軍官府門口到太廟，每十步安排一個人以便傳遞消息。上午的辰時，消息傳來說孫阿心口絞痛；巳時的時候，消息傳來說孫阿的心痛加劇。正午時分，消息傳來說孫阿死了。蔣濟說：「雖然我哀傷兒子不幸亡故，卻高興他死後仍有知覺。」之後一個多月，兒子再次回來，告訴母親說：「我已經被調任為官府錄事一職了。」

賞析與點評

本篇記述蔣濟亡兒因在地府作役卒痛苦難受而向母親申訴，請侯爵父親敕令新泰山令孫阿為他調職。

此故事不但強調死者有知，還申述了地府職責的分配乃一視同仁的，不在乎人在世時身份的貴賤。如貴為卿相子侄的蔣家公子，要做役卒，而行善積德之人會獲得封賞，如在太廟唱贊歌的孫阿，在死後獲任為泰山府君。在地府的蔣公子亦貫徹其富家子弟的作風，吃不得苦，有事向父母求助，最後因父親之力而得償所願。本篇故事亦見於《三國志》卷十四〈蔣濟傳〉的注釋：

濟為領軍，其婦夢見亡兒涕泣曰：「死生異路，我生時為卿相子孫，今在地下為泰山伍伯，憔悴困辱，不可復言。今太廟西謳士孫阿，今見召為泰山令，願母為白侯，屬阿令轉我得樂處。」言訖，母忽然驚寤，明日以白濟。濟曰：「夢為爾耳，不足恠（同怪）也。」明日暮，復夢曰：「我來迎新君，止在廟下。未發之頃，暫得來歸。新君明日日中當發，臨發多事，不復得歸，永辭於此。侯氣彊（同強），難感悟，故自訴於母，願重啟侯，何惜不一試驗之？」遂道阿之形狀，言甚備悉。天明，母重啟侯：「雖云夢不足怪（恠），此何太適適？亦何惜不一驗之？」濟乃遣人詣太廟下，推問孫阿，果得之，形狀證驗悉如兒言。濟涕泣曰：「幾負吾兒！」於是乃見孫阿，具語其事。阿不懼當死，而喜得為泰山令，惟恐濟言不信也。曰：「若如節下言，阿之願也。不知賢子欲得何職？」濟曰：「隨地下樂者與之。」阿曰：「輒當奉教。」乃厚賞之，言訖遣還。濟欲速知其驗，從領軍門至廟下，十步安一人，以傳阿消息。辰時傳阿心痛，巳時傳阿劇，日中傳阿亡。濟泣曰：「雖哀吾兒之不幸，且喜亡者有知。」後月餘，兒復來語母曰：「已得轉為錄事矣。」

此注釋故事，據悉乃出自《列異傳》，作者不詳。有云曹丕（一八七—二二六）所撰，有傳乃張華（二三二—三〇〇）所著，莫衷一是。只可推斷《列異傳》的記述該較干寶之文為早，或乃《搜神記》的故事來源之一。為此，其故事內容與《搜神記》所錄幾乎相同，僅用詞稍微不同。

此故事展示父母對兒女之愛無微不至：兒子死後，亦為他謀劃。蔣公子深知父母對己之愛惜，故特意來求，蔣氏夫婦亦應其所求。若云日有所思才夜有所夢，則蔣夫人思子深切可見一斑。蔣將軍對兒子的愛惜，則見於十步置人，以觀孫阿之活亡的緊張心情。

現代不少年輕人，由升學、結婚以至自置居所之開支，幾乎都求於父母，成為日本人所謂的「啃老一族」。希望時下年青人，能奮發圖強，不必事事依靠父母，又可以吃得苦中苦，成為人上人。

温序死節

温序字公次[1]，太原祁人也[2]。任護軍校尉[3]，行部至隴西[4]，為隗囂將所劫[5]，欲生降之。序大怒，以節撾殺人[6]。賊趨，欲殺序，荀宇止之曰[7]：「義士欲死節。」賜劍，令自裁。序受劍，銜鬚着口中，歎曰：「無令鬚污土。」遂伏劍死。世祖憐之[8]，送葬到洛陽城旁，為築塚。長子壽，為印平侯[9]，夢序告之曰：「久客思鄉。」壽即棄官，上書乞骸骨歸葬。帝許之。

注釋

1 温序：太原郡祁縣人。官至武陵都尉、護羌校尉，不降賊而自盡。字公次：一作「次房」。

2 太原：古郡名，秦時設置。漢時，治晉陽（在今山西省太原）。祁：古稱昭餘，乃晉國大夫姬奚（前六二〇－前五四五，後改祁奚）食邑。祁縣，乃西漢時設置，在今山西省祁縣。祁一作「祈」。

3 護軍校尉：秦漢時期，臨時設置護軍都尉或中尉，以調節各將領之間的關係。魏晉以後，設護軍將軍或中護軍，掌管軍職的選用，亦與領軍將軍或中領軍同管中央軍隊。

4 **隴西**：古郡名，秦時設置。轄境在甘肅省東南部，治所在今甘肅省臨洮縣東北；晉時徙治所至今甘肅省隴西縣西南。

5 **隗囂**：字季孟，天水郡成紀縣人。王莽篡漢，劉歆引薦他為國士。王莽被殺，鄉人推舉他為「上將軍」；曾因大義滅親獲任為「御史大夫」；亦曾據天水故地而自稱「西州上將軍」，後獲大司徒鄧禹封為「西州大將軍」。漢光武帝九年（三三）在病餓之中憤怒而死。

6 **節**：即符節，古代出使外國所持的憑證、符信，以金、玉、竹、木等製成，上刻文字，分為兩半，使用時以兩半相合為驗。**撾**（粵：渣；普：zhuā）：擊打、敲打。

7 **苟宇**：隗囂的別將，《後漢書》則稱「苟宇」。

8 **世祖**：指東漢光武帝劉秀（前五—五七），公元二五年登基為帝，在位三十二年。世祖，一作始祖。

9 **印平侯**：《後漢書》作「鄒平侯相」。相，漢時諸侯王國的實際執政者，相當於郡太守。亦可泛指輔臣。又一云「鄒平侯家相」，即古時卿大夫家中的管家，後泛指臣僕。

譯文

温序字公次，太原郡祁縣人。他擔任護軍校尉，巡視所屬領域到隴西郡，為隗囂的部將劫持，想生擒他迫他投降。温序大怒，用符節擊殺敵人。賊人趨前走近，想殺死温序，荀宇阻止他們說：「這義士想為保全忠貞節操而死。」就賜給温序一把劍，讓他自我裁奪。温序接過那把劍，將鬍鬚銜在口中，歎息說：「不要讓我的鬍鬚給泥土沾污。」便用那劍自刎而死。東漢世祖皇帝憐惜他，將他送到洛陽城的旁邊埋葬，為他修築墓塚。温序的長子温壽，獲封為印平侯。一次，他夢見父親温序告訴他說：「長久在外客居，很思念故鄉。」温壽隨即辭去官職，上書乞請將父親的骸骨送歸家鄉安葬。皇帝准許了他的請求。

賞析與點評

本篇記述温序堅決不降賊人而為漢室死節之事跡。其事跡見於《後漢書》卷八十一〈獨行列傳・温序〉：

（建武）六年，拜謁者，遷護羌校尉。序行部至襄武，為隗囂別將苟宇所拘劫。宇謂序曰：「子若與我并威同力，天下可圖也。」序曰：「受國重任，分當效死，義不貪生，苟背恩德。」宇等復曉譬之。序素有氣力，大怒，叱宇等曰：「虜何敢迫脅漢將！」因以節檛殺數人。賊眾爭欲殺之。宇止之曰：「此義士死節，可賜以劍。」序受劍，銜鬚於口，顧左右曰：「既為賊所迫殺，無令鬚污土。」遂伏劍而死。

序主簿韓遵、從事王忠持屍歸斂。光武聞而憐之，命忠送喪到洛陽，賜城傍為塚地，賻（拿錢財幫助別人辦理喪事）穀千斛、縑（雙絲織成的細絹）五百匹，除三子為郎中（秦漢沿置之官。掌管門戶、車騎等事；內充侍衛，外從作戰）。長子壽，服竟（喪服期滿除下）為鄒平侯相。夢序告之曰：「久客思鄉里。」壽即棄官，上書乞骸骨歸葬。帝許之，乃返舊塋（墓地）焉。（注：序墓在今并州祁縣西北。）

《後漢書》清楚列出事情發生的年份（建武六年，即公元三十年）及地點（襄武縣），更記錄了運送其屍骸回來的人物（温序的下屬：主簿韓遵及從事王忠），又將漢光武帝對温序及其兒子的賞賜逐一細述。為何温序自刎時要撥開鬚鬢並銜於口中？原來他撥開鬚鬢是為了避免鬚鬢阻擋自刎；咬着鬚鬢，是防止割斷鬚鬢及受血沾污，有損威儀。自此以後，世人以「温序鬚」為慷慨就義的典實。

為國死節而不降，可謂忠；擊殺賊人而不屈服，可謂勇；以劍從容赴死而不懼，可謂慷慨就義。温序乃忠、勇、義三者皆具備之將士，至今為人稱頌。

鵠奔亭女鬼

漢九江何敞為交趾刺史[1]，行部到蒼梧郡高要縣[2]，暮宿鵠奔亭。夜猶未半，有一女從樓下出，呼曰：「妾姓蘇，名娥，字始珠，本居廣信縣[3]，修里人。早失父母，又無兄弟，嫁與同縣施氏，薄命夫死，有雜繒帛百二十疋[4]，及婢一人，名致富。妾孤窮羸弱[5]，不能自振[6]，欲之旁縣賣繒。從同縣男子王伯賃牛車一乘，直錢萬二千，載妾並繒，令致富執轡[7]，乃以前年四月十日到此亭外。於時日已向暮，行人斷絕，不敢復進，因即留止。致富暴得腹痛，妾之亭長舍乞漿，取火[8]。亭長龔壽，操戈持戟[9]，來至車旁，問妾曰：『夫人從何所來？車上所載何物？丈夫安在？何故獨行？』妾應曰：『何勞問之？』壽因持妾臂曰：『少年愛有色，冀可樂也。』妾懼怖不從，壽即持刀刺脅下，一創立死。又刺致富，亦死。壽掘樓下，合埋妾在下，婢在上。取財物去，殺牛，燒車，車釭及牛骨[10]，貯亭東空井中。妾既冤死，痛感皇天，無所告訴，故來自歸於明使君[11]。」敞曰：「今欲發出汝屍，以何為驗？」女曰：「妾上下着白衣，青絲履[12]，猶未朽也。願訪鄉里，以骸骨歸死夫。」掘之，果然。

敞乃馳還，遣吏捕捉，拷問，具服。下廣信縣驗問，與娥語合。壽父母兄弟，悉捕繫獄。敞表壽：「常律殺人不至族誅，然壽為惡首，隱密數年，王法自所不免。今鬼神訴者，千載無一。請皆斬之，以明鬼神，以助陰誅[13]。」上報聽之。

注釋

1 九江郡：秦時設置，治所乃壽春，即今安徽壽縣。西漢時，郡治相同，東漢改治陰陵，在今安徽定遠縣西北六十五里。交趾：又作「交阯」，古地區名，泛指五嶺以南。漢武帝設置的十三刺史部之一，轄境約今之廣東、廣西大部和越南的北部、中部。東漢末期，「交趾」改為「交州」。越南於十世紀獨立建國後，宋朝亦稱其國為「交趾」。

2 蒼梧郡：漢武帝時設置蒼梧郡，即今廣西蒼西縣治。高要縣：漢時設置，明清時期乃屬廣東肇慶府治，民國初為廣東粵海道。

3 廣信縣：漢時設置，隋朝改名為蒼梧，治所在今廣西蒼梧縣。

4 繒帛：絲綢之統稱。繒，古代對絲織品的總稱。

5 羸弱：瘦弱。

6 自振：自救、自給。此處疑指因身體瘦弱，不能耕作或謀生以自給。

7 轡：駕馭牛、馬、騾等牲口的嚼子和韁繩。

8 **火**：一版本作「水」。

9 **戈**：古代的一種兵器，橫刃用青銅或鐵製成，裝有長柄，一般長六尺六寸。其刃橫出，可勾可擊，與矛專刺、殳專擊、戟之兼刺及勾不同。戟：古代一種兵器，合戈和矛為一體的長柄，能直刺，又能橫擊。

10 **車釭**（粵：江；普：gāng）：亦作「車釭」，車轂（車輪中心插軸的部分）內外口用以穿軸的鐵圈。

11 **使君**：對太守、刺史的稱呼。漢以後用作對州郡長官的尊稱。

12 **青絲履**：古代鞋履，鞋面用絲履編織而成。在湖南馬王堆出土西漢時期的青絲履，乃雙尖翹頭方口，長二十六厘米，後跟深五厘米，頭寬七厘米。今藏湖南省博物館。

13 **陰誅**：在幽冥之中的誅伐懲罰。此處指鬼神對惡人的懲治。

譯文

漢代九江郡的何敞擔任交趾刺史，巡察至蒼梧郡的高要縣，夜晚留宿在鵠奔亭。還沒到半夜，有一個女子從樓下走出來，呼告說：「我姓蘇，名娥，字始珠，本來居於廣信縣，是修里地方人士。早年喪失父母，又沒有兄弟，嫁了給同縣的施家。我命運不好，丈夫早死，留下各種絲綢一百二十匹，以及一個婢女，名叫致富。我孤苦窮困，身體瘦弱，不能謀生以自給，想到鄰縣去賣掉那些絲綢。從同縣男子王伯那兒租借了一輛牛車，車價一萬二千錢，載着我及絲綢，叫致富執轡繩駕車。就在前年四月十日來到這鵠奔亭亭外。當時天色已近晚，路上已沒有行人，不敢再向前走，因此隨即在這亭留宿。致富突然肚子疼痛，我到亭長家去討點茶水，拿個火種。亭長龔壽拿着戈戟兵器，來到車旁，問我說：『夫人你從哪裏來？車上載着的是什麼東西？你丈夫在哪兒？為什麼獨自遠行？』我回應說：『何必勞駕你問這些事情？』龔壽於是抓住我的手臂說：『少年人喜愛有姿色的女人，就是希望可以得到歡樂。』我感到畏懼而不肯順從，龔壽立刻拿着刀刺進我的脅下，一刀便刺死了我。他又刺致富，她也死了。龔壽在樓下挖掘了一坑，合埋了我們，我埋在下面，婢女埋在上面。他拿走了所有財物，殺了牛，燒了車；車釭和牛骨貯藏在亭子東面的空井裏。我既含冤而死，悲痛感動蒼天，沒有地方可以申訴，所以親自來投奔你這賢明的刺史。」何敞說：「現在我想挖出你的屍首，以什麼來驗證是你呢？」女子說：「我上下身穿着白衣，足穿青絲鞋，尚且未腐爛。希望你能尋訪我的家鄉，將我的骸骨與我亡夫歸葬在一起。」何敞叫人在樓下挖掘，果然是那樣。

何敞於是急馳回府衙，派遣吏卒捕捉犯人，經過拷問之後，都一一招認服罪。他到廣信縣驗證查問，與蘇娥說的吻合。龔壽的父母和兄弟，全部逮捕入獄。何敞又奏表報告龔壽一案說：「按照平常律例，殺人不至於家族受誅滅，然而，龔壽是罪魁禍首，罪行隱藏幾年，國法的刑罰自然不可免。現在令鬼神親自來申訴，此乃千年難有一次的事情。所以，請求將他一家全部處斬，以昭示鬼神的靈驗，協助鬼神在幽冥之中懲治惡人。」在上者回覆接納他的意見。

賞析與點評

本篇記述含冤亡魂蘇娥向交趾刺史何敞申訴被劫殺，而終讓惡人受懲治之事。此故事亦見於《太平御覽》卷八八四〈神鬼部四．鬼下〉：

……乃以前年四月到亭外。時日暮，行人斷絕，不敢復進，因止。致富暴得腹痛，妾之亭長舍乞漿、火。而亭長龔壽操刀戟來至車旁，問妾曰：『夫人何從來？車上所載何物？丈夫何在？何故獨行？』妾應曰：『何問之？』壽持妾臂曰：『年少愛有色，冀可樂也。』妾懼怖不應，壽即持刀刺脅下，一創立死。又刺致富，亦死。壽掘樓下合埋，妾在下，婢在上，取財物而去。殺牛燒車，車釭及牛骨貯在亭東糾誉。妾既冤死，痛感皇天無所告訴，故來自歸於明使君。」敞曰：「今欲發之，汝何以為驗？」女子曰：「妾上下着白衣、青絲履，皆未朽也。妾姓蘇名娥，願訪鄉里，以骸骨歸死夫。」敞乃馳還，令吏捕壽，考問具服，問廣信縣，與娥語合。壽父母兄弟皆捕繫獄。敞表：「壽，常律殺人，不至於族，然壽為惡，隱密經年，王法自所不免。令鬼神訴者，欽簇尾筵。請皆斬之，以明鬼神，以助陰教。」

此處的故事內容，皆轉引自干寶《搜神記》。及至宋代，李昉《太平廣記》卷一二七〈報應二十六．蘇娥〉亦錄此事，惟文辭略有刪減，如「壽因捉臂欲污妾。不從，壽即以刀刺脅，妾立死，又殺致富。壽掘樓下，埋妾並婢，取財物去，殺牛燒車，釭及牛骨，投亭東空井中。」李昉所錄亦源自干寶《搜神記》。

作者似借此故事告訴世人：世間不僅有鬼神的存在，更有受冤者以亡魂之體來控訴。不但說明因果報應，亦婉轉教導世人：大凡作奸犯科者，終會受嚴厲的懲治。在中國古代，一人犯事，很多時一家受累，更可能誅及三族，牽涉幾百人的牲命。龔壽因好色貪財，殺害蘇娥主僕二人，終以他父母兄弟及家族的性命抵償。若龔壽尚有良知的話，該會懊悔當初貪財貪色，行兇殺人。

若以現代的角度評之，該是一人做事一人當，不可禍及無辜。現代個人責任制，一人殺害多少人，受刑的只有殺人者一人而已。好處是惡人犯事，不會累及父母兄弟，因良善的父母亦會生出惡兒。然而，個人責任制令凶狠之徒，有恃無恐，殘害多人，滿足一己之病態慾望，最終只需以一命抵百命。

古代用的是集體責任制，一人犯事，可能一族受刑。為此，人的行為會受族人或所屬群體關注，形成直接的監察。但亦因此，出現互相包庇的情況。尤其在官場裏，官吏傾向包庇子侄親朋的貪腐奸猾之行。有在上者的包庇，在下者肆無忌憚地魚肉百姓，草菅人命，搜刮錢財，掠奪婦女。古今責任制度，各有其利弊。

在二十一世紀的中國社會，此等情況俯拾皆是。曾有領導者搜刮民脂民膏之餘，連小學女生亦不放過，竟然誘騙年幼女生供自己及在上者淫樂。昔日「禮義之邦」之名，如今蕩然無存！俗語所謂「善有善報，惡有惡報，若然未報，時辰未到」，蘇娥的故事正好反映此點。殘害蘇娥的龔壽在三年後，以自己及家族之命抵償。那些誘騙及強暴小學女生的無恥之徒，亦終會得到應有的報應。

紫玉與韓重

吳王夫差小女名曰紫玉[1]，年十八，才貌俱美。童子韓重[2]，年十九，有道術[3]。女悅之，私交信問，許為之妻。重學於齊、魯之間[4]，臨去，屬其父母使求婚。王怒，不與女。玉結氣死，葬閶門之外[5]。三年，重歸，詰其父母；父母曰：「王大怒，玉結氣死[6]，已葬矣。」重哭泣哀慟，具牲幣往弔於墓前。玉魂從墓出，見重流涕，謂曰：「昔爾行之後，令二親從王相求，度必克從大願；不圖別後遭命，奈何？」玉乃左顧宛頸而歌曰[7]：「南山有烏，北山張羅；烏既高飛，羅將奈何！意欲從君，讒言孔多。悲結生疾，沒命黃壚[8]。命之不造，冤如之何！羽族之長，名為鳳凰；一日失雄，三年感傷；雖有眾鳥，不為匹雙。故見鄙姿，逢君輝光。身遠心近，何嘗暫忘？」歌畢，歔欷流涕，要重還冢[9]。重曰：「死生異路，懼有尤愆[10]，不敢承命。」玉曰：「死生異路，吾亦知之。然今一別，永無後期。子將畏我為鬼而禍子乎？欲誠所奉，寧不相信？」重感其言，送之還冢。玉與之飲燕[11]，留三日三夜，盡夫婦之禮。臨出，取徑寸明珠以送重曰：「既毀其名，又絕其願，復何言哉！時節自愛。若至吾家，致敬大王。」重既出，遂詣王，自說其事。王大怒曰：「吾女既死，而重造訛言[12]，以玷穢亡靈[13]。此不過發冢取物，託以鬼神。」趣收重[14]。重走脫，至玉墓所，訴之。玉曰：「無憂。今歸白王。」王妝梳，忽見玉，驚愕悲喜，問曰：「爾緣何生？」玉跪而言曰：「昔諸生韓重來求玉[15]，大王不許，玉名毀，義絕，自致身亡。重從遠還，聞玉已死，故齎牲幣[16]，詣塚弔唁。感其篤終[17]，輒與相見，因以珠遺之。不為發塚，願勿推治[18]。」夫人聞之，出而抱之，玉如煙然。

注釋

1 夫差：春秋時期吳國君主，吳王闔閭之子（前四九五—前四七三在位）。曾打敗勾踐令其十年卧薪嘗膽，後因攻伐齊國而令首都空虛，讓勾踐有機可乘，造成敗亡。

2 童子：未成年的男子。古人滿二十歲才算成年。

3 道術：道德學問、文章品德。《墨子．非命篇》：「今賢良之人，尊賢而好功道術，故上得其王公大人之賞，下得其萬民之譽。」

4 齊：周朝諸侯國名。周武王給太公望的封地，起初建都營丘（即今山東臨淄縣）。後為其臣田氏所篡，成為七雄之一，終為秦吞併。魯：周朝諸侯國，文王第四子周公旦封地，周公有大功勞於天下，留相天子，故封其長子伯禽為魯侯，建都曲阜（即今山東曲阜縣）。

5 閶（粵：昌；普：chāng）門：古代城門名，在今江蘇省蘇州市城西，閶門高樓閣道，雄偉壯麗。唐代，閶門一帶十分繁華，地方官吏常在此宴請和迎送賓客，詩人亦多有吟誦詩詞。

6 結氣：即氣結，呼吸不暢，形容心情鬱悶。

7 左顧：向左方觀看。猶斜視，怒視。宛頸：曲頸。

8 黃壚：亦作黃盧、黃廬、黃爐。猶黃泉。

9 要：約請、邀請。陶潛《桃花源記》云：「便要還一家，設酒殺雞作食。」

10 尤愆：罪咎。

11 飲燕：即飲宴。燕，古通「宴」。

12 訛言：亦作譌言。虛假之言、謠言、傳佈的流言假話。

13 玷穢：猶玷污，污辱。

14 趣：古同「促」，催促、急速。趣，有趕快及從速之意。

15 諸生：指知學之士、儒生，尤指在國子監學習的學生。明代稱考取秀才入學的生員為諸生。

16 齎：懷抱着、帶着、拿着。把東西送給別人。牲幣：犧牲和幣帛。後泛指一般祭祀供品。牲，古代特指供宴饗祭祀用的牛、羊、豬。幣，即幣帛、繒帛。古代用於祭祀、進貢、饋贈的禮物。

17 篤終：古代送葬的禮制。此處可解作韓重始終一心一意、真誠專一。

18 推治：審問治罪、究問懲處。

譯文

春秋時期吳王夫差的小女兒，名叫紫玉，年齡十八歲，才學和容貌都很優秀出眾。少年韓重，年齡十九歲，有品德學問。紫玉喜歡他，私下與他以書信交往問好，答應做他的妻子。韓重到齊國及魯國去求學，臨走時，囑託他父母，為他去求婚。（他父母去向吳王求婚，）吳王夫差大怒，不允許將女兒嫁給韓重。紫玉（得知父王不許自己嫁韓重後）鬱結心氣而死，埋葬在閶門外面。三年後，韓重歸來，問他的父母。父母說：「吳王大怒，紫玉鬱結心氣而死，已經埋葬了。」韓重哀傷地慟哭，帶備祭祀所用的物品，前往紫玉墓前弔唁。紫玉的魂魄從墓穴出來，看見韓重，流淚對他說：「昔日你走了以後，叫父母雙親向父王求婚，我忖度必定能實現彼此的大心願。想不到分別後遭遇如斯命運，又可怎麼樣呢？」紫玉於是望向左方微曲頸項唱着：「南山有烏鵲，北山張羅網；烏鵲已高飛，羅網可奈何！心意欲隨你，讒言卻很多。鬱結而成病，命喪赴黃泉。命途實不幸，冤屈又怎樣！禽鳥的君王，名字叫鳳凰。一旦失雄鳥，三年感悲傷。雖然多眾鳥，不能配成雙。故現此身姿，見你顯光芒。身遠心意近，何日能暫忘？」歌唱完畢，歔欷歎息地落淚，邀請韓重和她返回墳墓。韓重說：「死和生不同路，如此恐怕會招來罪咎，不敢答應你的邀請。」紫玉說：「死和生不同路，我亦是知道的。然而今日一別，永遠再無重逢的日子。你害怕我是鬼魂而會加害於你嗎？我只想誠懇地奉獻自己，難道你不相信嗎？」韓重為她的話感動，送她返回墳墓。紫玉與他一起宴飲，留他住了三日三夜，行了夫妻的禮儀。韓重臨離開墳墓時，紫玉拿了顆直徑一寸的明珠送給他，說：「我已毀了自己的聲名，又了結那心願，還有何話可說呢！請你時刻自愛保重。如果到我家，請向父王致以敬意。」韓重出了墳墓後，便往拜見吳王，親自述說此事的經過。吳王大怒，說：「我女兒已經死了，而韓重編造謠言虛語，以玷污死者的靈魂。這不外是挖掘墳墓盜取財物，而假託鬼神之名罷了。」於是要從速逮捕韓重。韓重逃脫出來，來到紫玉的墓地，訴說此事。紫玉說：「無需擔憂，我現在回去告訴父王。」吳王正在梳理裝束，忽然看見紫玉，驚訝錯愕又悲喜交集，問她說：「你何故復生了？」紫玉跪下說道：「昔日儒生韓重來求娶女兒，父王不准許。女兒聲名損毀，情義斷絕，自我招致身亡。韓重從遠方回來，聽說女兒已死了，故此帶着祭祀物品及幣帛，到女兒墓前弔唁。

女兒感激他情意始終如一（為我行送葬的禮儀），就與他相見，因而將明珠送贈他。他沒有挖掘墳墓，希望不要究問懲治他。」吳王夫人聽說紫玉回來，出來擁抱她，紫玉卻像輕煙一樣消散了。

賞析與點評

本篇述紫玉與韓重相愛而不能結合，死後魂魄與韓重再盡夫妻之禮的奇異愛情故事。故事中的紫玉展現高尚的人格。一、她對父親阻撓自己的婚姻，沒有怨恨咒罵，只是自我悲傷，以致抑鬱而死；再見韓重時，更請他代為問候其父王。二、她對韓重情深一片，見他來弔唁，現身與他見面；邀他飲宴，更與他一盡夫妻之禮。為了韓重，紫玉更不惜再次面對強權霸道的父王，請父王不要因一顆明珠而追究韓重。

相反，韓重雖然對紫玉情深，卻以學業為重，只請父母代為求親，自己則去齊、魯兩國遊學。面對紫玉的深情，他亦顯得十分理智。對其邀約入墓，更是猶豫，指出生死不同路。直至紫玉反問他：是否怕她作為鬼魂會加害於他，才讓他放心受邀。韓重與紫玉相處三日後，既得寸徑大的明珠，又趕忙向吳王報告，顯見他有點急躁及好勝之心。當吳王開始緝捕他時，他立刻走到紫玉墓前求救，深知解鈴還需繫鈴人，只有紫玉才能救他。

作者通過本篇故事印證鬼神之存在，又展示愛情的偉大：能令生者死，亦能令死者復生。

在紫玉與韓重的相處之間，顯現了男女對愛情觀念的不同。男性以事業為重，故韓重先去求學，將婚事交給父母處理。女性以愛情為重，紫玉為愛情抑鬱而死。韓重在處理愛情時比較理智，紫玉則為愛情誇越陰陽兩界。男女大不同，早見於古代的愛情故事。

駙馬都尉

隴西辛道度者[1]，遊學至雍州城四五里[2]，比見一大宅，有青衣女子在門[3]。度詣門下求飧[4]。女子入告秦女，女命召入。度趨入閣中[5]，秦女於西榻而坐。度稱姓名，敘起居[6]，既畢，命東榻而坐，即治飲饌。食訖，女謂度曰：「我秦閔王女[7]，出聘曹國[8]，不幸無夫而亡。亡來已二十三年，獨居此宅。今日君來，願為夫婦。」經三宿三日後，女即自言曰：「君是生人，我鬼也，共君宿契[9]，此會可三宵，不可久居，當有禍矣。然茲信宿[10]，未悉綢繆[11]，既已分飛，將何表信於郎？」即命取牀後盒子開之，取金枕一枚[12]，與度為信。乃分袂泣別[13]，即遣青衣送出門外。未逾數步，不見舍宇，惟有一冢。度當時荒忙出走，視其金枕在懷，乃無異變。尋至秦國[14]，以枕於市貨之，恰遇秦妃東遊，親見度賣金枕，疑而索看，詰度何處得來，度具以告。妃聞，悲泣不能自勝。然尚疑耳，乃遣人發冢啟柩視之，原葬悉在，唯不見枕。解體看之，交情宛若。秦妃始信之。歎曰：「我女大聖[15]，死經二十三年，猶能與生人交往。此是我真女婿也。」遂封度為駙馬都尉[16]，賜金帛車馬，令還本國。因此以來，後人名女婿為「駙馬」。今之國婿，亦為「駙馬」矣。

注釋

1 **辛道度**：一作「孫道度」。

2 **雍州**：古九州之一，今陝西、甘肅及青海額濟納之地皆屬此州。此處疑指雍邑（今陝西省鳳翔縣），又稱雍、雍州、雍城，乃春秋時期秦國的國都。唐代改名鳳翔縣，在今陝西省西部寶雞市境內。

3 **青衣**：青色或黑色的衣服。漢以後，地位低微及卑賤的人多穿着黑色衣服，故此人稱婢僕、差役等人為青衣。

4 **飧**（粵：孫；普：sūn）：同「飱」，晚飯；亦泛指熟食，飯食。

5 **趨**：指快步走、趕緊向前走。亦指古禮中走路欲超前長輩時的小步快走。

6 **起居**：本指飲食寢興等各項日常生活狀況。此處指問安、問好。

7 **秦閔王**：一作「秦文王」，因秦無閔王。秦文王，疑指春秋初期的秦國國君秦文公（前七六五—前七一六在位），嬴姓氏趙，秦襄公之子，是在公元前七四六年制定罪誅三族的君主。晉代末亦有一位「秦文王」，乃十六國之一成漢國的李流。李流是「成漢」建國者李雄的叔父，字玄通（二四八—三〇三）。李雄登位後，追封他叔父為秦文王。惟此秦文王，與本篇故事背景不太相配。

8 **出聘**：出使訪問，後亦指女子出嫁。此處指秦女出嫁曹國。**曹國**：周朝至春秋戰國時期的諸侯國。公元前一〇四五前，周文王第十三子、周武王弟弟曹叔振鐸（即姬振鐸）受封該地，建都陶丘，轄境乃今山東定陶一帶。公元前四八七年，為宋國所滅。

9 宿契：猶宿緣，宿世之緣。

10 信宿：連宿兩夜，亦謂兩三日。

11 未悉綢繆：綢繆，纏綿、情意深厚。未悉綢繆，未盡纏綿恩愛的情意。

12 金枕：疑指黃金製造而形狀似枕的飾物。

13 分袂：離別。袂，指衣袖，袖口。

14 尋：頃刻，不久。

15 大聖：古時指道德完善、智慧能力超絕、通曉萬物之道的人。此處作形容詞，指神通廣大。

16 駙馬都尉：乃漢武帝時設置之官職，是陪侍皇帝乘車的近臣，多由宗室與外戚人員擔任。

譯文

隴西郡有一個叫辛道度的人，在外遊學至雍州城外四五里的地方，看見一幢大宅院，有一個穿青衣的婢女站在門口。辛道度走至門口請求施贈晚飯。婢女進入屋內稟告主人秦女，秦女命婢女召喚他進入屋內。辛道度快步走進閣樓裏，見秦女坐在西邊的榻上。辛道度報上姓名，敍安問候。問候完畢，秦女請他在東邊的榻上坐下來，隨即準備酒水菜餚的飲食。吃完飯後，秦女對辛道度說：「我是秦閔王的女兒，許配給曹國，不幸未出嫁便卒亡了。卒亡至今已經二十三年，獨個兒居住在這宅院裏。今天你來，願意與你結為夫妻。」經過三日三夜後，秦女便自說道：「你是活人，我是鬼魂。與你有宿世之緣，這次相會只可逗留三晚，不可長久居留，否則會有災禍的。然而這兩三夜的住宿，未能盡纏綿恩愛的情意。既然要分別了，該拿什麼信物給你（以表達我的情意）呢？」她隨即命人取來放在牀後的盒子，打開來，取出一枚金枕，送贈辛道度作為信物。之後，她哭着與辛道度分別，隨即派遣婢女送辛道度出門外去。辛道度出門後沒有走幾步，房舍就不見了，只有一座墳墓。辛道度那時慌忙跑出墓地，看那枚金枕還在懷裏，沒有異常變化。一會兒，辛道度來到秦國，他拿着金枕在市集裏售賣，恰巧遇着秦王的妃子到東邊來遊玩。她親眼看着辛道度售賣金枕，心存疑惑而索取來看，詢問他從哪兒獲得的。辛道度將事情一一告訴她。秦妃聽說了後，傷心哭泣得不能自持。然而，她尚且有些懷疑，於是派人去發掘墳墓，打開靈柩察看，原有的陪葬物品全部都在，惟獨不見了那枚金枕。解開秦女的衣服查看她的身體，夫妻交歡的痕跡宛若可見。秦妃這才相信。她歎息說：「我的女兒真是神通廣大，死了已二十三年，尚且能和在生的人交往。這人是我真女婿呢。」於是，封辛道度為「駙馬都尉」，賞賜他金帛車馬，請他返回自己的國家。因此之後，後世的人稱女婿為「駙馬」。現今的國君女婿，也稱為「駙馬」了。

賞析與點評

本篇記述辛道度遊學時遇秦國公主鬼魂，與她成為夫妻而獲贈金枕，又得秦王妃認為女婿，封為「駙馬都尉」之事。

都尉，是戰國時始置的軍官職位，官階略次於將軍。駙馬，是副車之馬，指駕轅之外的馬，即是共同拉車的幾匹馬以外，跟在車旁的其他馬匹。《漢書·百官公卿表上》云：「『駙馬都尉』掌駙馬，皆武帝初置。」意思是，「駙馬都尉」專門掌管駕轅之外的馬匹，稱之為駙馬。干寶《搜神記》不僅記錄世間的奇異之事，印證鬼神的存在，同時為當時的名詞或稱謂作出清楚的解說。魏晉以後，公主夫婿必授以「駙馬都尉」之職，故「駙馬」成為帝王女婿及公主夫婿的代稱。除了「駙馬都尉」，還有「奉車都尉」一職，專門掌管君主的御乘及輿車。

從現代的科學角度而言，人死後二十三年，若非經特別的處理，或埋葬於密封無空氣及水分的地方，要身體不腐爛是不可能的事。秦王妃認為她的女兒神通廣大，死後還能與人交合；對現代讀者而言，則只能將它視作一篇霧水情緣的鬼神故事。

談生妻鬼

漢談生者，年四十，無婦，常感激讀《詩經》[1]。夜半，有女子，年可十五六，姿顏服飾天下無雙，來就生為夫婦[2]。乃言曰：「我與人不同，勿以火照我也，三年之後，方可照耳。」與為夫婦，生一兒。已二歲，不能忍，夜伺其寢後，盜照視之。其腰已上生肉，如人，腰已下，但有枯骨。婦覺，遂言曰：「君負我。我垂生矣[3]，何不能忍一歲，而竟相照也？」生辭謝。涕泣不可復止，云：「與君雖大義永離[4]，然顧念我兒，若貧不能自偕活者，暫隨我去，方遺君物[5]。」生隨之去，入華堂，室宇器物不凡。以一珠袍與之[6]，曰：「可以自給。」裂取生衣裾留之而去。後生持袍詣市，睢陽王家買之[7]，得錢千萬。王識之曰：「是我女袍，那得在市？此必發塚。」乃取拷之，生具以實對。王猶不信，乃視女塚，塚完如故。發視之，棺蓋下果得衣裾，呼其兒視，正類王女。王乃信之，即召談生，復賜遺之，以為女婿。表其兒為郎中[8]。

注釋

1 感激：感奮激發。《後漢書》卷八十四〈列女傳．許升妻〉：「升感激自厲，乃尋師遠學，遂以成名。」指許升為妻子對自己不離不棄而感動奮發。

2 **就**：接近、靠近。

3 **垂**：接近，快要。

4 **大義**：夫婦之義，指婚姻。

5 **方**：表示時間，相當於「將」。

6 **珠袍**：綴珠之袍。

7 **睢陽**：春秋時期宋國地區，秦朝設置睢陽縣，漢代為梁國國都。故城在今河南商丘縣南。公元一七六年，漢景帝次子劉武（前一八四？——前一四四）獲封為睢陽王，後改封梁王，建都睢陽。

8 **表**：本指古時臣子呈給君主的奏章。**郎中**：官名，乃帝王侍從官的通稱。始於戰國時期，秦漢兩代沿置，掌管門戶、車騎等事；內充侍衞，外從作戰。

譯文

漢代有一個姓談的書生，年齡四十歲，沒有妻子，時常感奮激動地誦讀《詩經》。一天半夜，有一個女子——年約十五六歲，姿色容顏及衣着打扮皆天下無雙——來接近談生，與他做夫妻。女子對談生說：「我和一般人不同，請勿用燈火照我，三年之後，才可以照。」她和談生做了夫妻，生了一個兒子。已經過了兩年的歲月，談生實在忍不住了，在夜晚等妻子睡了後，偷偷地用燈火照着她看。她的腰部以上已長着肉，和人一樣，腰部以下，只有枯朽的骨頭。妻子醒過來，便說道：「你辜負了我，我快要復生了，為何不能再忍一年，而竟然用燈火照着我？」談生道歉謝罪。妻子痛哭流淚而不能停止，說：「和你雖然永遠斷絕了夫妻之義，但念及我兒子，像你這樣貧困不能自行帶着孩子生活，暫且跟隨我去，我將送你一點東西。」談生跟隨她去，進入一座華麗的屋宇，屋宇內所有的器具物品都不同凡響。妻子拿了一件綴滿珍珠的袍子贈與談生，說：「有此袍子可以自我供給生活所需。」又撕下談生一片衣襟留下，便走了。後來，談生拿着袍子到市集售賣，睢陽王家的人買了回去，談生獲得一千萬錢。睢陽王認出那件袍子說：「這是我女兒的珠袍，哪能在市集上購得？必定是偷掘墓塚得來的。」於是，逮捕談生拷問他，談生一一如實回答。睢陽王還是不相信，於是便去視察女兒的墳墓，墳墓完整像舊時一樣。挖開墳墓來看，棺木蓋下果然覓得談生的衣襟。喚談生的兒子來看一看，長得正像睢陽王的女兒。睢陽王這才相信了，立即召見談生，再賜贈他財物，視他為女婿；又上表奏請朝廷封談生的兒子為郎中。

賞析與點評

本篇記敍談生與睢陽王女結成夫妻，因獲贈珠袍而得睢陽王認作女婿的經過。

此故事可謂成為後世才子佳人小説的藍本：落魄才子或貧窮書生，遇上年輕美貌又多金的女子，女子既以身相許，又贈金贈物，以供生活或赴京考試之用。可是，故事裏的談生並非風度翩翩的才子，而是四十歲未娶的窮書生。而自薦做他妻子的，竟是睢陽王的亡女。她長得美艷無雙，穿着華麗衣飾，年紀只有十五六歲。她為談生生了一個兒子，可惜，談生不守信諾，三年未到便用燈火照她。結果，因功虧一簣而不能復生，她痛哭流淚至不能自控。但為了小兒子及丈夫的生活，她送贈了名貴的珍珠袍給談生。在這故事裏，有兩個問題值得探討：

一、談生與睢陽王女的兒子有多大？

因為有「生一兒，已二歲」之言，有譯本將之譯為：「生了一兒子，已經兩歲。」若孩子真的已經兩歲，加上結婚及十月懷胎的時間，早該過三年了，談生可以照其妻子，也不會給她斥責：「何不能忍一歲，而竟相照也？」」為此，文中的「已二歲」該解作「已經過了二年」，他們的兒子最多不外一歲而已。

二、睢陽王女為何會選中談生做夫婿？

在漢代，四十歲未娶妻的男子，多因貧窮付不起聘禮、養不起妻子所致。談生「年四十，無婦，常感激讀《詩經》」，相信也是感慨不能求得配偶。因為《詩經》第一篇詩乃〈關雎〉，寫的正是君子求淑女的過程。所謂「關關雎鳩，在河之洲，窈窕淑女，君子好逑」，難免令未婚而又四十歲的談生感慨激動。睢陽王女該知他之「常感激」，得知他渴望娶妻的心願，故來自薦，也冀望藉此可以死而復生。可惜談生因一時好奇，破壞了妻子還陽為人的機會。

對現代人而言，人與鬼的相戀，只會在小說、電影及電視裏出現的故事；鬼能為人生育孩兒，又能復活還陽，皆虛構的情節。此等虛構情節若要在現實之中出現，只有造物者顯神跡才能辦到了。

本篇故事展示的人鬼情緣，獲益的只有作為人的談生：先得美豔嬌妻，次得可愛幼兒，再得睢陽王賜贈財物，又成為王侯親屬，兒子更得郎中之職。

卷十七

本卷導讀——

異於卷十六之鬼魂，本卷主要述寫怪異的鬼魅，是亦忠亦奸的鬼魅怪物，令人不知所措。

鬼魅假扮人誤傳訊息，如〈費季居楚〉一故事，述吳國人費季客居楚地，說起自己離家時將妻子的金釵放在門楣上，臨走時忘了告訴妻子。其妻即夜見費季說遇到強盜，已死二年，不信可驗看放在門楣上的金釵。家人為他辦理喪事，一年後費季卻回來了。

在傳遞死亡訊息之時，間接協助故事人物重新做人的，如〈貞節先生范丹〉述陳留郡的范丹，因怨恨自己乃雜役小吏，殺了所騎的馬，棄卻帽子及頭巾，假裝遇到強盜。結果有神靈降臨其家，宣告他的死訊。范丹在外跟隨傑出的人物學習，十三年後歸來，家人也不認識他。陳留人敬重他的志節品行，稱他為「貞節先生」。

鬼魅假扮人招搖撞騙，騙財騙色的，如〈鬼扮虞定國〉述餘姚縣人虞定國，見到蘇家漂亮的女兒而喜歡她。一天，鬼扮虞定國到蘇家，要求蘇公叫女兒出來相陪。蘇公因虞定國乃縣裏貴人而答應，自此鬼扮的虞定國頻繁往來蘇家，更答應為蘇公承擔公家差役。直至蘇公有差役而找虞定國，才知乃鬼魅作祟，結果抓到一怪物。

此外，本卷有記述鬼怪以鬼臉嚇人的，如〈頓丘魅物〉嚇得人墮馬昏厥；亦有述善良鬼怪保護百姓的，如〈度朔君〉讓人得償所願、〈筋竹長人〉令人安康富貴。其中不缺擾亂家宅平安的鬼魅，如〈倪彥思家狸怪〉之狐狸妖、〈釜中白頭公〉滅絕全家的怪物。

此處選了三篇作分析，包括志氣高潔的〈貞節先生范丹〉，鬼魅假傳訊息的〈費季居楚〉，以及鬼扮人親近蘇家閨秀的〈鬼扮虞定國〉。

貞節先生范丹

漢陳留外黃范丹[1]，字史雲。少為尉從佐使檄謁督郵[2]。丹有志節，自恚為廝役小吏[3]，乃於陳留大澤中殺所乘馬，捐棄冠幘[4]，詐逢劫者。有神下其家曰：「我史雲也。為劫人所殺。疾取我衣於陳留大澤中。」家取得一幘。丹遂之南郡[5]，

轉入三輔[6]，從英賢遊學，十三年乃歸。家人不復識焉。陳留人高其志行，及沒，號曰貞節先生。

注釋

1 **外黃**：古縣名。春秋時期乃宋國之黃邑，漢置外黃縣，古城在今河南杞縣東六十里（一云在河南民權縣西北）。

2 **尉從佐使**：縣尉屬下的佐吏。從佐，下屬隨員、隨從。**檄**：古代官府用以徵召或聲討的文書。**督郵**：官名。漢代設置，是郡太守的重要屬吏，為太守督察縣鄉，宣達教令，兼處理獄訟。

3 **自恚**：指怨恨自己。恚，憤怒、生氣、憤恨。

4 **冠**：帽。**幘**（粵：責；普：zé）：覆髻頭巾。

5 **南郡**：古郡名，秦時設置。漢代郡治在今湖北江陵縣。三國曾移郡治，晉時復移江陵。此處之「南郡」，疑非指江陵。（詳見賞析與點評部分）

6 **三輔**：西漢時期，治理長安京畿地區的三個職官的合稱。漢初，京畿官稱內史，分置左、右內史，與主爵中尉（都尉）合稱「三輔」。武帝時期，更名主爵都尉為右扶風，右內史為京兆尹，左內史為左馮翊，治所皆在長安城中。故此，「三輔」亦指各職官所轄的地區，在今陝西省中部地區。後來，三輔更泛指京城附近地區。

譯文

漢代陳留郡外黃縣人范丹，字史雲。他少年時候曾擔任尉從佐使一職，奉命送檄文去謁見督郵。范丹很有志氣節操，他怨恨自己做這雜役工作的小吏，於是在陳留郡的大澤中，殺了自己騎來的馬匹，拋棄所戴的帽子及頭巾，假裝遇到搶劫的強盜。有神靈到他家說：「我是史雲，被強盜劫殺了，快到陳留郡的大澤取回我的衣服。」一家人到那處，拾得他的頭巾。范丹於是去了南郡，又轉入三輔地區，跟隨品德及才學傑出的人士遊歷學習，十三年後才返回家鄉。家裏的人都不再認識他了。陳留郡的人都很敬重他的志向和節行，及至他死後，稱他為「貞節先生」。

賞析與點評

本篇記述范丹志向遠大不屑做小吏，故偽裝遇劫而死，在外求學十三年後才返歸的事跡。此故事的范丹，疑乃指范冉（一一二－一八五），推測可能因筆劃相近而誤寫作「丹」。《後漢書》卷八十一〈獨行列傳．范冉〉云：

范冉字史雲，陳留外黃人也。少為縣小吏，年十八，奉檄迎督郵，冉恥之，乃遁去。到南陽，受業於樊英。又遊三輔，就馬融通經，歷年乃還。

……又辟太尉府，以疾不行。中平二年，年七十四，卒於家。

……於是三府各遣令史奔弔。大將軍何進移書陳留太守，累行論謚，僉曰宜為貞節先生。會葬者二千餘人，刺史郡守各為立碑表墓焉。

范冉的生平與干寶所記的范丹相同，卻沒有殺馬及棄冠幘一段，更沒有鬼神告訴家人他亡於大澤之事。干寶所寫的「南郡」，未肯定是否指江陵，因《後漢書》清楚列明是「南陽」。「南陽」於秦時設置，即今河南舊南陽府、湖北舊襄陽府之地。治所在今河南南陽縣治。

《搜神記》所云的「英賢」，史書點明乃樊英（一〇七—一六七）及馬融（七九—一六六）。樊英，字季齊，乃南陽魯陽（即今河南魯山縣）人，精通陰陽學說及經書。《後漢書》卷八十二〈方術列傳．樊英〉說他隱居於壺山（今河南魯山縣南二十里，形圓如壺，故此得名），而「受業者四方而至」。州郡前後禮請不應」，是一個很有學問而不欲為官的飽學之士。漢順帝劉保（一一五—一四四）待樊英以師傅之禮，《後漢書》云：「待以師傅之禮。……詔以為光祿大夫」。相信范冉亦因慕樊英之名，成為四方而至的受業者之一。

馬融，字季長，右扶風茂陵人（今陝西興平），精通《詩經》、《孝經》、《尚書》、《周易》、

《論語》等經書。在漢桓帝時，馬融曾任南郡太守。《後漢書》卷六十〈馬融傳〉云：「為人美辭貌，有俊才」，正符合干寶所說的「從英賢遊學」；又云他「才高博洽，為世通儒，教養諸生，常有千數」。范冉曾到京畿的三輔地區，跟隨馬融學習經書，乃千數諸生之一。

范冉學習多年後回家，以病為由婉拒為官。七十四歲時病亡家中。其謚號，亦勞動大將軍何進致函給陳留郡的太守商議，最後定為「貞節先生」。此號之意，據《後漢書》注云，乃「清白守節曰貞，好廉自剋曰節」。范冉亡故後，送葬人達二千多人，刺史郡守各為他立石碑表揚。

干寶所錄的「范丹」與史書所記的「范冉」相同，僅多一段：神靈向其家人傳達死訊。《搜神記》在記錄范冉的事跡時，讓史家相信所述八九分乃史實，一二分屬虛構的故事，予以刪除。尤其述鬼神到范冉家傳死訊，原因為何？是有心助范丹，讓他可無後顧之憂去求學，還是抱持令其家人傷心的嬉玩態度則不得而知。或許作者想展示鬼神之不可預測。

費季居楚

吳人費季，久客於楚[1]。時道多劫[2]，妻常憂之。季與同輩旅宿廬山下[3]，各相問出家幾時。季曰：「吾去家已數年矣。臨來，與妻別，就求金釵以行。欲觀其志當與吾否耳。得釵，乃以着戶楣上[4]。臨發，失與道，此釵故當在戶上也。」爾夕[5]，其妻夢季曰：「吾行遇盜，死已二年。若不信吾言，吾行時，取汝釵，遂不以行，留在戶楣上，可往取之。」妻覺，揣釵，得之，家遂發喪。後一年餘，季乃歸還。

注釋

1 楚：周朝的諸侯國，戰國時期的七雄之一。今湖南、湖北，安徽、江蘇、浙江及四川巫山以東、廣西蒼梧以北、陝西洵陽以南，皆屬戰國時期的楚地。此處泛指古時楚國所轄之地，即長江中游，今湖北省和湖南省一帶地區。

2 劫：此處作名詞，指盜賊、劫匪。

3 廬山：古名南障山。其名字的來源有兩種說法：一、周朝時匡俗隱居於此，周定王招攬他，派使者到訪，只見空空的廬舍。二、有個叫方輔的道人，與老子同來遊山，於山中留下修煉的廬舍，故此名為廬山，又名匡山、匡廬。在今江西省星子縣西北，九江縣南，聳立在鄱陽湖、長江之濱。廬山之主峰海拔一千四百七十四米，夏季清涼，多霧，風景幽美而植物生長茂盛。

4 戶楣：即門楣，正門門框上邊的橫木，多用粗重實木製成。

5 爾夕：當晚。

譯文

吳國人費季，長久客居於楚地。當時路上有很多搶劫的盜賊，他妻子時常為他擔憂。費季與同行的朋輩旅宿於廬山之下，各人互相詢問離家多久。費季說：「我離開家裏已經幾年了。臨來這裏之前，我和妻子道別，就向她求取金釵陪伴同行，想看看她的心志捨不捨得給我而已。我得到金釵，便將它放在門框的橫木上。臨啟程前，忘了告訴她，這釵應該還在門楣上面。」當天晚上，他妻子夢見費季說：「我在行旅的路上遇到強盜，已經死了兩年。若果你不信我的說話，我臨行時，拿了你的金釵，就沒有帶着同行，而是留在門框的橫木上，你可以前往那兒取回它。」他妻子醒來，在門框上摸索金釵，果然找到了。家裏於是為他辦理了喪事。事後一年有多，費季卻回到家裏來。

賞析與點評

本篇記敍費季客居楚地，鬼魅得知他向妻子索取金釵之事，藉此戲弄其妻，訛傳死訊。在〈貞節先生〉的故事裏，鬼魅訛傳范的死訊，間接協助他達成心願，讓他能重新做人，追求自己的學業。但在此故事裏，鬼魅卻愛戲弄人，偷聽旅客的對話，假傳費季的死訊，令費季妻子誤以為丈夫已死去，為他辦了喪事。

干寶通過鬼魂化身費季訛傳死訊之事，揭示鬼魅之心不明，或順從人願，或順從己之願，或助人或愚人，難以理解。

鬼扮虞定國

餘姚虞定國，有好儀容。同縣蘇氏女，亦有美色。定國常見，悅之。後見定國來，主人留宿，中夜，告蘇公曰：「賢女令色[1]，意甚欽之。此夕能令暫出否？」主人以其鄉里貴人，便令女出從之[2]。往來漸數，語蘇公云：「無以相報。若有官事[3]，某為君任之。」主人喜。自爾後[4]，有役召事，往造定國。定國大驚曰：「都未嘗面命[5]，何由便爾？此必有異。」具說之。定國曰：「僕寧肯請人之父而淫人之女[6]。若復見來，便當斫之。」後果得怪。

注釋

1 令色：美麗的姿容。指美麗的容顏姿色。
2 從：跟隨、依順。此處指陪伴及招呼他。
3 官事：舊時指公家的事、官府的事宜。
4 自爾：從此，自此。
5 面命：當面告知、見面談話。一作「會面」。
6 僕：古時「我」的謙稱。

譯文

餘姚縣人虞定國，有美好的儀表和容貌。而同縣蘇家的女兒，亦長得很美艷。虞定國時常看見她，心裏很喜歡她。後來，蘇家看見虞定國前來，主人蘇公便留他住宿。夜半時分，他對蘇公說：「你女兒長得十分美麗，我心裏甚是傾慕她。今夜能否讓她暫且出來？」主人因為他是自己鄉里裏的貴人，便令女兒出來陪伴及招呼他。他與蘇家的往來日漸頻繁，他對蘇公說：「沒有可以報答你的。若然官府有公事差役，我願意為你擔任。」主人聽了很歡喜。自此日之後，官府有召喚服役當差的事情，蘇公前去拜訪虞定國。虞定國大吃一驚說：「我們都未曾見過面說過話，為何便這樣呢？這裏必定有異常之事。」蘇公一一說明事情的經過。虞定國說：「我怎會向人家的父親請求姦淫他的女兒呢！若果再見他到來，就該砍殺他。」後來果然抓獲一妖怪。

賞析與點評

本篇敍述妖怪冒充餘姚縣的虞定國，姦淫同縣蘇家女兒的故事。

關於虞定國，史書沒有其生平事跡的記載。此處的虞定國，有云即是虞國，字季鴻。《藝文類聚》卷九一引虞預（約二八五—三四〇）《會稽典錄》曰：「虞國少有孝行，為日南太守。

常有雙雁宿止廳上，每出行縣，輒飛逐車，既卒於官，雁逐喪還。至餘姚，住墓前，歷三年乃去。」

在本篇故事中，妖怪人人不扮，卻裝扮了虞定國。虞定國乃正人君子，面對蘇家美麗的女兒，他心裏暗暗喜歡，卻不敢越禮。

虞定國不敢乃源自儒家禮教的約束，君子言行必須光明磊落：未娶人家過門，何敢思淫人家女兒？然而，為何妖怪會化成虞定國的樣子？妖怪明白虞定國對蘇家女兒心存思慕，因此讓妖怪有機可乘：化成他的模樣。

若以宗教的觀點而言，妖怪乃人類各種邪念歪慾的產物。妖怪知道虞定國喜愛此女子，故做了他不敢做的事情。此外，蘇家女兒及其父親蘇公十分喜歡虞定國：蘇女冀得俊俏賢德的丈夫，蘇公欲得虞定國般的乘龍快婿。三人心裏皆有慾念，故讓能知人心的妖怪得逞。

美麗是否有罪？古代的美女，或成為君主施行美人計的棋子，為國獻身；或給豪強權貴看中，被搶奪玩弄。美人即使留守在家，亦可能遭遇不幸，餘姚縣的蘇家女兒便是一例。她因為長得美艷，招來妖怪假扮同鄉人將她淫污。

古代美女的不幸命運，在現代亦不時上演。英國《每日郵報》在二〇一三年八月十五日報道，伊朗有一名叫莫拉蒂（Nina Siahkali Moradi）的二十七歲女子，參加地區市議員的選舉，獲得一萬票勝出，但相關部門竟然因為她長得太美麗而取消她的當選資格。在二十一世紀的現代，伊朗竟然以行動說明「美麗有罪」。美麗本無罪。只因在上者的慾望和偏見，造就古今美女的不幸。紅顏薄命，是美女身旁的人造成的，並非她天生美麗而註定命途不幸。

中國古代的某些文化及傳統用語，今存於日本。日語的「僕」（ぼくboku）是男子的自我謙稱。然而，此謙稱源自中國，又有多少人知道？干寶的記述是其中一項鐵證。虞定國云：「僕寧肯請人之父而淫人之女。」此句中的「僕」字乃「我」的的謙稱。中國大陸推行現代漢語，又強令百姓使用「規範字」（簡體字），鼓勵百姓遺忘二千多年前流傳下來的正體字（繁體字），丟棄文言文之本意，亦淡忘中國語言文化。二〇一三年，某免費報紙的專欄作者談起五元素（金木水火土），說這是西方的學說，令人氣結。其實西方只是將中國的「五行」譯作「五元素」（five elements）。何解連中國的五行也不懂？

卷十八

本卷導讀——

本卷主要述說狐狸變成人或化為妖的故事，亦述各種不同器物、動物、樹木變成妖精的禍害；僅有一篇寫樹神的福佑。

本卷述及不同器物妖怪的故事，如〈飯臿怪〉、〈何文除宅妖〉，飯臿怪、木杵怪，金、銀、銅妖精等等，頗富童話色彩。除了器物變成的妖精怪物，此卷亦有幾篇述及樹妖的故事。如〈秦公鬥樹神〉之怒特祠樹妖、〈張遼除樹怪〉之白頭公妖。不過，樹妖不一定帶來禍患，亦有保佑百姓的，如〈樹神黃祖〉述廬江郡陸亭河水邊一棵大樹的樹神黃祖，能夠興風雨，為父老送上鯉魚，為寡婦李憲謀劃，又送她玉環，令她及鄉人避免戰事的禍害。

除了器物及樹妖，此卷記述較多的是狐狸變成的妖精。牠們有很高的學識智慧，頗類民間的士人。如〈董仲舒戲老狸〉之客人、〈狐博士講書〉之胡博士、〈劉伯祖與狸神〉之狐神、〈張華擒狐魅〉之年少書生。當中〈張華擒狐魅〉一文，述燕昭王墓前的一隻斑狐，變化成少年書生去謁見司空張華。張華見他風流儒雅，學識廣博，認為他必定是鬼魅或狐狸，於是派人去砍神木來剋制他。張華終令斑狐現形，擒拿烹煮了牠。此篇狐狸有廣博知識，能與著名士子張華談論學問。而〈狐博士講書〉一文，則寫狐狸教學講道。

除了狐狸，還有老鼠、母豬、老公雞及蝎子等妖怪作祟皆見於〈王周南克鼠怪〉、〈安陽亭三怪〉兩篇故事。

此處節選幫助百姓及寡婦的〈樹神黃祖〉及擒殺千年狐狸的〈張華擒狐魅〉兩篇作品作分析。

樹神黃祖

盧江龍舒縣陸亭流水邊[1]，有一大樹，高數十丈，常有黃鳥數千枚巢其上。時久旱，長老共相謂曰：「彼樹常有黃氣[2]，或有神靈，可以祈雨。」因以酒脯往[3]。亭中有寡婦李憲者，夜起，室中忽見一婦人，着繡衣[4]，自稱曰：「我，樹神黃祖也，能興雲雨。以汝性潔，佐汝為生。朝來父老皆欲祈雨，吾已求之於帝，明日日中大雨。」至期果雨。遂為立祠。神謂憲曰[5]：「諸卿在此[6]，吾居近水，當致少鯉魚。」言訖，有鯉魚數十頭飛集堂下，坐者莫不驚悚。如此歲餘，神曰：「將有大兵，今辭汝去。」留一玉環曰：「持此可以避難。」後劉表、袁術相攻，龍舒之民皆徙去，唯憲里不被兵。

注釋

1 盧江：古郡名，漢代設置，郡治在今安徽盧江縣西。漢末徙郡治至今安徽潛山縣。龍舒縣：漢代設置，屬盧江郡，故城在安徽舒城縣。陸亭：一作「陵亭」。

2 黃氣：古代以為黃色雲氣是祥瑞之氣。

3 酒脯：酒和乾肉，後泛指酒餚。

4 繡衣：即彩色絲線織成或是綴有花紋的絲綢衣服，是古代顯貴之士所穿的衣服。現在多指飾以刺繡的絲質服裝。

5 神謂：原無此二字。

6 卿：一作「鄉老」。

譯文

盧江郡龍舒縣陸亭的河水邊，有一棵大樹，高幾十丈，時常有黃鳥數千隻在樹上築巢。當時長久乾旱，長老共同商量說：「那樹上時常有黃色的吉祥雲氣，或許有神靈守護，我們可以向它祈求降雨。」於是，他們拿着酒肉前往。陸亭裏有個寡婦叫李憲，夜晚起來，在房間內忽然看見一名婦人，穿着彩繡的綢緞衣服，自稱說：「我是樹神黃祖，能夠興雲作雨。因為你稟性貞潔，來協助你謀生。早上來的父老都想祈求降雨，我已經向天帝請求，明天中午時分就會下大雨。」到所說的時間，果然下起了大雨。人們於是為樹神建立祠廟。樹神對李憲說：「諸位父老在這裏，我的居所臨近水邊，應當為你們送上一些鯉魚來。」話說完，有數十條鯉魚飛來，聚集在廟堂前，在座的人沒有不感到震驚的。這樣過了一年多，樹神說：「將會有大的戰事，現在我向你辭別而去。」她留下一枚玉環，說：「拿着這枚玉環可以避免災難。」後來，劉表和袁術相互攻伐，龍舒縣的百姓全都遷徙了，只有李憲住的鄉里沒有遭受戰禍。

賞析與點評

本篇記述盧江郡龍舒縣樹神黃祖庇佑鄉人的事跡。

此故事展現了樹神的善良，祂不但為鄉人降雨解旱災，還贈送父老鯉魚，庇佑鄉人免受旱災及戰禍。樹神又因寡婦李憲貞潔，故來協助她謀生，可惜文中沒有提及寡婦何以藉樹神的庇佑而獲得生活。究竟李憲何以謀生？從事故的內容推斷，她傳達樹神的訊息，而訊息一一應驗，令她獲得鄉人的尊敬及關照。加之鄉人為樹神建廟立祠，寡婦乃最適合打理此祠之人，能得善信的募捐，以解決生活所需的開支。有趣的是樹神的法力有限，面對大戰在即，也要向寡婦辭行，趕緊避禍，此乃俗語所謂「神仙也自身難保」，幽默地帶出樹神人性化的一面。

故事不僅宣揚了大自然界諸神靈的存在，如樹神黃祖，亦婉轉指出文旨：為人貞潔自守，自得神庇佑。

樹，能美化環境，給人遮蔭擋雨，為人送來果實充飢，替人提供木材建屋製造家具，更重要的是能減輕温室效應，更能發放清新氧氣。故此，不論有沒有神明，也該好好愛護樹木。

張華擒狐魅

張華[1]，字茂先，晉惠帝時為司空。於時燕昭王墓前有一斑狐[2]，積年，能為變幻，乃變作一書生，欲詣張公。過問墓前華表曰[3]：「以我才貌，可得見張司空否？」華表曰：「子之妙解，無為不可。但張公智度[4]，恐難籠絡。出必遇辱，殆不得返[5]。非但喪子千歲之質，亦當深誤老表。」狐不從，乃持刺謁華[6]。華見其總角風流[7]，潔白如玉，舉動容止，顧盼生姿，雅重之[8]。於是論及文章，辨校聲實[9]，華未嘗聞。比復商略三史[10]，探賾百家[11]，談老、莊之奥區[12]，披《風》、《雅》之絕旨，包十聖[13]，貫三才[14]，箴八儒[15]，擿五禮[16]，華無不應聲屈滯[17]。乃歎曰：「天下豈有此少年！若非鬼魅則是狐狸。」乃掃榻延留，留人防護。此生乃曰：「明公當尊賢容眾，嘉善而矜不能[18]，奈何憎人學問？墨子兼愛[19]，其若是耶？」言卒，便求退。華已使人防門，不得出。既而又謂華曰：「公門置甲兵欄騎[20]，當是致疑於僕也。將恐天下之人捲舌而不言，智謀之士望門而不進。深為明公惜之。」華不應，而使人防禦甚嚴。

時豐城令雷煥[21]，字孔章，博物士也，來訪華。華以書生白之。孔章曰：「若疑之，何不呼獵犬試之？」乃命犬以試，竟無憚色[22]。狐曰：「我天生才智，反以為妖，以犬試我，遮莫千試萬慮[23]，其能為患乎？」華聞，益怒，曰：「此必真妖也。聞魑魅忌狗[24]，所別者數百年物耳，千年老精，不能復別；惟得千年枯木照之，則形立見。」孔章曰：「千年神木，何由可得？」華曰：「世傳燕昭王墓前華表木已經千年。」乃遣人伐華表。使人欲至木所，忽空中有一青衣小兒來，問使曰：「君何來也？」使曰：「張司空有一少年來謁，多才巧辭，疑是妖魅，使我取華表照之。」青衣曰：「老狐不智，不聽我言，今日禍已及我，其可逃乎！」乃發聲而泣，倏然不見[25]。使乃伐其木，血流；便將木歸，燃之以照書生，乃一斑狐。華曰：「此二物不值我，千年不可復得。」乃烹之。

注釋

1 張華：字茂先（二三二—三〇〇）。西晉文學家、詩人、政治家。晉惠帝時，曾任太子少傅。

2 燕昭王：又稱燕昭襄王（前三一一—前二七九在位），在位三十多年。姓姬，名職，乃燕王噲之子，是令燕國復興壯大的君主。

3 華表：亦稱「華表柱」。古代設在宮殿、陵墓等大型建築物前，用作裝飾的大柱。柱身用石或木製，多刻有龍鳳等圖案，上部橫插着雕花的石板。

4 **智度**：謂明智而有器量。二字本乃佛家語，梵語意譯為：「大智慧到彼岸。」故此處疑指大智慧。

5 **殆**：大概、幾乎。

6 **刺**：名帖。

7 **總角**：古時未成年的少年將頭髮束紮成兩髻，向上分開，形狀如角，故稱總角。後以此指未成年的少年。**風流**：灑脱放逸、風雅瀟灑；亦指儀表美好、風采特異。

8 **雅**：極、甚。

9 **聲實**：名實。名稱與實質、實際。名實之辨乃魏晉時期清談話題之一。好清靜的人認為儒家學說是迂腐的議論，而主張名稱與實質的人，認為老莊之說是荒誕的。

10 **商略**：品評、評論。**三史**：魏晉南北朝時期，以《史記》、《漢書》、《東觀漢記》（或簡稱《東觀記》）為「三史」。唐代開元以後，因《東觀漢記》失傳，故以《史記》、《漢書》、《後漢書》為「三史」。

11 **探賾**（粵：責；普：zé）：探索深奧之理。賾，深奧。

12 **奧區**：深奧之處。

13 **十聖**：佛教語。十聖是指已經發大智，捨棄凡夫之性，達十地修行階位的菩薩。此處疑乃泛指古代聖人，如堯舜、禹湯、周文王、周武王、周公、孔子、孟子等等。

14 三才：指天、地、人。

15 箴：本指勸告、勸戒之意，此處指箴砭，即指出及糾正錯誤。八儒：據說孔子死後，儒家分為八派，故稱。《韓非子．顯學》：「自孔子之死也，有子張之儒，有子思之儒，有顏氏之儒，有孟氏之儒，有漆雕氏之儒，有仲良氏之儒，有孫氏之儒，有樂正氏之儒。」

16 擿（粵：惕；普：tì）：揭露、挑剔。五禮：指古代五種禮制：祭祀所用之吉禮、殯喪所用之凶禮、軍旅所用之軍禮、迎賓待客所用之賓禮、成年加冠及婚娶所用之嘉禮。

17 屈滯：此處形容語言艱澀。

18 「明公當尊賢容眾」兩句：改自《論子．子張第十九》：「君子尊賢容眾，嘉善而矜不能」兩句，指君子尊重賢德之人，又能容納眾人；嘉許有專長的人而又憐恤能力不及的人。明公，古時對有名位者的尊稱。

19 墨子：名翟（前四六八—前三七六），相傳原為宋國人，是春秋戰國時期的思想家、政治家，開創墨家一派學說。後長期留在魯國講學，主張兼愛，認為天下人不該有親疏貴賤之別，而要彼此互愛互利。

20 攔騎：阻止人馬出入的防護設施，如騎兵。

21 **豐城**：古縣名。原為三國吳的富城縣，晉朝改為豐城，移治所於豐水之西，故城在今江西豐城縣西南，即雷煥得寶劍之處。雷煥在豫章豐城監獄屋基挖得龍泉、太阿二柄寶劍；一把送張華，一把留為自用。**雷煥**：字孔章，生卒年不詳，東晉鄱陽人，曾為豐城縣令，善星曆占卜。

22 **憚色**：害怕的神色。

23 **遮莫**：儘管、任憑。

24 **魑魅**：古代指能害人的山澤神怪，後亦泛指鬼怪。

25 **倏然**：亦作「倐然」，迅疾貌。

譯文

張華字茂先，在晉惠帝時，擔任司空一職。那時，燕昭王陵墓前有一隻毛色斑駁的狐狸，由於年歲累積而能夠變化形體。於是，牠變成一名書生模樣，想去拜訪張華。牠先過訪墓前的華表柱說：「以我的才能相貌，能不能去會見張司空呢？」華表說：「你善於辯解及應變，沒有什麼不能做的。但是以張公的超脱智慧，恐怕你難以掌握應對。這次你若出去必定會遭遇侮辱，大概就不能回來了。不但令你喪失千年修煉的本體，亦該會連累我深受災禍。」狐狸不聽從它的勸告，便拿着名帖去謁見張華。張華見他年少而風雅瀟灑，肌膚潔白如玉，舉止儀容優雅，在回首抬眼之間光彩動人，極為看重他。於是，與他談及文學篇章，分辨考校名實關係，張華從未聽過那麼精闢的言論。接着少年品評三本歷史名著，探索諸子百家奧妙之理，談論老子、莊子深奧之處，揭示《詩經》〈風〉、〈雅〉各篇深刻之意旨，包羅古代聖賢之道，貫通天文、地理和人事，箴砭八派儒學的得失，評論五種禮法的弊病，張華莫不難以應對而語辭艱澀遲頓。於是他歎息道：「天下哪有這樣的少年！如果不是鬼魅，就是狐狸精了。」於是，令人打掃坐榻邀請他留下，又安排人手加強防護。書生便說：「明公你應該尊重有賢德之人而又能容納眾人；嘉許有專長的人而又憐恤能力不及的人。怎麼能憎忌別人有學問呢？墨子主張兼愛，難道是這樣的嗎？」說完，便要求告退。張華已經派人防守門戶，書生不能出去。過了一會兒，他又對張華說：「你在門口設置士兵攔阻，必定是對我有懷疑了。這樣，我恐怕天下的人將捲起舌頭不敢說話，有智謀之士望着你的大門也不敢走進來。我深深地為你感到惋惜呢。」張華不回應，卻令人防守得更嚴密了。這時候，豐城縣令雷煥，字孔章，是個知識廣博通曉萬物的人，到來拜訪張華。張華把書生的事情告訴他。孔章說：「若果懷疑他，為何不喚獵犬去試試他呢？」於是，張華叫人喚獵犬來試試他，書生竟然沒有害怕的神色。書生說：「我天生具有才識智慧，你反而認為我是妖怪，用獵犬來試我。任憑你千次試萬遍驗，難道能夠傷害我嗎？」張華聽說後更加生氣，說：「這書生必定是真的妖怪。聽說鬼怪忌憚狗隻，但狗只能辨別幾百年的怪物，千年的老妖精，狗是不能識別的。惟有取得千年的枯木來照耀牠，則牠的原形會立刻顯見。」孔章說：「千年的神木，如何才可得到呢？」張華說：「世人傳說燕昭王墓前的華表柱木已經有千年的歷史了。」於是，他派人去砍華表柱。被派去的使者正想到華表木所在之處，忽然見天空中降下一個穿青衣的小孩子來，問使者說：「你來做什麼呢？」使者說：「張司空那裏有一個少年來拜訪，多才善辯，司空懷疑他是妖精鬼魅，派我來砍取華表木照耀他。」青衣小孩子說：「老狐狸不明智，不聽我的說話，今天災禍已經累及我身上，我怎麼才能逃脫呢？」於是放聲哭泣，瞬間便不見了。使者便砍伐華表木，木柱裏流出血來。使者帶着華表柱木回去，燃點它來照射書生，竟然是一隻毛色斑駁的狐狸。張華說：「這二個怪物若不是遇着我，千年之後亦不能擒獲。」便將狐狸烹殺了。

賞析與點評

本篇記述張華識破千年狐魅變成的書生，將牠擒獲烹煮的經過。

此篇故事不見於《晉書》卷三十六〈張華傳〉。《晉書》對張華可謂高度讚揚：

> 張華，字茂先……華少孤貧，自牧羊，同郡盧欽見而器之。鄉人劉放亦奇其才，以女妻焉。華學業優博，辭藻溫麗，朗贍多通，圖緯方伎之書莫不詳覽。少自修謹，造次必以禮度。勇於赴義，篤於周急。器識弘曠，時人罕能測之。初未知名，著《鷦鷯賦》以自寄。……陳留阮籍見之，歎曰：「王佐之才也！」由是聲名始著。郡守鮮于嗣薦華為太常博士。

史書記載的張華，自幼貧苦無依，以牧羊維生，是吃得苦之人。他又勇於赴義，拯救周邊人之急，樂於義助他人。此外，他博覽群書，學識廣博，學業優秀，文章辭藻華麗，深得當時著名大家阮籍之稱賞。為此，張華的個性與本篇所記的完全不同。

本篇所記的張華，與千年狐狸化成的少年談論文章學問，以致幾乎詞窮。其後，面對少年以墨子兼愛的質詢，他更是默然不能回應。因為少年的博學，故相信他是妖精，更以獵犬試他，以華表柱照耀他，迫使他現形。

故事中的少年，雖是狐狸變的，但沒有做傷害人的事，他只是慕張華之名，欲與他談論學問。然而，張華則以妖怪待之，不許牠告辭之餘，更設防護阻牠逃走，最後不惜派人砍伐有千年歷史的華表柱，迫牠現形，又將牠擒獲而烹煮。少年的風流儒雅、雄辯滔滔，風采動人，將張華給比下去。

本文表面上讚揚張華智擒狐魅，實乃斥責他忌才嫉賢，以致烹殺狐狸。相反，狐狸變成的少年以孔子之言「君子尊賢容眾，嘉善而矜不能」來訓斥張華，又以墨子兼愛之論質詢他的行為，令人相信故事裏的張華，早已忘記聖人之訓誨。

在古人心目中，是否所有妖怪皆邪惡？必須誅之而後快？本篇故事的狐狸一點也不壞，而且按照人類的禮法去竭見張華，與他談論天地事物。如斯守禮的一隻狐狸，卻為張華捕捉烹煮，實在不合情理。

千年華表木，乃具歷史價值的文物。張華不惜令人砍伐，僅為擒殺狐妖，實在令人慨歎。

卷十九

本卷導讀——

本卷故事，主要述蛇妖的禍害，寫牠們吃人吃牲畜，亦述及其他動物如鼉、龜變成的妖怪。蛇對人的禍害，令到民不聊生，最精彩的一篇故事乃〈李寄斬蛇〉。述東越閩中有大蛇為患，每年要吃十二三歲的童女，已吃掉九人。縣長只有徵求蓄養奴婢所生的女兒或犯人的女孩，待祭祀時送到蛇洞口供蛇吞吃。李寄家有六姐妹，沒有兄弟，她想去應募做童女，父母慈愛不許。李寄認為自己沒有緹縈救父之功，生存只會浪費父母的衣食，希望藉着應募為祭祀童女而獲得一點金錢供養父母，故悄悄去應徵。她帶着一把劍及一隻咬蛇狗，準備一些食物給蛇吃，再趁牠吃時放狗咬牠，又以劍砍傷大蛇，大蛇終於死了，百姓從此免於禍患。越王聽說此事，封她為王后。

除了蛇，還有龜、蛇、魚、鱉等各種妖怪，如〈孔子論五酉〉、〈謝非除廟妖〉分別論述妖怪之形成，以及記述道士在山廟中除去白鼉怪及烏龜妖。卷中有一篇記述飲酒的文章，名為〈狄希千日酒〉，寫中山人狄希能製造千日酒，人飲了會醉上千日。同鄉人劉玄石喝了一杯，醉了三年，讓家人誤以為他死了。

此處精選〈李寄斬蛇〉一篇作導讀，展現李寄的孝順、勇敢及為民除害的精神。

李寄斬蛇

東越閩中有庸嶺[1]，高數十里，其西北隰中有大蛇[2]，長七八丈，大十餘圍[3]，土俗常病[4]。東治都尉及屬城長吏[5]，多有死者。祭以牛羊，故不得福[6]。或與人夢，或下諭巫祝，欲得啖童女年十二三者。都尉令長並共患之[7]，然氣厲不息[8]，共請求人家生婢子[9]，兼有罪家女養之，至八月朝祭[10]，送蛇穴口，蛇出吞齧之[11]。累年如此，已用九女。爾時預復募索[12]，未得其女。將樂縣李誕家有六女[13]，無男，其小女名寄，應募欲行，父母不聽。寄曰：「父母無相[14]，惟生六女，無有一男。雖有如無。女無緹縈濟父母之功[15]，既不能供養，徒費衣食，生無所益，不如早死。賣寄之身，可得少錢，以供父母，豈不善耶？」父母慈憐，終不聽去。寄自潛行，不可禁止。寄乃告請好劍及咋蛇犬[16]。至八月朝，便詣廟中坐，懷劍，將犬[17]。先將數石米餈[18]，用蜜灌之[19]，以置穴口。蛇便出，頭大如囷[20]，目如二尺鏡，聞餈香氣，先啖食之。寄便放犬，犬就齧咋，寄從後斫得數創[21]。瘡痛急，蛇因踴出，至庭而死。寄入視穴，得其九女髑髏[22]，悉舉出，咤言曰[24]：「汝曹怯弱，為蛇所食，甚可哀愍[24]。」於是寄女緩步而歸。越王聞之，聘寄女為后，拜其父為將樂令，母及姊皆有賞賜。自是東冶無復妖邪之物。其歌謠至今存焉。

注釋

1 東越：古族名，乃古代越人的一支。相傳是越王勾踐的後人。秦漢時，該族分佈在今浙江省東南部、福建省北部一帶。漢武帝元鼎六年，即公元前一一〇年，東越王余善（前一三五—一一〇在位）反漢，旋為其部屬所殺，部分族人被迫遷入江淮地區。閩中：古郡名，秦時設置，治所在冶縣，即今福州市。轄境相當於今日福建省和浙江省寧海及其以南的靈江、甌江、飛雲江流域。秦末廢此郡名。後以「閩中」指福建一帶。庸嶺：據說此嶺在今福建邵武西北，又名烏嶺。

2 隰：低濕之地。

3 圍：計算圓周的粗略單位。一般指人用雙手合圍抱起來的長度，但也指兩手的姆指及食指圍起來的長度。此處描述大蛇頭大如囷，其身該是十幾人合抱的長度了。

4 病：一版本作「懼」。

5 東冶：古邑名，東越王的都城，在今福建閩侯縣東北冶山之麓，漢置冶縣於此。漢時南方交趾朝貢，亦由東冶都泛海而至。都尉：官名。戰國時期始置。秦滅六國後，以各國之地為郡，置郡守、郡丞、郡尉。郡尉統領士兵，是比將軍略低的武官。漢景帝時改秦置的郡尉為都尉，輔佐郡守並掌管全郡的軍事。屬城長吏：所屬縣城的長官。

6 福：一版本作「禍」。

7 患：憂慮。

8 氣厲：時疫。

9 家生婢子：即家生婢。古時家中奴僕生下的兒女仍為奴婢，男的稱為「家生奴」，女的稱作「家生婢」。

10 八月朝祭：朝，指早上、早晨。此詞與下文的「至八月朝」對照，疑指八月初的早上。故「八月朝祭」有云乃初一之祭祀。此處疑指八月初的祭祀。

11 呑齧：吞食。齧，亦作嚙。

12 爾時：猶言其時或彼時。

13 將樂縣：三國吳時期設置，隋代改為省，唐代復置為縣，明清兩朝皆屬福建延平府，民國時期屬福建建安道，即今福建將樂縣。

14 無相：原指無人扶助，此處指沒有福相。

15 緹縈：即漢代孝女淳于緹縈。漢文帝時，太倉令淳于意因事獲罪，被押送至長安牢獄受肉刑。他的小女兒緹縈跟隨父親到長安，上書漢文帝，願以己身為官婢代父贖罪。漢文帝憫她而免除肉刑，淳于意於是得以免罪。

16 咋：咬。

17 將：帶領。

18 餈（粵：詞；普：cí）：同「糍」。糍粑，一種用糯米為主要材料，蒸熟搗碎後製成的食品。許慎《說文解字》：「餈，稻餅也。」後亦泛指用糯粉、黍粉、米粉製成的糕餅。

19 蜜：一版本作「蜜麨（粵：照；普：chǎo）」。蜜麨指炒熟的米粉或麥粉拌和蜜糖的食品。

20 囷（粵：坤；普：qūn）：古代一種圓形的穀倉。

21 斫：本指大鋤，引申為用刀、斧等砍。
22 髑髏（粵：獨樓；普：dú lóu）：頭骨，多指死人的頭蓋骨。
23 咤（粵：吒；普：zhà）：痛惜、慨歎。咤，同「吒」。
24 哀湣（粵：敏；普：hūn）：指悲哀憐憫。湣，古同「閔」。

譯文

東越國閩中地區有一座庸嶺，山高幾十里。山嶺的西北面低濕的地方，有條大蛇，身長七八丈，粗十多圍，當地百姓因此時常受災害病禍。東冶都的都尉及所屬縣城的長官，多有被牠咬死的。後來拿牛羊去祭祀牠，仍然沒有得到福佑。牠有時給人託夢，有時降下諭令給巫祝，想要吃十二三歲的童貞女孩。都尉及縣長都共同憂慮此事，然而當時災疫沒有停息，只好一起徵求人們家中奴婢所生的女兒，和犯罪人家的女兒來蓄養着，等到八月初的祭祀，將女孩送到蛇洞口，讓蛇出來吞食她。多年也是這樣做，已經吃了九個女孩了。那時，官府又要預先徵募女孩，未獲得合適的女孩。將樂縣的李誕，家裏有六個女兒，沒有男孩，他的小女兒名叫李寄，想應募前往，父母卻不聽她的。李寄說：「父母沒有福相，只生了六個女兒，沒有一個男孩。雖然有孩子也好像沒有一樣。女兒沒有像緹縈救濟父母般的功勞，既然不能供養父母，白白浪費家中衣服糧食，生存沒有帶來益處，倒不如早點死去。賣掉我這身軀，可以獲得少許金錢，用來供養父母，難道不好嗎？」父母慈愛憐惜女兒，始終不肯聽她的話讓她去。李寄獨自悄悄地前往，父母終究不可阻止她。李寄於是稟告官府請求獲得一把鋒利的劍，和一隻會咬蛇的狗。到了八月初，李寄便來到廟裏坐着，懷抱着利劍，帶着狗隻。她先將幾石米做的餈糕，用蜜糖灌塗拌和，放置在蛇的洞口。大蛇就鑽出來，牠的頭大得像圓形的穀倉，眼睛仿如二尺闊的銅鏡。牠聞到餈糕的香氣，先吞食餈糕。李寄便放出狗隻，狗就去咬齧大蛇，李寄從後面用劍砍大蛇，砍得牠幾處創傷。大蛇瘡傷口痛得急劇，因此從廟裏踴竄出來，竄至庭院便死了。李寄走入蛇洞去視察，看見那九個女孩子的頭骨，她全部拿了出來，痛惜地說：「你們怯懦軟弱，被大蛇吃掉，甚是可悲可憐。」於是李寄慢慢步行返歸。越王聽聞此事，便聘娶李寄為王后，任命她父親為將樂縣令，她母親和姐姐都有賞賜。自此以後，東冶都再沒有妖怪邪異的東西。而有關李寄事跡的歌謠至今還流傳。

賞析與點評

本篇記述將樂縣大蛇為患，李寄為減父母負擔，自薦為祭祀的童女而殺掉大蛇，獲越王聘娶為王后的故事。

故事中的李寄，按文中所記推算，年齡該乃十二三歲的女孩，是李家最小的女兒，但她的孝義一點也不遜色於西漢時期的淳于緹縈。據《史記》卷十〈孝文本紀〉記載，淳于意給押送往長安時，痛恨自己只有女兒而沒有兒子，有急事時沒有人協助。結果，他小女兒緹縈與父親同往長安，上書朝廷請求將自己賣作官婢，為父親贖罪，因而感動漢文帝而免除了肉刑。〈孝文本紀〉云：

> 五月，齊太倉令淳于公有罪當刑，詔獄逮徙繫長安。太倉公無男，有女五人。太倉公將行會逮，罵其女曰：「生子不生男，有緩急非有益也！」其少女緹縈自傷泣，乃隨其父至長安，上書曰：「妾父為吏，齊中皆稱其廉平，今坐法當刑。妾傷夫死者不可復生，刑者不可復屬，雖復欲改過自新，其道無由也。妾願沒入為官婢，贖父刑罪，使得自新。」書奏天子，天子憐悲其意，乃下詔曰：「……夫刑至斷肢體，刻肌膚，終身不息，何其楚痛而不德也，豈稱為民父母之意哉！其除肉刑。」

淳于緹縈陪伴父親上京，多少可謂給父親的氣言所激，而李寄卻是自覺的行為。李寄對父母的孝心關懷全是個人積極主動的構思，她認為父母有六個女兒，自己年小又不能供養父母，只會浪費父母的衣食，倒不如應徵為祭蛇的童女，一可為父母減少衣食的開支，二可讓父母獲得一點金錢幫補生活。李寄父母十分痛惜她，不肯讓她去送死，李寄卻偷偷地離家前往。

然而，李寄原來還有更大的心願，就是為民除害。她要求一把利劍及一隻咬蛇犬同往。面對頭如圓形穀倉、目闊兩尺的巨蛇，她沒有怯懼，反而有謀略地先讓大蛇吞吃拌了蜜糖的糕餅，待牠吃飽而舉動變慢時，即令猛犬去咬啃牠，自己則從後面用劍刺殺大蛇。大蛇結果因太多創傷而死了。她又入洞查看，發現九個頭骨，痛惜那九個無辜犧牲了的女孩子。

李寄殺了大蛇，為民除害，不僅全縣的人感激她，連東越王聽見她的事跡，也決定聘娶她為王后。李寄的勇敢及決斷，令縣中女孩不必再送死，又光耀了父母門楣，父親獲封為將樂縣令，一眾姐姐亦受封賞。李寄自我犧牲的精神，不但為父母姐姐帶來幸福，為將樂縣的百姓帶來安逸，更為自己帶來至高的榮耀——東越王后之位。

不論古代或現代，貪官污吏或社會的強權惡霸，猶如大蛇，不斷地吞食及殘害善良守法的百姓，若沒有勇氣及智慧去抵抗，只會有更多人受害。平民百姓面對巨大的欺壓時，若能團結不致而不畏懼地反擊，必定能獲得最終的勝利。李寄只是一個十二三歲的小女孩，尚能視死如歸，立心殺蛇為民除害；作為成年人，面對污吏惡霸的欺壓殘害，是否要如斯的強忍下去，任人魚肉？

卷二十

本卷導讀——

本卷主要述說人類救助奇禽異獸而獲得美好的回報，或對動物施虐而受到懲罰，從而弘揚因果報應之說。

此卷述因救助動物而獲得報償的，如〈蘇易助虎產〉之得野肉：盧陵郡的蘇易，給老虎叼去，竟看見雌虎因不能生產而幾乎死去，蘇易於是幫助雌虎誕下三小虎。雌虎後來揹她回去，又多次送野肉到蘇易家門口，作為報答。

因救助動物而得到珍貴寶物的，如〈隋侯珠〉之得大明珠：隋國國君出行，見大蛇身斷，令人替牠敷藥包紮。一年後，大蛇送了直徑長一寸的純白珍珠給他。珍珠可以照亮房間，人稱「隋侯珠」或「明月珠」。又如〈黃雀報恩〉之得四枚美玉：漢時的楊寶，救治為鴟梟搏擊受傷的黃雀。後有黃衣童子送來四枚白玉環，以令其子孫四代品德貞潔，位登三公，其美如白璧。

因施行仁義而生命獲得保護的，如〈義犬救主〉之救主免於火災：孫權時，李信紀養了一隻名叫「黑龍」的狗，與之同行同坐同食。李信紀在城外大醉而睡倒草叢之中，遇大守狩獵而叫人燒野草。黑龍便跳進小溪，不斷來回弄濕身體，再用身上水灑淋在主人四周，結果疲憊而死。李信紀醒來見黑龍便全身濕透，又見火燒的痕跡，才明白過來，悲傷慟哭。太守得知，為牠立義犬墓。

因虐待動物以致遭殃喪命的，如〈猿母哀子〉之全家遭瘟疫致死：臨川郡一人在山上抓到一小猿，帶回家綁在院子的樹上，猿母追至求饒，那人刻意在猿母前將小猿打死，猿母悲哀號叫投地而死。那人破猿母腹看，見腸子寸寸斷裂。半年後，其家遭瘟疫而死。

此處選〈蘇易助虎產〉、〈黃雀報恩〉、〈隋侯珠〉、〈義犬救主〉、〈猿母哀子〉五篇作分析。

蘇易助虎產

蘇易者，廬陵婦人，善看產[1]。夜忽為虎所取，行六七里，至大壙[2]，厝易置地[3]，蹲而守。見有牝虎當產[4]，不得解，匍匐欲死[5]，輒仰視。易怪之[6]，乃為探出之，有三子。生畢，牝虎負易還，再三送野肉於門內。

注釋

1 看產：接生、助產。

2 壙（粵：礦；普：kuàng）：墓穴、坟墓，亦指曠野。此處該指老虎之居所塹穴、坑穴。

3 厝（粵：措；普：cuò）：安置、安頓。

4 牝（粵：pen[5]；普：pìn）虎：雌性老虎。牝，雌性的鳥或獸，與「牡」（雄性）相對。

5 匍匐：以腹貼地前進，爬行；亦指倒仆伏地，趴伏。

6 怪：一作「悟」。

譯文

蘇易，是廬陵郡的一個婦人，善於接生孩子。一晚，她忽然被老虎叼走，走了六七里路，來到一個大坑穴，老虎將蘇易放置在地上，蹲在一旁守護。蘇易看見有一隻雌性老虎快要產子，但生不下來，趴伏地上幾乎要死，總是抬頭仰望她。蘇易覺得奇怪，於是為她摸索取出來，有三隻小虎。生產完畢，雌性老虎馱負着蘇易回家，還再三送贈野獸的肉到蘇易家的門內。

賞析與點評

本篇寫蘇易為虎所叼而替雌老虎接生三子，後得老虎感恩圖報之事。「蘇易怪之，乃為探出之，有三子。」一版本作「悟之」，指蘇易明白雌虎難產而痛得幾乎要死，幸得她出手相助，以得三子之餘，又解除腹中劇痛。故此，產子後，雌虎特地背她回家，又多次送她野獵得來的獸肉。然而，蘇易給老虎叼着，走了六七里而不受傷又不懼怕，頗有點童話色彩。

此故事發人深省：兇狠的老虎尚且知恩圖報，人類又如何？若人在獲得他人的幫助後，不惜加害曾協助自己的人，或以鞏固自己的地位，或爭取晉升職級的機會，或謀取金錢利益，則其所作所為，連老虎亦不如。

老虎知恩圖報，並非古人的信念，在現代的社會，亦有人相信此點。二〇一三年九月二十七日人民網引《廣州日報》新聞報道：在巴西馬林加（Maringa），一名四十三歲名叫博格斯（Ary Maros Borges da Silva）的富豪，救了兩頭被馬戲團虐待的老虎，又帶牠們回家飼養，助牠們繁殖，令老虎數目增至七隻。博格斯相信：只要人們尊重老虎，老虎也會知恩圖報。老虎在其家可以自由出入，甚至與他家人一起吃喝及游泳。

黃雀報恩

漢時弘農楊寶[1]，年九歲時，至華陰山北[2]，見一黃雀為鴟梟所搏[3]，墜於樹下，為螻蟻所困[4]。寶見，湣之[5]，取歸置巾箱中[6]，食以黃花[7]。百餘日，毛羽成，朝去，暮還。一夕三更，寶讀書未卧，有黃衣童子，向寶再拜曰：「我西王母使者，使蓬萊，不慎，為鴟梟所搏。君仁愛見拯，實感盛德。」乃以白環四枚與寶曰：「令君子孫潔白，位登三事[8]，當如此環。」

注釋

1 弘農：古郡名。漢時設置，治所在弘農，即今河南靈寶縣南四十里。

2 華陰：古縣名。戰國魏國之陰晉邑，秦惠文王改名為寧秦，漢代再改稱華陰，以在華山之陰（北面）之意。治所在今陝西華陰縣東南。

3 鴟梟：鳥名，亦作鴟鴞，一類包括俗稱貓頭鷹的益鳥，以有害昆蟲、老鼠等為食，古人常用牠們比喻貪惡之人。

4 螻蟻：亦作螻螘，指螻蛄和螞蟻，泛指微小的生物。

5 湣：同「憫」。憐憫。

6 巾箱：古代放置頭巾的小箱子，後亦用以存放書卷、尺牘等物。

7 黃花：一般指菊花，亦指黃花菜的花，是金針菜的通稱。

8 三事：即三公，古代中央三種最高官銜的合稱。顏師古注《漢書．韋賢傳》云：「三事，三公之位，謂丞相也。」西漢時期以丞相（大司徒）、太尉（大司馬）、御史大夫（大司空）為三公，東漢則以太尉、司徒、司空為三公。

譯文

漢朝時期，弘農郡有一個人名叫楊寶，當他九歲時，來到華陰山的北面，看見一隻黃雀被鴟梟撲擊，受傷墜落樹下，為螻蛄螞蟻圍困。楊寶看見而憐憫牠，將牠帶返家裏，放置在小箱子裏，用黃花餵飼牠。過了一百多天，黃雀的羽毛長成了，每天早上飛出門去，傍晚時分便飛回來。一天晚上的三更時分，楊寶還在讀書未睡，有個穿着黃色衣服的童子，向楊寶再三揖拜行禮，說：「我是西王母的使者，出使蓬萊仙山，不小心被鴟梟撲擊。得你的仁慈愛惜而獲救，實在感激你的深厚恩德。」於是將四枚白玉環送給楊寶說：「讓你的子孫品行潔白純正，官位登升三公之職，就像這玉環一樣。」

賞析與點評

本篇記述楊寶仁慈救護黃雀而得含玉環四枚以報之事。

此故事帶出善有善報之意。四枚白玉環，祝示楊寶四代後人皆品行潔白無瑕，位登三公：太尉、司徒、司空之宰相職位。事實上，楊寶之子孫位登三公的，共有四人，如黃衣使者送贈的四枚玉環之數。據《後漢書》卷五十四〈楊震傳〉所載：

楊寶之子楊震於永寧元年（一二〇）代劉愷為司徒；延光二年（一二三），代劉愷為太尉。當楊震亡故時，在舉行葬禮前十多日「有大鳥高丈餘，集（楊）震喪前，俯仰悲鳴，淚下霑地，葬畢，乃飛去。」

其孫楊秉（楊震之子），四十多歲以後「頻出為豫、荊、徐、兗四州刺史，遷任城相。」建熹五年（一六二），代劉矩為太尉。楊秉性廉潔，既不好酒，亦不好色，夫人雖早亡，但亦沒有再娶。「秉性不飲酒，又早喪夫人，遂不復娶，所在以淳白稱。嘗從容言曰：『我有三不惑：酒，色，財也。』」延熹八年（一六五）七十四歲時卒亡，更獲賜墓地以作帝王的陪陵。

曾孫楊賜（楊秉之子），在熹平二年（一七三），代唐珍為司空，後拜光祿大夫。熹平五年（一七六），代袁隗為司徒。同年冬天拜為太尉。他死時，天子穿素服，三日不臨朝；死後謚號「文烈侯」。

玄孫楊彪（楊賜之子）在中平六年（一八九）代董卓為司空。同年冬天，代黃琬為司徒。

建安四年（一九九），拜為太常。及至三國魏文帝登位，想以楊彪為太尉。楊彪辭謝，便授他光祿大夫「賜几杖衣袍，因朝會引見，令彪着布單衣、鹿皮冠，杖而入，待以賓客之禮。」几杖，本指坐几和手杖，乃敬老之物。此處特指延年杖，為延請之便而使用入朝，受天子賓客之禮。楊彪年八十四卒於家。

《後漢書》評：「自（楊）震至（楊）彪，四世太尉，德業相繼，與袁氏俱為東京名族云。」楊彪之子楊修，因聰明受妒，為曹操借雞肋之事而殺掉。楊寶後人連續四代，位居三公之位，符合四環之數。可惜富有才華的楊修，因鋒芒太露而被殺害。

本篇故事亦見於南梁．吳均（四六九—五二〇）《續齊諧記》之記載：

弘農楊寶，性慈愛。年九歲，至華陰山，見一黃雀為鴟梟所搏，逐樹下，傷瘢甚多，宛轉復為螻蟻所困。寶懷之以歸，置諸樑上。夜聞啼聲甚切，親自照視，為蚊所嚙，乃移置巾箱中，啖以黃花。逮十餘日，毛羽成，飛翔，朝去暮來，宿巾箱中，如此積年。忽與群雀俱來，哀鳴繞堂，數日乃去。是夕，寶三更讀書，有黃衣童子曰：「我，王母使者。昔使蓬萊，為鴟梟所搏，蒙君之仁愛見救，今當受賜南海。」別以四玉環與之，曰：「令君子孫潔白，且從登三公，事如此環矣。」寶之孝大聞天下，名位日隆。子震，震生秉，秉生彪，四世名公。及震葬時，有大鳥降，人皆謂真孝招也。

《後漢書・楊震傳》注文亦有引《續齊諧記》：「寶年九歲時，至華陰山北，見一黃雀為鴟梟所搏，墜於樹下，為螻蟻所困。寶取之以歸，置巾箱中，唯食黃花，百餘日毛羽成，乃飛去。其夜有黃衣童子向寶再拜曰：『我西王母使者，君仁愛救拯，實感成濟。』以白環四枚與寶：『令君子孫潔白，位登三事，當如此環矣。』」

然而，除了干寶《搜神記》之詳細記錄，此故事的原形早見於三國魏曹植《野田黃雀行》一詩。其詩云：

> 高樹多悲風，海水揚其波。利劍不在掌，結友何須多。不見籬間雀，見鷂自投羅。羅家得雀喜，少年見雀悲。拔劍捎羅網，黃雀得飛飛。飛飛摩蒼天，來下謝少年。

詩中云黃雀因鷂鷹來捕而給嚇至投盡羅網之中，幸得少年拔劍破網相救，黃雀得到自由後，再飛回來感謝少年拯救。

「黃雀報恩」一故事揭示萬物皆有生命，應予以珍視，又暗寓善有善報的道理。

雀鳥能否含環以報，沒有人知道，但鳥兒似乎頗有靈性，人對鳥兒亦有情。據二〇一三年十月一日報章報道，居住香港旺角區的葉先生養了一隻鸚鵡，該鸚鵡常飛至葉先生的手上撒嬌，逗他玩，還發出各種聲音跟他談話，又會說「你好」。後來鸚鵡失蹤，葉先生因此十分哀傷，說早把牠當作家人，只是其形乃雀鳥而已。而雀鳥報恩的故事，則在《智悲德網》上可見。二〇一三年二月十八日，該網頁轉載了一個退休老人弗利姆的故事：弗利姆平常很愛餵飼海鷗。一天，他到海邊散步，不小心摔倒而失去知覺。那時四周無人，只有一群海鷗。其中一隻飛到他家去報信，讓他家人來救援。據說報訊的海鷗正是他餵飼了多年的那隻海鷗，藉此報恩。

隋侯珠

隋縣溠水側[1]，有斷蛇丘[2]。隋侯出行[3]，見大蛇被傷，中斷。疑其靈異，使人以藥封之，蛇乃能走，因號其處斷蛇丘。歲餘，蛇銜明珠以報之。珠盈徑寸[4]，純白而夜有光，明如月之照，可以燭室[5]。故謂之「隋侯珠」，亦曰「靈蛇珠」，又曰「明月珠」。丘南有隋季良大夫池[6]。

注釋

1 隋縣：古縣名，源於西周諸侯隨國國名。秦朝設置隋縣，隸屬南陽郡。在今中國湖北省隨州市內。溠（粵：詐；普：zhà）水：水名。又名扶恭河。在湖北隨州西北。今名扶恭河，亦曰洑恭河，其源出於湖北隨縣西北雞鳴山，南流注於溳水，東南入溳水。

2 斷蛇丘：古地名，在今湖北省隨州市內。

3 隋侯：西周時期分封諸侯隋國國君，姓姬，封國在今湖北隨縣。

4 盈：圓滿無缺、豐滿均稱。

5 燭：古代照明用的火炬。此處作動詞用，作照耀、照亮之意。

6 季良大夫：疑指季梁大夫，又稱季氏梁、季仕梁，是春秋時期隋國大夫。

譯文

隋縣溠水側邊，有一座斷蛇丘。隋侯出宮巡行，看見一條大蛇被砍傷，中間斷開。隋侯懷疑這條蛇有靈異之氣，派人用藥替牠封合傷口，蛇才能爬走，因此稱號那處為「斷蛇丘」。過了一年多，大蛇銜着一顆明珠來報答隋侯。明珠圓潤均稱直徑超過一寸，純白色而夜晚會發光，明亮得像月亮照耀一樣，可以照亮居室，故此稱之為「隋侯珠」，亦叫「靈蛇珠」，又叫「明月珠」。斷蛇丘的南邊，有隋國季梁大夫的水池。

賞析與點評

本篇記述隋侯遇大蛇給砍傷至斷開，派人為牠治傷，得靈蛇銜珠來報的故事。

故事不知起於何時，墨子時期已有論及隋侯夜明珠，更將之與和氏璧並列為諸侯之瑰寶。《墨子》云：「和氏之璧，隨〔隋〕侯之珠……此諸侯之良寶也。」相信此物早見於春秋戰國時期。一塊和氏璧可以換得十五座城池，則隋侯珠之價值亦可見。《淮南子・覽冥訓》更云：「譬如隋侯之珠，和氏之璧，得之者富，失之者貧。」極言其價值連城。

《莊子・雜篇》更出現用隋侯之明珠投打高飛千仞之雀鳥的比喻。其〈讓王第二十八載〉云：「今且有人於此，以隨（隋）侯之珠，投（一作彈）千仞之雀，世必笑之。是何也？以（一作則）其所用者重，而所要者輕也。」比喻用貴重之物（如隋侯珠）換輕賤之物（如千仞之雀），後來形成「隋珠彈雀」一成語。

據說英國蘇格蘭一海島的旅店老闆娘珊麗・莫爾康，在海邊見一小海豹誤落魚網，因掙扎而弄得遍體鱗傷。莫爾康於是上前解開魚網，抱着牠急步回家治傷、餵食，又替牠命名為「凱蒂」。一個月後，小海豹完全康復，莫爾康將牠送回大海。一年後，莫爾康打開家門，發現「凱蒂」卧在門前的石階上，欣喜的拍打着前肢，原來小海豹回來向她致謝。雖然沒有隋侯的含珠以報，卻令人感動驚喜。

義犬救主

孫權時李信純，襄陽紀南人也[1]。家養一狗，字曰黑龍，愛之尤甚，行坐相隨，飲饌之間，皆分與食。忽一日，於城外飲酒大醉，歸家不及，臥於草中。遇太守鄭瑕出獵，見田草深，遣人縱火爇之[2]。信純臥處，恰當順風。犬見火來，乃以口拽純衣[3]，純亦不動。臥處比有一溪[4]，相去三五十步，犬即奔往入水，濕身走來臥處，周回以身灑之[5]，獲免主人大難。犬運水困乏，致斃於側。俄爾信純醒來，見犬已死，遍身毛濕，甚訝其事。睹火蹤跡，因爾慟哭。聞於太守。太守憫之曰：「犬之報恩，甚於人。人不知恩，豈如犬乎！」即命具棺槨衣衾葬之[6]。今紀南有義犬塚，高十餘丈。

注釋

1 襄陽：古郡名，周宣王分予樊穆仲（仲山甫）之封地。東漢建安時期設置襄陽郡，轄境在今湖北西北部，治所在襄陽，即今湖北省襄陽市。紀南：即春秋時期楚國的郢都，又名郢城，在今湖北江陵縣北。《水經注》云：「（今湖北）江陵西北有紀南城。」《名勝志》云：「紀南城以在紀山之南而名。」

2 爇（粵：月；普：ruò）：焚燒、燃燒。

3 拽：用力拉、牽引。

4 比：靠近、連接、鄰近。

5 周回：亦作周迴，本指周圍。此處該指循環、反覆。

6 棺槨：棺木和套棺，泛指棺木。槨，棺木外面套着的大棺。衣衾：裝殮死者的衣服與單被。

譯文

三國吳孫權時期的李信純，是襄陽郡紀南城人。家裏養了一隻狗，名叫黑龍，李信純非常寵愛牠，出外行走或在家歇坐都帶着牠，飲食的時候，也會分東西給牠吃。忽然有一天，李信純在城外飲酒飲得大醉，來不及返回家裏，躺臥在草叢中睡着了。剛巧遇着太守鄭瑕出城打獵，看見田野裏的雜草深長，便派人放火焚燒。李信純睡臥的地方，恰巧遇着順風。他養的狗黑龍看見大火正燒過來，就用口拉扯主人李信純的衣服，但李信純還是不動。他躺臥的地方附近有一條小溪，相距三五十步，狗立即奔往那兒跳入水裏，弄濕身子後走回李信純躺臥的地方。反覆來回用濕身的水灑淋他的四周，使主人得以免遭大難。狗來回運水困倦疲乏，以致累死在主人身旁。一會兒李信純醒來，看見愛犬已經死了，全身的毛都是濕的，甚是驚訝此事。及至目睹四周火燒的痕跡，才因此明白而悲傷痛哭起來。這事傳至太守那兒，太守憐憫黑龍說：「狗的報恩，超越了世人。世人若不知道報恩，怎能比得上狗呢！」隨即下令準備棺木靈柩、衣物衾被埋葬了牠。現今紀南城還有一座義犬塚，高達十丈。

賞析與點評

本篇記述襄陽紀南城義犬投河，以水濕身救主免於火災之事。

此故事的主人翁李信純因醉卧草叢之中，幸得所養的狗隻，以水濕身，以身運水，再以水弄濕他所卧的周圍，得幸免於災禍。狗的智慧可謂令人驚訝，狗的忠心更令人類自愧不如。大難當前，李信純的狗隻沒有離開，反而捨身救主，以己之力救回主人性命，實在令人感動。

事實上，現今亦有同樣讓人感動的故事，顯示狗隻有時比人類更專一、更重情義，亦更富有高尚的情操。

中國民間有句罵人的俗語：「豬狗不如」。但狗之重情義，連人類亦自愧不如。據美國二〇一二年九月十四日《赫芬頓郵報》（*The Huffington Post*）報道：在阿根廷，一隻德國牧羊犬卡皮坦（Capitan），自二〇〇六年主人曼紐爾・古茲曼（Manuel Guzman）去世後便離家出走，在沒人帶領之下，找到牠從沒到過的主人墳墓，又守在那兒達六年之久。牠對主人的忠心可謂生死如一。又據二〇一一年一月二十日《今日新聞》報道：巴西里約熱內盧發生嚴重水災，導致近七百人死亡。其中有一名女士叫克莉絲缇娜．桑塔納（Cristina Maria Casario Santana），在山泥傾瀉中死亡，而她飼養的狗隻名叫里歐（Leao）守在墓前十五天也不肯離去。

猿母哀子

臨川東興有人入山[1]，得猿子，便將歸，猿母自後逐至家。此人縛猿子於庭中樹上以示之。其母便搏頰向人[2]，若乞哀狀[3]，直是口不能言耳。此人既不能放，竟擊殺之。猿母悲喚，自擲而死[4]。此人破腸視之，寸寸斷裂。未半年，其家疫死，滅門。

注釋

1 臨川：古郡名，三國吳時期設置，在今江西省撫州市一帶。東興：古縣名。三國吳時期設置，故縣在今江西黎川縣東北東興鄉。

2 搏頰：本指打嘴巴，此處該指打臉頰。

3 若：一作「欲」。

4 自擲：自投。

譯文

臨川郡東興縣有一個人進入山裏，抓到一隻小猿，便帶着牠回家，猿母從後面追逐到他家裏。這人將小猿綁在庭院的樹上，展示給猿母看。猿母就向着他自打臉頰，仿若乞憐哀求的模樣，只是咀巴不能説話罷了。這人不僅沒有釋放小猿，竟然還將牠擊打至死。猿母悲哀地呼喚着，再跳躍起來投地而死了。這人破開猿母的肚子察看，看到牠的腸一寸一寸的斷裂開了。不到半年，他家遭受瘟疫，全家都死掉滅絕了。

賞析與點評

本篇記述臨川人捕捉小猿，猿母投地而死，捕猿者遭瘟疫滅門的經過。

此故事中的「人」捕猴，似乎意在捕取母猿，卻故意捕其子，令母猿追逐小猿而來。再在母猿面前兇殘地擊殺小猿，令母猿肝腸寸斷，投地而死。人類之殘酷，可由此故事反映出來。動物亦有生命，如斯虐待小猿，又如斯傷盡母猿之心，該人半年後終得報應——全家遭瘟疫而亡。故事帶出一點：虐待動物，必遭天譴。人與動物一同生存在大自然的世界裏，人卻以卓越的智慧和能力，侵佔動物的世界，甚至殘害弱小的動物，本篇便是一例。現實中，亦有捕子而母死的例子。據二〇一四年一月二十三日「主場新聞」報道，日本和歌山漁夫捕殺海豚，令白色小海豚與其母分隔，母海豚因傷心而閉氣自沉於深海。

造物主創造世界各種動物，非要人類一一獵殺。因為每一種動物，皆有其維持生態平衡的存在意義。人類不能為自己的口腹，或為自己的慾望，將珍貴的動物逐一殘害殺掉。不論殺害及虐待動物，皆會獲得報應。據《東森新聞》（ETtoday）報道：美國肯塔基州一名六十七歲婦人翠西亞·里茲（Patricia Ritz）在其位於福茲維爾（Fordsville）的家中死亡，一週後被人發現時只剩下頭骨及顎骨。她的身體為其所飼養但遭虐待的五十隻狼犬啃光。

又如二〇一一年十月十日，在「台灣動物緊急救援小組」的討論區，講述一名台中男人，把針燒成彎曲，放在食物中餵狗吃，讓多隻狗給針卡在喉嚨而不能吃，活活痛餓而死。其後，施虐的男子亦患了與喉嚨有關的癌症。發佈訊息者相信那是因果報應。

名句索引

七畫

十三畫

十四畫

十五至十七畫

新 視 野
中華經典文庫

新 視 野
中華經典文庫